# ぼくは
# O《オー》・C《シー》・ダニエル

OCDaniel
Wesley King

ウェスリー・キング 作
大西 昧 訳

すずき出版

O《オー》C《シー》D《ディー》に向き合うあなたへ
ひとりでは見つからない希望も
助けを借りれば、かならず見つかります

**OCDANIEL**
**by Wesley King**



Published by arrangement with Paula Weisman Books,
an Imprint of Simon & Schuster Children's Publishing Division
through Japan UNI Agency, Inc., Tokyo.



装画　あずみ虫　　装幀　長坂勇司

# ぼくはO《オー》・C《シー》・ダニエル

# 1

ぼくはヘンだって自覚したのは、火曜日だった。ほんというと前からわかってたんだけど、でも、3歳《さい》のころに消防車《しょうぼうしゃ》になりたいって本気で思ってしまったのとおんなじで、いまだけのことだって思いたかったんだ。はじまりは、10月のあの運命の火曜日。放課後のベルが鳴ったあと、あの子に「ハーイ！」って話しかけられて、そして、確定《かくてい》しちゃったんだ——ぼくがそうとうヘンだってことが。

火曜日って、ふだんはいちばん待ち遠しい日なんだ。えっ、火曜日が？　っていわれそうだけど、ひょろひょろで、変わり者で、友だちがたったひとりしかいない13歳《さい》の男子にとっては、見のがせない特典が山盛《やまも》りなんだ。

特典その1。なんといっても、火曜日はアメフトの練習がない。男子はふつう好きらしい。でも、ポジションは出番のかぎられたキッカー。しかも控《ひか》え。ずっとベンチをあったためながら、自分よりでかくて、ごついやつらが激突《げきとつ》し合《あ》うのを見つづけてると、好きになるより不安になる。一生消えないダメージを脳《のう》に被《こうむ》るんじゃないかって。

練習のときは、給水係もさせられる。チームのみんなはだれも気づかないけど、ゲータレードの入った、たくさんのコップをとりやすく、かつ倒《たお》れないように、かんぺきな幾何《きか》学模様《がくもよう》に配置しなきゃいけない。でも楽しいのはそれだけ。あとはたいていベンチにひとりで座《すわ》ってるだけだから。することがなくて、エイリアンがフィールドに現《あらわ》れて放射性《ほうしゃせい》の卵《たまご》を産みはじめたらとか、アメフト選手しか食べないモンスターが、クレマンズコーチを追いまわしたらとか、目玉から火を放つ怪物《かいぶつ》が襲《おそ》ってきて、そいつの弱点がオレンジ味のゲータレードで、ここにはたっぷりゲータレードがあるぞ、なんて、ばかげた話を考えてる。

話の結末はいつも同じ。ぼくは世界を救う。それで、もうアメフトの練習をしなくてもよくなるんだ。

じゃあ、なんでアメフトをつづけてるのかっていうと、父さんも兄さんのスティーブも、たったひとりの友だちのマックスも、みんなアメフトを愛してるから。やめたりしたら、口をきいてくれる人がいなくなる。ぼくはマックスの親友ってことで、学校でもどうにかやっていけてるんだ。アメフトをつづけるしかない。といっても、ぼくはベンチに座《すわ》ってるだけだけど。

練習中にしてることは、ほかにもあるにはある。でもうまく説明できるかな。何度も選手の数を数え直したり、何度もスパイクシューズのひもを結び直したり、何度もみんなが飲み散らかしたコップをかたづけて新しく並《なら》べ直《なお》したり。そんなことは、ほかの人もたいくつしのぎにふつうにやることだと思う。少なくともぼくはそう。そういうことを異常《いじょう》にたくさんしてしまうんだ。なぜなのかわからない。うんと時間をかけてまで、ほかの人には知られないようにしてるから、ふつうってどういうことなのか、だれにもきけないし。

ところで、ぼくは、ダニエル・リー。13歳《さい》。変わり者っていうのはほんとうだ。ひと言でいうならそれにつきる。頭はいいっていわれる。小さいころは才能《さいのう》に恵《めぐ》まれた子どもの英才教育プログラムを受けてた。でも、だれにどんな才能《さいのう》があるのかを見きわめるなんて、かんたんじゃないから、このプログラムはなくなっちゃった。ぼくら「才能《さいのう》に恵《めぐ》まれてる」子どもを、大多数の子どもたちと隔《へだ》てつづけたら、この先ふつうに暮《く》らすのがむずかしくなるって、わかったんだろうな。でも、大多数の人と同じように暮《く》らせないことって、どっちみちあるんだ。

だいたい、「才能《さいのう》に恵《めぐ》まれてる」ってどういうことだろ? 記憶力《きおくりょく》がよくても、本をいろいろ読んでいても、ぼくが同じクラスのトム・ダントより、「できるやつ」ってことにはならない。アメフトじゃ、トム・ダントにかなわない。どっちが人気者かは比《くら》べるまでもない。ぼくは語彙《ごい》が豊《ゆた》かで、年齢《ねんれい》以上に文章もうまいって、先生たちはいってくれるけど、兄さんにいわせれば、表現《ひょうげん》に凝《こ》ったりしてるから、ガールフレンドができないんだそうだ。兄さんにはガールフレンドがいる。ぼくもガールフレンドがほしければ兄さんが呈《てい》した「苦言」、つまりアドバイスに従《したが》うしかない。

文章を書くことも好きだ。いまも、物語を書いてる。でも秘密《ひみつ》にしてる。父さんや母さんにだっていってない。出版《しゅっぱん》したくなったりしたら別だけど、正直いまは、だれにも知られたくない。タイトルは『人類最後の子ども』。ダニエルという少年が主人公の冒険物語《ぼうけんものがたり》だ。

どんな話になるかは、ぼくにもまだ謎《なぞ》。1ページ目は52回書き直したけど、まだ満足できてない。

いけない、なんの話だっけ？　まとまりがなくなってしまった。ときどき、こんなふうに思考がそれちゃうんだ。火曜日の特典の話だ。

火曜日の特典その2。最後のキーツ先生の授業時間中《じゅぎょうじかんちゅう》に宿題ができること。社会で、好きな教科だし。キーツ先生は、ぼくらに悩《なや》まされつづけて、ついに見切りをつけ、授業中《じゅぎょうちゅう》に宿題をする時間をとってくれるようになったんだ。だから家で宿題をしないですむ。その間先生も、自分の机《つくえ》で新聞を読むことができるし。

火曜日に数学の授業《じゅぎょう》がないって特典も大きい。数学はほんとに苦手なんだ。おまけの特典もある。放課後マックスが家に来て、いっしょにテレビゲームをして遊べること。マックスのお母さんが仕事で遅《おそ》くなるからだ。こんなわけで、一週間で最高なのは火曜日、のはずなんだけど……。その日はそれほど最高じゃなかった。

社会の授業中《じゅぎょうちゅう》、ぼくはいつもどおりマックスのとなりに座《すわ》ってた。マックスの頭には、土曜日のアメフトの試合、〝ホイットビー・ワイルドキャッツ〟戦のことしかなかった。マックスのポジションはタイトエンド。もちろんスタメン。控《ひか》えのキッカーのぼくとちがって、攻撃《こうげき》の要《かなめ》だ。ぼくはスポーツが好きじゃないってことをマックスはどうしても覚えなくて、日に20回はアメフトの話をする。でもそんなことはいいんだ。ぼくらは幼稚園《ようちえん》のころから友だちで、5年生になると、マックスはクールな男子にランクインし、ぼくは元のままだった。ぼくみたいなやつが、クールランクのグループに入れるはずがないのに、はしっこにくっついてられるのは、マックスの友だちだからだ。みんなから、名前を呼《よ》ばれることもないけど、それでもロッカーに押《お》しこまれるよりはましだ。マックスがいなかったら、きっとそうなってる。

とにかく、運命の火曜日の社会の授業中《じゅぎょうちゅう》、アメフトの話をしつづけるマックスのとなりで、ぼくはライヤに見とれてた。ライヤはぼくらのグループの女の子だ。ぼくらのっていったけど、正確《せいかく》にはライヤと同じランクにいるのはマックスで、そのマックスとつるんでるのがぼくだ。ライヤは、クールでおとなびた雰囲気《ふんいき》で、すごくかわいい。だから、〝エリーヒルズ・エレファンツ〟の控《ひか》えのキッカーなんてきっと眼中《がんちゅう》にない。エリーヒルズ・エレファンツは、ぼくらのアメフトチームの名前。エレファンツはゾウのことだ。アメフトチーム名としてはイマイチだし、試合の前にはゾウが鼻をふり上げる動作までする。まあ、どうでもいいんだけど。

ライヤの話をしてたんだった。ライヤのファッションはちょっと変わってる――カーディガンにショール、テクニカラー社のロゴ入りの服は、ふつうクールっていわないと思う。ぼくの服は、母さんがウォルマートで買ってきたTシャツにパーカーだから、ファッションを語る資格《しかく》はないんだけど、ライヤにファッションのことをきかれるといけないから、ネットでいろいろ調べたんだ。

たとえば、男の人の場合、それなりに成功してるように見え、女の人に好印象を与《あた》えたいなら、おしゃれなワイシャツとタック入りズボンがいいらしい。試《ため》してみようとしたこともある。でも、そんなかっこうで学校行ったらぶちのめすって兄さんにいわれ、パーカーを着つづけてる。

パリのファッションデザイナーのなかには、まだネックレスの材料とかに象牙《ぞうげ》を使おうとする人もいるんだって。知ったときは頭に来た。プラスティックでそっくりに作れるのに、ゾウを殺すなんて。ゾウは好きなんだ。賢《かしこ》いし、心のやさしい動物だし、記憶力《きおくりょく》がすごくよくて決して忘《わす》れないらしいし。いけない、また話がそれちゃった。

ライヤは髪《かみ》を短めにしていて、トレンド最先端って感じで、赤とかに染《そ》めてる。でも、そこにひかれてるんじゃない。すてきなのは瞳《ひとみ》なんだ。マグカップにホットチョコレートを入れ、マシュマロを浮《う》かべて溶《と》かしたみたい。これ、ぼくの大好物なんだ。右のほおに小さなえくぼがあって、首をほんの少しかしげてにっこり笑うと、それがくっきり大きくなる。頭もよくて、話もおもしろくて……。

「おい、またヘンなやつになってんぞ」マックスに腕《うで》をつつかれた。

「えっ？」

「しっかりしろよ。スペースカデット」マックスがため息をつく。

マックスは、ぼくのことを「スペースカデット」って呼《よ》ぶことがある。宇宙飛行訓練生《うちゅうひこうくんれんせい》のことなんだけど、ぼんやりしたやつとか、現実離《げんじつばな》れした人って意味もある。ぼくはときどき、虚《うつ》ろな目をしてどこか遠くへ行っちゃったみたいになるんだ。

「あのな、ライヤには難点《なんてん》がある」マックスがいう。

ぼくがライヤ・シンを好きだってことは、もうばれてる。

「ライヤにはない」ぼくは反論《はんろん》した。

「いいや、ある。もっとも致命的《ちめいてき》なのは、おまえのよさがわからないってことだ」

「なんでそういえるのさ？」

「おれのカンだ」

ライヤにちらっと目をやって、ぼくはぐったりうなだれた。「きっとそのとおりだ」

マックスが意味ありげに身を寄《よ》せてきた。「だけど、直接《ちょくせつ》きいてみなきゃ、ほんとのところはわからないだろ」

思わず笑いだしそうになった。あっちでもこっちでも私語《しご》をしてるけど、笑い声をあげるのはまずい。キーツ先生はぼくらに背《せ》を向けて板書してる。生徒たちはノートをとってると信じてる。ちゃんとそうしてる子もいたし、ぼくもしたかったけど、マックスは、ノートなんてとらないほうがクールだぜって、いつもアドバイスをくれる。それでいつも、テストのときに後悔《こうかい》する。

マックスのいうとおりにしても、いいことがあるとはかぎらないけど、マックスのクールさは、ぼくの理想なんだ。細身だけど筋肉質《きんにくしつ》。短く刈《か》り上《あ》げた黒髪《くろかみ》。すずしげな青い瞳《ひとみ》。女子に人気があるのに、一歩引くようなところがあって、たぶんそれは、ぼくの影響《えいきょう》かもしれない。まったくの話、ぼくは女の子を前にするとすごく緊張《きんちょう》しちゃうんだ。とくにライヤは。

「何をきくんだよ？　『ライヤ、ぼくのこと好き？』とかきくわけ？」

マックスは肩《かた》をすくめた。「まあ、そんな感じだな」

「できないってわかってるだろ」

「じゃ、おれが試《ため》してやる。こんくらいで、何を失うっていうんだ？」

「尊厳《そんげん》。誇《ほこ》り。自尊心《じそんしん》」それ以上言葉がつづかない。「マックスのいうとおりだ」ぼくはため息をついた。

黒板に目をやると、キーツ先生は板書をやめ、かぶりをふりふり教室の外を見てた。先生の服装《ふくそう》は……ストライプのボタンダウンシャツを着て、えりまですべてのボタンをとめ、タックの入ったスラックス……。兄さんがぶちのめすっていった理由がわかった。

黒板のいちばん下の行に、こう書かれてた。


「社会の試験――10月19日（今週金曜）。勉強してくれ。頼《たの》む」


げっ。とりあえず、日付を書き写そう。

「19」の「1」のとちゅうまで書いたときだった。とつぜん、ペンが動かなくなった。あれが襲《おそ》ってきたんだ。ぼくが勝手に「ザップ」って呼《よ》んでるやつ。襲《おそ》われると、たいていつぎのようになってしまう。

1　「ミスをしたぞ。悪いことが起きるぞ」って、ザップが頭のなかでささやく。
2　『ハリー・ポッターシリーズ』のディメンターに襲《おそ》われたみたいな恐怖《きょうふ》で動《うご》けない。
3　このままだと死ぬ、いや、頭がおかしくなる、もう二度とふつうに戻《もど》れない……悪いことがほんとうに起きる前に、いますぐ何かをしなければってことで頭がいっぱいになる。

いま襲《おそ》ってきたザップはこんな感じ。

1　「19は不吉《ふきつ》な数だ。書いたら悪いことが起きるぞ」って、頭のなかでザップがささやいた。
2　首から背筋《せすじ》にチクチクするような痛《いた》みが走り、胃がねじれていく。ザップがつづけた。「おまえの幸せはうばわれる。永遠《えいえん》に不幸にとらわれる」
3　書くのをやめた。

ザップのことを説明するのってむずかしい。夜中に見た怖《こわ》い夢《ゆめ》をだれかに伝えるのに似《に》てる。話をきいてもらって、「うわっ、怖《こわ》いな」とかいわれても、感じた怖《こわ》さの半分もわかってもらえてないんじゃないかな。なぜって、その怖《こわ》いことが現実《げんじつ》に起こることはないから。ぼくに起きてることを話しても、それはぼくがそう思うだけで、現実《げんじつ》には起こらないよって、みんないうと思う。でも、ちがうんだ。現実《げんじつ》をふりはらえないのと同じように、ザップもふりはらえないんだ。人生最悪の事態《じたい》を思《おも》い浮《う》かべてみて。致死性《ちしせい》のインフルエンザにかかっちゃうとか、愛犬が死んじゃうとか、とにかくいちばん起きてほしくないことだよ。つぎに、いつもは10歩で行くトイレに、9歩で行っちゃったとする。すると、頭のなかで声がするんだ。**「おまえ、いま9歩で行ってしまったな。最悪の事態《じたい》が起きるぞ」**って。それがザップ。

ザップは、1日に10回、日によってはもっと現《あらわ》れる。ぼくだけなぜザップに襲《おそ》われるのかわからない。ぼくがふつうじゃないっていう論理的《ろんりてき》な原因《げんいん》以外には。気がくるってるわけじゃないと思うし、ノートに「19」って書いたせいで最悪の事態《じたい》が起きるなんて、ばかげた考えだ。わかってる。でも、もしほんとに、ザップのいうとおりになったらって思うと、ほかのことは考えられなくなる。ザップをふりはらうことがどうしてもできないんだ。今度もぼくはあわてて数字を消した。

「どうして消してんだ？」マックスがふしぎそうに、ぼくの顔をのぞきこんだ。

しまった！　ザップのことは、だれにも知られないよう、いつだってものすごく気をつかってるのに。マックスに見られてないか、注意をはらうのを忘《わす》れてた。顔が赤くなっていく。

「大切な日付《デート》を忘《わす》れるわけないじゃないか」ぼくは目をふせて、ふだんどおりに答えた。

「デートじゃなくてテストだぞ」と、マックスにあきれられたけど、それ以上はつっこまれなかった。


そのあとは、いつもと同じ。授業時間《じゅぎょうじかん》の終わりには、キーツ先生が宿題をする時間をとってくれ、たいていの生徒は、うとうとしたり、小声でおしゃべりをしたりし、ぼくは宿題をやり終え、マックスはそれを写し、ぼくはきょうはアメフトの練習がないっていう喜びにひたり、マックスは新フォーメーションについて熱心に話してた。そこへ校内放送のスピーカーがガーガー鳴りはじめ、フロスト校長のしゃがれ声が割《わ》りこんできた。

「生徒諸君《せいとしょくん》。下校時間になる前に至急《しきゅう》のお知らせがあります」

校長は明るくにこやかなタイプの先生じゃない。からだつきは、洞窟《どうくつ》に住むトロールみたいで、性格《せいかく》も、石頭で気むずかしそうだ。学校が終わったらちゃんと家に帰ってるのかな。居残《いのこ》りをさせられすぎた生徒たちの骨《ほね》の山にかこまれて、校長室に住んでたりしそうだ。

フロスト校長の声は、いつも以上に不機嫌《ふきげん》そうだった。

「毎年恒例《こうれい》の、保護者会主宰《ほごしゃかいしゅさい》のチャリティー・ダンスパーティーが2週間後の火曜日に開かれます」ダンスという発想にむかついてるような声だ。「事前にチケットの購入《こうにゅう》が必要なので、希望者は担任《たんにん》の先生に申しでるように。もうひとつ。放課後、度を超《こ》えて廊下《ろうか》で騒《さわ》ぐ行為《こうい》が見受けられます。きょうはわたしが見回りをします。以上。ああ、もうひとつ。靴《くつ》の泥《どろ》は、玄関《げんかん》マットでよく落とすように！」

校内放送で、教室は目が覚めたみたいだ。女子からははしゃぎ声が、男子からは冗談《じょうだん》や不満の声があがった。毎年恒例《こうれい》って校長はいったけど、みんな忘《わす》れてたんだと思う。なんだかどきどきしてきて、とっさにライヤを見た。ライヤはぜんぜん興味《きょうみ》がないみたいで、友だちがはしゃぐのをぼんやりきいてる。ぼくにもチャンスがあるんだろうか？　女の子をダンスに誘《さそ》うやつなんているのかな？　周囲を見回すと、あっちでもこっちでもひそひそ話してる。

「いまどき、ダサいよな」マックスがいった。

「ほんと。でも、行くつもりだろ？」

マックスはすぐには答えなかった。「たぶん」

キーツ先生は教壇《きょうだん》のむこうでやれやれと首を横にふってた。宿題なんてきれいに忘《わす》れ去《さ》られてた。ベルが鳴ると、先生は手をふっていった。「帰っていいぞ。明日提出《ていしゅつ》しなさい」

マックスとぼくは、さっさと教室を出た。きこえてくるのは、ダンスパーティーのことばっかりだ。後ろからタージが追っかけてきて、ポンとマックスの肩《かた》をたたいた。タージもアメフトチームの主力選手で、ポジションはラインバッカー。守備《しゅび》の要《かなめ》だ。マックスとは仲がいいけど、ぼくのことは完全無視《かんぜんむし》だ。タージはでかくてごっついやつで、ぼくより30センチも背《せ》が高いから、ほんとに見えないのかもしれない。

「ダンス、だれ誘《さそ》うんだ?」タージがニヤッとした。

「誘《さそ》わないよ」マックスは笑った。

「そんなことするやついないって。だろ?」ぼくも話を合わせた。

「ふつう、誘《さそ》うもんなんだよ」タージが鼻息荒《あら》くいう。「おれはぜったい誘《さそ》っていく。ほかのやつらがレディたちと踊《おど》ってる間に、おまえみたいな腰《こし》ぬけと座《すわ》ってたくないからな」

「レディ?」ぼくはきいた。胃がちぢみ上がっていく。

「そういう表現《ひょうげん》があるだろうが」タージがぶっきらぼうに答えた。「マクシー、おまえは誘《さそ》うだろ。クララはどうだ？」

「女王様をか？」マックスがいった。

「美人で、それに――、セクシーだぜ」タージがウインクした。

マックスとタージはげらげら笑った。ふたりに遅《おく》れずについていくのに、ぼくは急ぎ足になりながら考えてた。ダンスパーティーって、ほんとに誘《さそ》っていくものなんだ！　女の子を。ライヤみたいな子を。理論上《りろんじょう》はぼくが誘《さそ》ってもいいんだ。考えただけで吐《は》きそうになってきた。ぼくが誘《さそ》っても冗談《じょうだん》あつかいされるだけだろうな。

ダンスのことに気をとられすぎて、床《ゆか》のタイルのつぎ目をあやうく踏《ふ》むところだった。踏《ふ》んだら悪いことが起きてしまう。けど、そんな無謀《むぼう》なことはしない。ぼくは、黒ずんだ白いタイルのまんなかを踏《ふ》むよう、すばやく歩幅《ほはば》を4分の3に調整した。だれにも気づかれずに歩幅《ほはば》を変えるなんて、よくすることだから朝飯前なんだ。

前方から補助教員《ほじょきょういん》のレッキーさんがゆっくり歩いてきた。サラ・モルヴァンといっしょだ。サラは……変わってる。幼稚園《ようちえん》・小学校・中学校と同じだけど、いつも、ほかのみんなとは別に授業《じゅぎょう》を受けてる。だれともしゃべらない。8年間、ただのひと言も。

いまもよく覚えてるけど、たった一度だけ、サラがクラスに合流したことがあった。5年生になったときだ。サラは補助教員《ほじょきょういん》といっしょにすみっこの席に座《すわ》っていて、ぼくらが教室に入っていっても、黒板を見つめたままだった。

「みなさん、サラにあいさつしましょう」担任《たんにん》だったロバーツ先生がいった。

ぼくらはあいさつしたけど、サラはにこりともしなかった。

「よろしくね」かわりに補助教員《ほじょきょういん》がいった。

何週間かたっても、サラはしゃべらなかった。補助教員《ほじょきょういん》がサラに何かいうのは見るけど、サラは座《すわ》ってるだけ。なんの反応《はんのう》もしなかった。

サラがようやくしゃべったのは、2か月くらいたったときだ。しゃべったんじゃなくて、叫《さけ》んだんだ。

その日、サラは具合が悪そうだった。落ち着きがなく、汗《あせ》をびっしょりかいて、からだをずっともぞもぞさせてた。いつものサラじゃなかった。席が遠くなかったから、ぼくは一部始終を見てた。補助教員《ほじょきょういん》が落ち着かせようとするたびに、サラのようすがおかしくなっていき、補助教員《ほじょきょういん》はとうとうサラの腕《うで》をつかんだ。そのとたん、サラが絶叫《ぜっきょう》した。教室じゅうが凍《こお》りつくなか、サラは身をよじって腕《うで》をふりほどき、机《つくえ》を倒《たお》して廊下《ろうか》に飛びだしていった。

それ以降《いこう》、サラがクラスに合流することはなかった。

サラは、どんな問題をかかえてるんだろう。くわしいことは何も知らない。緑色の大きな瞳《ひとみ》は、いつもくもっていて、だれかに焦点《しょうてん》が合うこともなく、どこか遠くをさまよってる。ほんとのサラはどこか別の世界にいて、ここにいるのはサラのぬけ殻《がら》なんじゃないかって思ってしまう。チャームつきのブレスレットをいつもつけていて、歩くとシャラシャラと音がした。でも、見たことはなかった。

みんなはサラのことを、「サイコ・サラ」って呼《よ》ぶ。精神《せいしん》に異常《いじょう》があるって意味。教室で絶叫《ぜっきょう》したときはたしかにびっくりしたけど、正気を失ったように見えたのはあのときだけなのに。サラは、頭がおかしいんじゃなくて、何かのはずみで放心状態《ほうしんじょうたい》になっちゃうんだと思う。たぶんまちがいない。ぼくも、ときどきそうだから。

マックスとタージとぼくが、サラとすれちがったときだった。思いもしなかったことが起こった。

サラが、ぼくのほうに向き直った。かすみがかかったような瞳《ひとみ》が、いきなりきらっと輝《かがや》いた。

そして、サラはいったんだ。

「ハーイ！　ダニエル」

# 2

不意をつかれて返事も忘《わす》れてた。あわててふりかえって、重そうな足取りで廊下《ろうか》を歩いていくサラを見送る。マックスとタージの足も止まってる。信じられないという顔でマックスがぼくを見てつぶやいた。

「いま、サイコ・サラがおまえに話しかけたよな」

「だと思う」ぼくは黒く短いポニーテールが遠ざかっていくのを見つめた。

8年間ではじめてしゃべったのに、まるで前から友だちだったみたいな話し方だ。

「こりゃすげえ。おまえにダンスに誘《さそ》ってほしいんじゃねえ?」タージがいった。

マックスが爆笑《ばくしょう》した。「よし、明日誘《さそ》ってみろよ」

ぼくは顔をひきつらせて笑うことしかできなかった。からだじゅうの皮膚《ひふ》が火であぶられたみたいだ。サラが話しかけてくるなんて。しゃべれるとさえ思ってなかった。

でもそんなことよりうろたえてしまったのは、サラと目が合ったときの感覚だった。ほんとのぼくが見える、ただひとりの存在《そんざい》だって感じたんだ。わけがわからない。ありえない。

マックスと秋のさわやかな空気のなかに出た。いまはサラ・モルヴァンのことを考えるのはやめにした。

◇◇◇

前にもいったけど、ぼくは物語を書いてる。かれこれ1年になるかな。20ページ目まで進んだこともあったけど、全部消した。気に入らなかったから。書くことは好きだ。書いてる間だけはザップもふしぎと襲《おそ》ってこない。脳《のう》をフル回転させてるからかな。物語のなかは、ぼくが作りだす世界だから、ぼくが登場してもふつうの人間でいられるからかな。書いてるときだけは安心してられる。それで完全におかしくならずにすんでるのかもしれない。

いま書いてるのは、ダニエルって子が偶然《ぐうぜん》、人類を消してしまい、手遅《ておく》れになる前にみんなを元に戻《もど》す方法を見つけて、この世界を修正《しゅうせい》しなくちゃいけなくなる話。こんなふうにはじまる。

ダニエルが目を覚ますと、ビロードのような朝の光で、濃紺《のうこん》のカーテンがいつものように輝《かがや》いていた。だが、重苦しい静寂《せいじゃく》があたりを支配《しはい》し、ダニエルの心を波立たせた――まるで死につつまれたような不気味な静寂《せいじゃく》。ダニエルは飛び起きてジーンズとパーカーに着替《きか》え、廊下《ろうか》に出てきょときょとと見回した。

「おはよう！」ダニエルの声は、くるったコウモリのように家のなかを飛びまわった。あわてて1階にかけおり、キッチンに飛びこんだが、だれもいなかった。時刻《じこく》は8時半。母親も兄も妹も、家族全員ここにいるはずなのに。いったい何が？　テレビのスイッチを入れた。それからラジオを。だが、ジージーという雑音《ざつおん》しかきこえなかった。

恐怖《きょうふ》が腹《はら》からはい上がってきた。ダニエルはじっとしていられず、通りに飛びだした。物音ひとつきこえてこない。建物は息をひそめ、走り去る車も道行く人もない。10月の空気を震《ふる》わせるものは何ひとつない。よろよろと通りのなかほどまで歩いているうちに、恐《おそ》ろしい罪悪感《ざいあくかん》が襲《おそ》ってきた。これはすべて自分がしたことだ。ダニエルがすべての人を消してしまったのだ。

目のはしに月が見えた。地に沈《しず》むことに抵抗《ていこう》しているような月だったが、その光る球体に焦点《しょうてん》を合わせたとたん、戦慄《せんりつ》が走り、ダニエルのひざは震《ふる》えはじめた。きのうまでとは似《に》ても似《に》つかない形だった。起こるはずのないことが起こっていた。

月の一部が消えてしまっていたのだ。

この場面はあとから回想するシーンにして、冒頭《ぼうとう》はアクションシーンにしたかったんだけど、何度書き直してもうまくいかない。それで、方針《ほうしん》を変えた。直したり入れかえたりするのは後回しにして、最後まで書いていくことにした。とにかくこの話を仕上げるんだ。

これも前にいったけど、物語を書いてることは、だれにも話してないし、話すつもりもない。なんのために書いてるのか、じつはぼくにもわからない。いってみれば、自分のためだと思う。

◇◇◇

その日、サラのことをあれこれ考える時間はなかった。家に着くと、マックスとぼくは、居間《いま》の大きな茶色いソファーに陣取《じんど》り、シューティングゲームで3時間遊び、ポテトチップスを2袋《ふくろ》食べ、クッションにチップスをこぼすなって、母さんに2回怒《おこ》られた。いつもの火曜日。ザップも、トイレの電灯のスイッチを押《お》したときに1回来ただけですんだ。電灯のスイッチには、なぜかひどい目にあわされてる。

夕食もマックスがいっしょだった。きょうはチキンの手羽料理。母さんはマックスが大のお気に入りで、いつも夕食を食べてってねってすすめる。何年か前、マックスのお父さんが家を出ていき、お母さんが遅《おそ》くまで働くようになってから、夕食らしい夕食があまり食べられないマックスは、いつもうれしそうに食べていく。マックスは、どんなおとなも心地《ここち》よくさせてしまう。言葉づかいも礼儀正《れいぎただ》しいし。

兄さんのスティーブと妹のエマもいっしょだった。父さんは仕事で遅《おそ》くなるから、たいてい、アルミホイルにつつんでとっておかれたものを、スポーツのハイライトを見ながら食べる。

「きょうはどうだった？」母さんが、エマにサラダをとりわけながら、マックスにきいた。マックスがよく寄《よ》っていくようになったから、オーク材のテーブルのまわりには椅子《いす》が6つある。テーブルは、すり傷《きず》やしみや切《き》り傷《きず》だらけだけど、大きなランチョンマットを敷《し》いたり、まんなかに飾《かざ》りを置いたりすれば、目立たない。おばあちゃんが使ってたものだから母さんも大事にしてるんだ。

「いい一日でした。今年もダンスパーティーを開催《かいさい》するって連絡《れんらく》がありました」マックスは、手にしてたチキンを置いてから答えた。

「ダッセー」兄さんがいった。

兄さんには、たいていのものがダサい。いま16歳《さい》で、アメフトがうまくて、チアリーダーのガールフレンドがいて、昼も夜も、寝《ね》るとき以外はずっとベースボールキャップをかぶってる。クールなんだけど、ちょっと度を超《こ》えちゃっていて、ぼくにはついていけない。ぼくと兄さんはあんまり似《に》てないんだ。ぼくはひょろひょろで、瞳《ひとみ》は青、そばかすがあって、髪《かみ》の色は、季節によってブロンドからブラウンに変わる。兄さんは、筋骨隆々《きんこつりゅうりゅう》、スポーツ万能《ばんのう》。濃《こ》い色の髪《かみ》を短く刈《か》り上《あ》げてるせいで、目つきがよけいにするどく見える。ぼくらはあまり会話もしない。兄さんはぼくに興味《きょうみ》ないんだ。

「ダサくなんてないわよ。ダニエルも行くの？」母さんがぼくのほうを向いた。

「わかんない」ぼくは肩《かた》をすくめた。

「行きなさい」と母さん。「マックス、この子のこと、よろしくね」

「まかせてください。女の子を誘《さそ》っていくかもしれません」といって、マックスはぼくにウインクした。

ぼくはマックスをにらんだ。母さんがうれしそうに目を大きくしてきいてきた。

「ほんとう？　どんな子？」

「だれも誘《さそ》わない」ぼくは赤くなった。

エマがくすくす笑った。エマは兄さんと正反対だ。9歳《さい》。ものすごく恥《は》ずかしがり屋《や》。部屋で本を読んでる時間が最高に幸せ。ぼくと似《に》てる。毎晩《まいばん》エマのベッドに腰《こし》かけてお話を読んでやってた。いまでもよくいっしょに本を読む。

兄さんが、チキンをほおばりながら鼻で笑った。「スペースカデットが女の子を誘《さそ》うって？」

兄さんもぼくのことをスペースカデットって呼《よ》ぶ。呼《よ》び方《かた》はほかにもいろいろある。ガリ勉、イモ野郎《やろう》、腰《こし》ぬけ、ダサオ……。ダニエル以外なんでもいいみたいだ。

「そんなふうにいうものじゃないわ」母さんがきつい声を出した。「ダニエルは魅力的《みりょくてき》よ」

「ありがと、母さん」ため息が出た。

「ダニエルが誘《さそ》おうとしてる子は、すごく人気があるから、ほかの子をすすめてるところです」マックスがいう。

「そんなに人気がある子？」とたんに母さんの顔がくもった。

「だったら何？」ぼくはふてくされていった。

「ちやほやされてると、性格《せいかく》がきつくなったりしやすいでしょ。ダニエルには傷《きず》ついてほしくないのよ」母さんはとりつくろうようにいった。

マックスは笑い声をあげると、椅子《いす》に座《すわ》り直《なお》し、お腹《なか》を軽くなでた。

「ダニエルならだいじょうぶです。ごちそうさまでした。おいしかったです。そろそろ失礼します。一週間分食べました」

「送っていくわ」母さんが椅子《いす》を後ろに引きかけた。

「いえ、腹《はら》ごなしに歩きます。土曜日に試合があるし、体調を整えたいんで」

玄関《げんかん》まで送っていくと、マックスはドアを開けながら、口元をゆがめてニカッと笑った。

相手を怒《おこ》らせたとき、マックスはよくこうやって笑うんだ。その顔を見てると、たいてい怒《おこ》ってたことも忘《わす》れるんだけど、きょうはなかなかおさまらなかった。

「また明日。スペースカデット殿《どの》」マックスがおどけて敬礼《けいれい》した。

「それは、余計《よけい》だよ」

マックスは、がっしりした右手でぼくの腕《うで》をポンとたたいてポーチをおりていった。でも、とちゅうでふりかえり、もう一度あの笑顔を見せた。「話変わるけどさ、おれも、おまえは魅力的《みりょくてき》だって思うぜ」

「うるさいな」

マックスは豪快《ごうかい》に笑い、ジーンズのポケットに手をつっこんで、通りへとかけていった。

ぼくは顔をしかめ、ドアをしめた。母さんは、ぜったいにライヤのことをあれこれきいてくると思ったから、そのまま2階に上がった。キッチンでは母さんと兄さんがいい争ってた。

「おれはもう16なんだ」兄さんがどなって、壁《かべ》をなぐりつけた。

「穴《あな》があいたらどうするの！　弁償《べんしょう》させるわよ！」母さんがどなりかえす。「そのとおりよ。まだ16なのよ。学校があるんだから、夜10時には家にいなさい」

「そんなのおかしいだろ！」

ふたりがいい争うのは、ほとんど毎晩《まいばん》のことなんだ。エマはもうとっくに部屋に戻《もど》ってドアをしめてる。ぼくも部屋に戻《もど》ると、ノートパソコンを開いて、自分のフェイスブックをチェックした。新しい投稿《とうこう》はなかった。

それから、がまんできなくなって、ライヤのフェイスブックのページを開いた。人気のある女の子って、たいてい自分でカメラを持って撮《と》ったアヒル口の写真をプロフィールに貼《は》りつけてるけど、ライヤはちがう。自然な笑顔。ライヤを誘《さそ》うなんて、できっこない。きっとことわられる。そしたら、夢見《ゆめみ》ることさえできなくなる。

椅子《いす》の背《せ》にもたれて、部屋を見回す。本とアクションフィギュア。音楽バンドや映画《えいが》のポスター。ぼくがアメフトのチームに入ったときに、父さんが買ってくれたアメフト選手の写真まである。まとまりがない。通りを見おろせるほこりっぽい窓《まど》の下に机《つくえ》があり、いつも本やメモやスケッチで散らかってる。

自分のホームページを開こうとクリックしてると、ザップに襲《おそ》われた。修正《しゅうせい》しようと、戻《もど》ってクリックし直したけど、不安は消えない。10回くりかえしてもだめ。ぼくはブラウザを閉《と》じた。額《ひたい》に汗《あせ》の玉が浮《う》きでてた。すぐにもう一度クリックしたい衝動《しょうどう》にかられた。でも、このままじゃ、何時間もクリックしてなくちゃいけなくなる。物語を書こう。いますぐ。

ダニエルは、月を見つめながら、しきりに目をまたたいた。信じられない。月は何者かにパックリとかじられでもしたかのように、一部が欠け、ダニエルを見つめかえしながら、朝の空にうすれ、消えようとしていた。

なぜこんな事態《じたい》になったのか、何度考えをめぐらせても、結論《けつろん》は同じだった。あの装置《そうち》を動かしてしまったせいだ。屋根裏部屋《やねうらべや》でほこりまみれになっていたから、作動するはずなどないのだが、ほかに心当たりがない。あのスイッチを入れてしまったせいで、何か恐《おそ》ろしいことが起きたのだ。

ダニエルは恐怖《きょうふ》に立ちすくみ、空を見上げた。と、何かがさっと視界《しかい》をよぎった。視線《しせん》を向けたのと同時に、大きな影《かげ》が、建物のすき間にすべりこんだ。

やさしいノックの音がして、ノックよりもやわらかい声がした。

「ダン兄ちゃん、入ってもいい？」

「いいよ」

エマが入ってきた。本をかかえてる。こっちをじっと見てる。

「何してるの？」エマはノートパソコンに目をやった。ほんと、好奇心《こうきしん》のかたまりなんだ。

「べつに何も」ぼくはあわててノートパソコンを閉《と》じた。少しだったけど、書いたら落ち着いてきた。クリックをやり直せって声もきこえなくなった。「どした？」

エマはベッドに腰《こし》かけて肩《かた》をすくめた。「ちょっとの間、本読んだりしない？」

「いいよ」

ぼくはエマといっしょに、床《ゆか》にあお向けに寝転《ねころ》がって天井《てんじょう》を見上げた。ぼくらはこうしてよく遊ぶんだ。

「何が見える？」小さな声でエマがきく。ほどいたブロンドの髪《かみ》がカーペットに砂《すな》をまいたように広がってる。

天井《てんじょう》のしっくいの模様《もよう》から、いろんなものを想像《そうぞう》していくんだけど、お話をまるまる作りだすこともある。ぼくは目にとまった一点をじっと見つめた。

「鳥。ワシかな。エロースって名のワシの王が、アログ平原の上空を飛んでいく。戦いの準備《じゅんび》をしてる。王国にゴブリンがせまってきてるんだ。エマは何が見える？」

「顔。女の子の顔。すごくかわいい。でも冷たい目をしてる。お姫《ひめ》さまかも……ちがった。

弓の射手《いて》だ。サンアーって名前。滅亡《めつぼう》した王族の娘《むすめ》で、アラドールでもっとも有名な弓の射手《いて》だよ。100メートル離《はな》れたところからでも、雄牛《おうし》の目を射《い》ぬけるんだ」

エマはこっちを向いて、ニコッとした。ハシバミ色の瞳《ひとみ》がいたずらっぽく光った。

「ほんとに、女の子を誘《さそ》うの？」

「誘《さそ》わないよ。たぶん」

エマはまた天井《てんじょう》に向き直った。「夕ご飯のとき、ヘンだったよ」

「ヘンって、どんなふうにさ？」

エマは言葉を探《さが》してるようだった。「よくわかんない。うーん……いつもより、もっとずっと遠くにいる感じっていうか」

とたんに、サラ・モルヴァンのことが頭に浮《う》かんだ。背筋《せすじ》にチクチク痛《いた》みが走り、それが靴下《くつした》のなかにまで入りこんできた。

「疲《つか》れてたんだ」動揺《どうよう》してることに気づかないようにって願った。

エマは持ってきた本を開いて読みはじめた。

「そんなの信じらんない」

「何いっても信じないだろ」

それから、ふたりで本を読んだ。母さんが顔をのぞかせて、もう寝《ね》なさいとエマにいい、ぼくらはようやく起き上がって手足をのばした。エマは、おやすみをいって、眠《ねむ》そうに足を引きずりながら出ていき、ぼくはまたひとりになった。

もう少し物語を書こうかな。ノートパソコンを開きながら、バックパックを見ると、ポケットから紙切れがはみだしてた。なんだこれ？　とりだしてみた。黒いインクで走り書きしてある。

助けて
仲間のスター・チャイルドより

# 3

何度か読みかえしてメモを折りたたんだ。手が震《ふる》えた。「スター・チャイルド」って何？　というより、ぼくに助けてほしいって、どういうことだ？　ぼくが見てないときに、だれかがこれをバックパックにこっそり入れた。

でも、いったいだれが？

とにかく、スター・チャイルドについて調べてみよう。手がかりがあるかもしれない。最初の検索《けんさく》で見つけたのはつぎのようなものだった。

スター・チャイルドとは、疑似科学《ぎじかがく》で使用されるニューエイジの概念《がいねん》。特別で非凡《ひぼん》な、場合によっては超自然的《ちょうしぜんてき》な性質《せいしつ》もしくは能力《のうりょく》を持つ子どものことである。

ほかの記事にもざっと目を通してみたけど、エイリアンのDNA《ディーエヌエー》を持ってるとか、テレパシー能力《のうりょく》があるとか、なんだかうさんくさい。自分の子どもが手に負えなくなったときに、この言葉を使う親も多いらしい。

その夜は、メモを残していったのがだれなのかわかるかもしれないと、フェイスブックもチェックしてたから、かなり遅《おそ》くなった。

「寝《ね》る前の儀式《ぎしき》」をはじめたのは0時半だった。「儀式《ぎしき》」といっても、毎晩《まいばん》してるちょっとしたことだ。やってることはたいしたことじゃない。この話はあとでするけど、「儀式《ぎしき》」を終えて、ベッドで丸くなったときには、4時になってた。

◇◇◇

つぎの日、マックスやほかのクールランクの男子たちは、校庭でバスケをしてた。ふつう、始業前はただしゃべるだけで、バスケとかは昼休みにするんだけどな。でもマックスがしてるなら、もちろんぼくもまざらなきゃいけない。たとえ、バスケがアメフト以上にへたくそであってもだ。マックスだけはたまにパスをくれるけど、ぼくはすぐさまパスを戻《もど》す。シュートはゴールの真下にいるときしかしない。ほかのクールランク男子もコートには入れてくれる。ぼくがマックスとつるんでるからだ。マックスがいなかったら、校庭のすみっこでエマと本を読んでると思う。ぜんぜんかまわないけど……。でも、ライヤと話すチャンスが絶望的《ぜつぼうてき》になっちゃうのはつらい。といっても実際《じっさい》には、きょう、ライヤは、クールランク女子の輪の中心にいて、ぼくがたどり着く前にベルが鳴ったんだけど。

「土曜の試合は大事だぞ。準備《じゅんび》はいいか」教室に入りながら、マックスがきいてきた。

「何度もいうけど、ぼくが試合に出ることはない」ため息をついた。

「スタメンが負傷《ふしょう》したらどうする。おまえが必要になる」マックスは大まじめだ。

「キッカーが負傷《ふしょう》する可能性《かのうせい》なんて、どのくらいある？」

マックスはちょっと考えた。

「まずないな。でもぜったいないとはいえないぜ。ところでさ、きょう誘《さそ》うのか」

「誘《さそ》わない」ぼくは鼻を鳴らして、教科書を引っぱりだした。

「急がないと、だれかに先を越《こ》されちまうぞ」

一瞬《いっしゅん》、ハッとした。でもぼくは首を横にふった。「できないよ」

「意気地《いくじ》がなさすぎるぞ」

「みとめる」

ライヤのことを考えてたら、キーツ先生が入ってきた。授業《じゅぎょう》なんかやめて、一日寝《ね》てたいって感じだ。

「数学の教科書を出しなさい」

ため息が出た。キーツ先生と同時だった。

数学は好きじゃない。不吉《ふきつ》な数があるからだ。単純《たんじゅん》な方程式《ほうていしき》を解《と》いてるときでも、不吉《ふきつ》な数字はだいじょうぶな数字に変えつづけなくちゃいけなかった。4は41に、9は91に。6は書きもしなかった。不吉《ふきつ》な数が現《あらわ》れるたびに、ザップに襲《おそ》われる。まちがったことをしちゃったせいで悪いことが起きてしまうっていう恐怖《きょうふ》で、穴《あな》をあけられたみたいに胃が痛《いた》くなる。

ノートは見られないようにしてたつもりなのに、マックスは気がついた。

「ばか、おれだって、まちがってるってわかるぞ。ゼロが1個《こ》多い」マックスは解答《かいとう》のひとつを指さした。

「あれ、ほんとだ」あいづちを打ったけど、直さなかった。

皮膚《ひふ》がほてって赤くなり、チクチク痛《いた》かった。汗《あせ》だくになりながら、暗号でも書くように、数字を変えつづけた。きょうは、9だけはいくら置《お》き換《か》えても、不安が消えなかった。

いつからこんなふうになっちゃったんだろう。なぜなんだろう。わからない。

数のリストはこんな感じだ。

1＝だいじょうぶ

2＝たぶん、だいじょうぶ
3＝3、4、5、6とくっついてると悪いことが起きる
4＝かならず悪いことが起きる
5＝だいじょうぶ
6＝かならず悪いことが起きる
7＝たいてい悪いことが起きる
8＝悪いことが起きる
9＝かならず悪いことが起きる
10＝だいじょうぶ

想像《そうぞう》がつくと思うけど、2桁《けた》の数はもっとややこしくなるんだ。

何をいってるのかわからないよね。どうかしてるって思うよね。でも、ぼくにとっては、これが現実《げんじつ》なんだ。何かを4回してしまったとすると、皮膚《ひふ》がヒリヒリしてきて、胃が痛《いた》くなり、息もうまくできなくなり、5回なら落ち着く。回数だけじゃない。ただ数字を書いたりいったりするのもいやなんだ。わかってる……ふつうじゃないって。

でも、こんな話をして、真剣《しんけん》にきいてくれる人、いる？

なんでザップが来るのかもわからない。どこからともなくふっと現《あらわ》れ、頭のなかで暴《あば》れまわり、温《ぬく》もりも光も希望もみんなうばっていく。いつ現《あらわ》れるかもわからない。ザップにつかまってしまうのは、たいてい夜ひとりでいるときだ。夜のザップはほんとにひどい。

「数学はきらいだ」ぼくはつぶやいた。

「おれもきらいだ。おまえが数学が得意じゃないこともな。おれの成績《せいせき》にストレートにひびくぜ」

マックスはいい、こっちを見ると、渋《しぶ》い顔になった。

「おまえ、だいじょうぶか」

「平気だよ。教室のなか、ちょっと暑くない?」ぼくは汗《あせ》をぬぐって笑顔を作った。

「そんなことないぞ」

「ちょっと具合悪いのかも」

マックスはぼくの額《ひたい》に手を当てた。「ほんとだ。ライヤに手をにぎられたみたいになってんぞ。水に頭をつっこんでこいよ」

「ありがと」ぼくはつぶやいた。

「トイレに行っていいですか」ぼくはキーツ先生にいった。

汗《あせ》まみれの額《ひたい》をふきながら、廊下《ろうか》を急いだ。何がいけなかったんだろう。学校じゃここまでひどいのは一度もなかったのに。

腕《うで》も足も火であぶったみたいにヒリヒリしてたけど、もう痛《いた》いのかどうかもわからなかった。からだから力がぬけていく。意識《いしき》がなくなって、死んじゃうんだろうか？

息が苦しい。廊下《ろうか》がぐるぐると回りはじめた。

トイレに入ろうとしたときだった。サラ・モルヴァンが女子トイレから出てきた。補助《ほじょ》教員《きょういん》のレッキーさんは廊下《ろうか》でメールかなんかを打ってる。サラはいきなりこっちを向いてほほえんだ。

「ハーイ、ダニエル」サラがいった。

「やあ」ぼくはむりやり笑顔になった。早くトイレに入りたい。

サラは正面に立って、ぼくをじっと見た。

「顔を水でぬらすと、おさまるよ」サラは静かにいった。

レッキーさんがぼくらを見てた。

「ありがとう」ぼくはいった。

サラの目は、またぼくに告げてた——ダニエル、あなたがほんとは何者で、どんな世界にいるのか、ちゃんと知ってるよ、と。

ありえない。きのうまで話し声をきいたこともなかった。目を合わせたことだってなかったんだ。

　サラって、何者なんだ？

　ぼくはトイレにかけこみ、水をほおにかけた。氷のように冷たく感じた。鏡を見ると、青白い顔がこっちを見てた。ぼくはどうしちゃったんだろう。

◇◇◇

　その日最後の授業《じゅぎょう》はよかった。それもかなり。キーツ先生が、４人ずつグループになり、地方自治体について調査《ちょうさ》発表《はっぴょう》をするようにといった。早くもみんな、声をかけたり、きょろきょろしたりしてる。ぼくはすぐマックスを見た。あぶれる前に、マックスがあとふたり見つけてくれますように。だけど、キーツ先生がいった。

「静かに。グループは先生が決める。きみたちにまかせると、いつも同じ生徒だけが、課題をすることになるようだ。今回は、グループ分けから変えてみよう」

　先生はまっすぐにぼくを見た。マックスとは別グループになるってピンと来た。

「マックス、クララ、ブレント、ミゲル。きみたちはあっちの角に集まってくれ」

「最高だ」マックスがぶつぶついってクララを見ると、クララがにっこり笑いかえした。

「同情《どうじょう》するよ」ぼくは目をぐるんと回した。

名前がつぎつぎ読み上げられていった。ぼくはまだ呼《よ》ばれてない。ライヤもまだだ。期待と不安がごちゃごちゃになってふくらんでいく。そして、名前が呼《よ》ばれた。

「ライヤ、リサ、ダニエル、トム。きみたちはダニエルの席のまわりに集まってくれ」

ライヤがとなりの席に来てトンと腰《こし》かけ、ノートを開いた。ぼくは、ヘッドライトを見てしまったシカのようにかたまってた。

「ハーイ、ダン」ライヤのやさしい声がした。

「ハイ！」鳥肌立《とりはだだ》った手を机《つくえ》の下に隠《かく》しながら、どうにかいった。

リサとトム・ダントもやってきた。リサはすごくおとなしい子だ。トムはアメフトチームの花形クォーターバック。だけど、アメフト以外に興味《きょうみ》がない。ふたりとも、たがいを気まずそうに見てるだけで何もしゃべらない。調査発表《ちょうさはっぴょう》の行方《ゆくえ》は、ライヤにかかってる。

「議員にインタビューするのはどう？　ママのお友だちがいるから」ライヤがいった。

「いいね」ぼくはすかさずいった。

「なんだっていいぜ」トムがぶつぶついった。

「うん」リサは顔を赤くした。やだ、どうしよう。トムの前でしゃべっちゃった、っていう感じだ。

調査発表《ちょうさはっぴょう》はだいじょうぶかな。

でも、心配はいらなかった。ライヤが準備《じゅんび》することを整理して、てきぱき分担《ぶんたん》を決めた。その間に、ライヤは2回笑った。歯がすごく白い。いますぐ歯みがきに行きたかった。

終業ベルはまだ鳴ってないというのに、トムは席を立ってタージのところへ行き、リサは、ライヤとぼくにぎこちなく笑いかけてから、ちょこちょこ走って自分の机《つくえ》に戻《もど》ってしまった。ライヤは、やれやれというふうに首をふった。

「リサは自分でするだろうけど、トムはね。わたしたちがカバーすることになりそう」

「そうだね。ぼく、できるよ」

ライヤが笑った。

「わかってる。ダニエルだったらできるよね。マックスの宿題をやってあげてるもんね」

反論《はんろん》しようと口を開きかけたけど、思い直した。

「まあね」

「なんでそんなことするの？」

「友だちだし」ぼくは肩《かた》をすくめた。「たいしたことじゃないよ」

「宿題は自分でするようにいわなきゃ。できないふりしてるけど、自分でできるはずだよ。タージやトムがばかだから、合わせちゃってるんだよ。ダニエルみたいになるべきなのに」

「それ、おもしろいよ」ぼくは笑った。

「何が？　冗談《じょうだん》なんていってないし」ライヤは眉《まゆ》をつり上げた。

「ぼくみたいになりたいなんて、思わないよ」ぼくはいった。内心、ライヤ・シンとまともに会話してることにびっくりしてた。「マックスはアメフトチームのスターで、学校でいちばん人気があるんだよ。で、ぼくはというと……ぼくは」

「どうしたの？」

「ぼくは控《ひか》えのキッカーなんだ」

ライヤがあきれ顔になった。

「アメフトの話をしてるんじゃないから。男子ってなんでそうなの？　人間的な価値《かち》までアメフトで決まるって思ってるの？　控《ひか》えの給水係でも、わたしは気にしない」

「っていうか、ほんとに給水係もしてるんだけど」

ライヤが笑った。

「そうじゃなくて、わたしがいいたいのは、ダニエルは頭がいいし、おもしろいし、実際《じっさい》、魅力《みりょく》があるってこと。控《ひか》えのキッカーってことより、ずっと重要なことだよ。でしょ？」

夢《ゆめ》のようだ。夢《ゆめ》にちがいない。

「そう思うよ。あの、ありがとう」ぼくはおとなしくいった。

「どういたしまして。この調査発表《ちょうさはっぴょう》を台無しにしそうになったときは、わたしがお尻《しり》をけっ飛ばしてあげるから」

「よろしく」

ベルが鳴った。ベルなんか壊《こわ》れればいいのにって、はじめて思った。自分の席に戻《もど》っていくライヤに、思わずふらふらついていきそうになる。からだじゅうがチクチクしてるけど、不安はなくて、太陽の光を浴びたような感じだった。席に戻《もど》ってきたマックスは、ぼくの顔を見てふきだした。

「10点満点でいうと、いまどれくらい幸せだ？」

「11点」

「そんな顔してるもんな。だが、にやけるのはそこまでにしとけ。練習だ」

「2点にしておく」一瞬《いっしゅん》にして顔から笑《え》みが消えた。

◇◇◇

「それが腕立《うでた》てふせか？」クレマンズコーチがぼくにどなった。

またひざを着いてしまった。ひざを着かないで20回の腕立《うでた》てふせなんてできない。

「そのつもりです」ぼくはいった。これは腕立《うでた》てふせであってほしい。

「ひざを上げろ、リー！」あたりにつばを飛ばしながら、コーチがどなり散らした。

いわれたとおりひざを上げると、今度は顔が芝生《しばふ》につっこんだ。コーチは深いため息をついて行ってしまった。

「ランニングだ！」

走るのは苦手じゃない。それにきょうは寒かったから助かった。アメフトのユニフォームでずっとベンチに座《すわ》ってたら凍《こご》えてしまう。

「よーし、ケビン、フィールドゴールの練習だ」コーチが合図した。

ケビンは、スタメンのキッカーだ。マックスに負けずアメフトを愛してる。ぼくも小走りでついていった。呼《よ》んでもらえなくても、キックの練習をしなきゃいけなかったから。

ぼくは、30ヤードからも、25ヤードからもキックを外し、クレマンズコーチは唇《くちびる》をかんだ。

「もういい、リー。飲み物を用意してくれ」とうとうコーチがいった。

「やっとだ」ぼくはつぶやき、マックスがパスをワンハンドキャッチするのを見つめた。

「いいぞ、マックス！」クレマンズコーチが叫《さけ》んだ。

ゲータレードのコップをテーブルに並《なら》べながら、新フォーメーションどおりに走るマックスに目をやった。マックスがうらやましいのかっていうと、ちょっとちがう。アメフトがうまくて、筋肉質《きんにくしつ》で、かっこよくて、マックスみたいだったらすごいな、とは思う。でもぼくは、マックスがうまくいってることがうれしいんだ。小さいころは、ふたりとも浮《う》いてたから、マックスが人気者になったことがうれしかった。

高校生になっても、ぼくらはいまみたいにつるんでいられるだろうか？　ちょっと心配だ。マックスは高校のアメフトチームに入る。クールな先輩《せんぱい》たちにかこまれる。いまから心配してもしかたないんだけど、時がたつと、変わってしまうこともある。

兄さんも変わってしまった。むかしは、それなりに仲よくできてたんだけど。

ぼくはコップをきれいに並《なら》べた。試合のときは給水係の子が来てくれることになってる。でも、この前の土曜日は、その子が来られなかった。ぼくはエリーヒルズ・エレファンツのユニフォームを着てたけど、試合中も給水係としてコップを並《なら》べた。父さんが見に来ていて、ぼくと目が合うと、すぐに目をそらした。

きょうのクレマンズコーチは、いつもとはちがう練習を考えてた。ぼくがベンチに座《すわ》って、フィールドになだれこんできたゴブリンの群《む》れに、剣《けん》をふりかざして突進《とっしん》していく場面を想像《そうぞう》してると、クレマンズコーチが人喰《ひとく》い鬼《おに》のように、クリップボードをふりまわしてぼくの前に立ちはだかった。

「行ってこい、リー。ひょろひょろしてるが、おまえは走れる。ガンナーをやってみろ。

リターナーを粉砕《ふんさい》してみせてくれ。死ぬ気で行け」

ぼくは、四角いあごのしかめっ面《つら》を見上げた。リターナーっていうのは、キックされたボールをキャッチして走るディフェンス側の選手。そのリターナーに真っ先に突進《とっしん》していくオフェンス側の選手がガンナーだ。

「ぼく何か悪いことしましたか？」

コーチがため息をついた。

「おいおい、ふつうは試合に出たがるもんだぞ。万年ベンチじゃうんざりだろ」

「いえ、不満はないです」

「とにかく、行くんだ」

ぼくはため息をついて、フィールドまでかけていった。マックスが、びっくりして寄《よ》ってきた。「おまえ、プレーするのか？」

「理論上《りろんじょう》はね」

マックスはぼくの腕《うで》をポンとたたいた。「よっしゃ、やってやろうぜ」

「うん」

敵《てき》のラインに目をやる。タージがいる。こっちを見てる。ぼくがビーフジャーキーに見えてるかもしれない。リターナーはピート。ゴールポストの手前で待ちかまえてる。ごついのに俊足《しゅんそく》なんだ。ぼくの役割《やくわり》は、敵《てき》をかわして突進《とっしん》し、ピートを止めること。どうってことはない。落ち着きなくからだをもぞもぞさせながら、飛びだす瞬間《しゅんかん》を待つ。

早くもベンチが恋《こい》しくなってきた。

「ハット！」かけ声でプレーがはじまった。

ぼくは飛びだした。足がすごく速いわけではないけど、遅《おそ》くもない。つかみかかってくるタージをかわし、ボールの落下地点に早くも入ってるピートをめざす。全速力で走ってると、顔がにやけてきた。フィールドを疾走《しっそう》するのは気分がいい。だれかと激突《げきとつ》するってことを頭から追いだし、走ることだけ考えた。心配してる時間なんて実際《じっさい》ない。それに、相手だって同じ子どもだ。タックルするくらいできるはずだ。

ピートがボールをキャッチした。ぼくはあと3メートルのところまでせまってた。ピートが、右へ左へステップを踏《ふ》む。ヘルメット越《ご》しだとまわりがよく見えない。ぼくは警察《けいさつ》犬《けん》のようにピートだけにねらいをさだめた。もう目の前だ。ぬきに来た。身をひるがえしてあとを追いかける。ぼくはまだ笑ってた。おもしろかった。

このあと何が起きようとしてるのか、ぼくは気づいてなかった。

そして、気づいたときには遅《おそ》すぎた。タージがいた。満面の笑《え》みを浮《う》かべてる。ぼくをブロックしに来たんだ。と思った瞬間《しゅんかん》、ぼくは空中に放りだされてた。トラックにはねられたのかと思った。ダニエルは死ぬ前にアメフトらしいプレーをしましたって、マックスは家族に伝えてくれるかな。父さんは喜ぶだろうな。宙《ちゅう》を舞《ま》いながらそんなことを考えた。それから、さっきと同じくらいの衝撃《しょうげき》で地面にぶつかり、そのままあお向けにのびた。空が澄《す》んで青かった。ぼくはほほえんだ。たぶん脳《のう》しんとうを起こしたんだろう。

「だいじょうぶか」マックスが飛んできてのぞきこんだ。

「一生分プレーしたよ」

マックスが笑った。「そうかもな」といいながら、ぼくを引っぱり起こした。

「家まで送るよ。しばらく冷やしたほうがいい」

タージが笑ってるのが目に入った。タージのゼッケンは9だった。

# 4

マックスに送ってもらって家に着くと、母さんは大騒《おおさわ》ぎしてぼくの目の前に指を立てて
ふったり、頭蓋骨《ずがいこつ》にひびが入ってないか調べ、チッチッと舌《した》を鳴らしたあとで、ようやくぼくを居間《いま》のソファーに寝《ね》かせた。ぼくはプリンを食べた。あごを痛《いた》めてかたいものが食べられなくなったからじゃなくて、ただチョコレートプリンが好きなんだ。

父さんは帰ってくるなり、居間《いま》に来ていった。

「きいたぞ。練習できついのをもらったそうじゃないか。プレーしたのか？」

「うん。ガンナーをやったんだ。ブロックされて、ふっ飛んじゃったけど」

「おまえにはそのくらいがちょうどいい。その調子だぞ」父さんは笑顔でいった。

父さんがかばんを置きに行くと、ぼくは顔をしかめた。自慢《じまん》に思われるのがつらかった。

このままソファーにいたかった。ここにいれば「寝《ね》る前の儀式《ぎしき》」をはじめなくてすむ。

でも、居間《いま》で寝《ね》るのはだめって母さんにいわれた。それで、10時半に2階へ上がった。へ

とへとだった。
寝間着《ねまき》に着替《きか》えると、「儀式《ぎしき》」をはじめた。もう5年の間ずっとやってるんだ。最初のころとはちょっとちがうけど、いまは完全に手順が決まってる。失敗はぜったいゆるされない。

何をするかというと——

1　部屋から洗面所《せんめんじょ》まで10歩で行く。
2　歯みがき。両側をそれぞれ縦《たて》に10回、水平に5回ずつ。
3　トイレまで5歩で行く。
4　用をたす。トイレットペーパーをミシン目2つ分で切り、便器のふちをふく。
5　手を洗《あら》う。左右とも10回ずつ、よくこする。
6　ペーパータオルで手をふく。左右とも5回ずつ。
7　部屋まで10歩で戻《もど》る。
8　電灯のスイッチを5回オン・オフする。
9　ベッドまで5歩で行き、横になる。

なんだ、そんなこと？　歯をみがいたり、トイレに行ったりって、みんなしてるって思うかもしれない。でも、トイレまで何歩で行くか、何回歯をみがくか決まっていて、そのとおりにしてる？　ぼくの場合は決まってるんだ。

問題は、ひとつもミスをしないでやり終えるのは、ほんとにむずかしくて、まちがえたら、最初からやり直さなくちゃいけないってこと。いくら集中していても、歩数が1歩だけ多くなったり、トイレットペーパーがミシン目1つ分余分《よぶん》についてきちゃったり。手をこする回数を数えるのがどれだけむずかしいかは、やってみればすぐわかる。

最悪なのは、「儀式《ぎしき》」の最中にザップに襲《おそ》われること。数をちゃんと数えられなくなるから、何度も何度もやり直さなくちゃいけなくなるんだ。ほんとは「儀式《ぎしき》」をしてることが、すでに、ザップに襲《おそ》われてるんだと思う。「儀式《ぎしき》」をしなければ、明日の朝目を覚ませないかもしれない」って不安が一度浮《う》かんじゃったら、ほかのことはもう何も考えられなくて、不安が消えて、明日の朝ちゃんと目を覚ませるって思えるまで、やめたくても「儀《ぎ》式《しき》」をやめられないんだ。

その夜は、脳《のう》しんとうとか現実的《げんじつてき》な不安まで加わったから、いつになくひどいものになった。どうなったかっていうと——

1　部屋から洗面所《せんめんじょ》まで【10歩】↓50歩。
2　歯みがき。両側をそれぞれ縦《たて》に【10回】↓192回、水平に【5回】↓300回ずつ。
3　トイレまで【5歩】↓15往復《おうふく》。床《ゆか》のタイルのつぎ目を踏《ふ》んではいけない。
4　用をたす。トイレットペーパーを【ミシン目2つ分】↓1ロール全部。さらに1ロール全部使って、便器のふちをふいた。
5　手を洗《あら》う。左右とも【10回】↓20〜50回ずつ、よくこする。少し泣いた。
6　ペーパータオルで手をふく。左右とも【5回】↓100回ずつ。手の皮がむけた。
7　部屋まで【10歩】↓20往復《おうふく》。
8　電灯のスイッチを【5回】↓350回オン・オフした。
9　ベッドまで5歩で行く。気分がよくならなくて、それから電灯のオン・オフとベッドまで行くのを100回くりかえしてベッドに入った。

「儀式《ぎしき》」が終わりベッドで丸くなってからも、眠《ねむ》れなくてぼくは声を殺して泣いた。この涙《なみだ》は、蒸発《じょうはつ》して水素《すいそ》と酸素《さんそ》になって外の世界へとただよっていく。明日は雨になってぼくに降《ふ》りそそぐ。そう考えると少しほっとする。循環《じゅんかん》するものはおもしろい。外れるか決まるかだけのフィールドゴールなんかよりずっと変化に富《と》んでる。

夢《ゆめ》を見た。マックスとテレビを見てる夢《ゆめ》。マックスがぼくのほうを向いた。すべてを吸《す》いこんでしまいそうな、真っ黒い目だった。口を開くと牙《きば》が生え、からだがゆがみはじめたと思ったら悪魔《あくま》のような姿《すがた》に変わった。いっしょにいたのはマックスじゃなかった、と思ったところで目が覚めた。汗《あせ》びっしょりになってた。

夜はまだ明けていない。ぼくは起き上がって、電灯をオン・オフした。

◇◇◇

昼休みのバスケで、レイアップシュートを失敗したぼくは、ひとりでサイドライン上に立ってた。タージに「交代」させられたんだ。交代要員なんていなかったのに。「ベンチ要員」っていったほうがふさわしいかな。でも、ベンチもないな。通俗表現《つうぞくひょうげん》を探《さが》すのってむずかしい。「通俗表現《つうぞくひょうげん》」って言葉、好きだな。意味がまるで逆《ぎゃく》だったり、皮肉がこもってたりする。そもそも言葉っておもしろい。だれが、どう使うかによって意味がちがってくる。人に似《に》てる――同じ人を見てるのに受けとめ方はそれぞれちがう。

たとえば、タージはぼくのことを、腰《こし》ぬけのガリ勉だって思ってる。エマは頭のいいお兄ちゃん。兄さんにはダサオでしかなく、母さんはライヤ・シンをダンスに誘《さそ》えるほど、かっこよくはないって思ってる。ライヤ・シンは……。

ライヤは、ぼくのことをどう思ってるんだろう。わからないんだ。

ライヤを目で追った。ほかの女の子といっしょに色あせた赤レンガの塀《へい》のそばにいる。インディーズ音楽のジャケット写真みたいだ。ライヤはインディーズが好きらしくて、前に調べたことがあるんだ。服はターコイズブルーのショールに、ショートジーンズ。『コスモポリタン』によるとレトロファッションってところ。この服好き？ってきいてくれたらいいのに。

そのとき、奇妙《きみょう》なことが起こった。ライヤがぼくに手をふったんだ。

女の子たちはライヤの視線《しせん》の先を見て、みんな同じようなリアクションをした。えっ、なんで。やだ、ウソでしょ。ちょっと待ってよ。って感じ。アシュリー・ピータースなんか、ぼくのさらに後ろを見てた。だれかかっこいい男子が隠《かく》れてるの？って思ったのかもしれない。ほおにガスバーナーをふきつけられたみたいだったけど、ぼくはどうにか笑顔になって手をふった。

女の子たちは、今度はいっせいにライヤをふりかえり、何か話しはじめた。なんだ？どうしたんだ？

ぼくは人形みたいにつっ立ってた。ライヤがこっちに歩いてきた。

何かいわなきゃ。言葉がこんがらかってとりだせない。

「ハーイ、ダニエル」ライヤがやさしくいった。

「ハイ！」これだけしかいえなかった。

「コーチにでもなったの？」ライヤは眉《まゆ》を上げていった。

「というより、レポーターかな。試合後にインタビューする予定だよ」

ライヤが笑った。「あのね、ママが頼《たの》んでくれて。ほら、前に話した人。それで、来週事務所《じむしょ》に行くことになったんだけど、放課後時間とれる？　ママが車で連れてってくれるよ」

「もちろん。放課後なら、えっと、だめなのは――」

「月、水、木」ライヤが冷ややかにつづけてくれた。「練習があるからね。きらいでも」

「そのとおりだ」

ライヤは口を開きかけてためらった。なんだ？　考えろ、ダニエル！　チャンスじゃないのか？

でも、先にライヤが切りだした。

「マックスのことなんだけど」

ラバに腹《はら》をけられたみたいだった。ザップと同じ痛《いた》み。いや、ちがう。回数とかならやり直せばいいけど、この痛《いた》みは修正《しゅうせい》のしようがない。そして、この世界じゃ、ラバにけられるようなことがよく起きるんだ。

「マックスがどうかした？」言葉にも力が入らない。

「マックスもダンスに行くのかな。えっとその、もうだれかを誘《さそ》ったのかな？」ライヤの目がバスケをしてるマックスを追いかけた。

「ダンスには行くと思うよ。まだだれも誘《さそ》ってないけど」

ライヤの顔が明るくなった。もう一度腹《はら》をけられたみたいだ。

「ほかの学校の子を誘《さそ》ったんじゃないかって、クララが大騒《おおさわ》ぎしていて。知ってると思うけど、あの子、ほんとにマックスのことが好きでしょ。でもよかった。これで安心させられる。クララを誘《さそ》うようにマックスにいってくれない？　うるさくてこまってるんだ。本人にきかないのは意気地《いくじ》なしだっていったんだけど、クララがどうしてもってきかなくて」

「そうなんだ。いってみるよ。じゃないとぼくをダンスに誘《さそ》いそうだし。ぼくじゃ、ワンピースは似合《にあ》わないしね」あっという間に腹《はら》の痛《いた》みが消えた。

ライヤが笑った。「何それ……。でもスリムだからけっこう似合《にあ》うかも。じゃあ教室で」

ライヤが向きを変えて歩きだした。チャンスだ。誘《さそ》うんだ。

いましかない。それなのに、言葉が何も浮《う》かんでこない。

「ライヤ！」タージの大声がした。ライヤのそばにかけよっていく。

「ダンス、おれと行こうぜ」

ライヤが一瞬《いっしゅん》ぼくを見た。空想だったのか、ほんとだったのかは、わからない。

「いいけど」ライヤはいった。もちろん！　とはいわなかった。でも、いいっていった。

「よっしゃ。じゃあ、またあとでな」

タージはバスケに戻《もど》り、ライヤは行ってしまった。

ぼくはサイドライン上に立ってた。このまま家に帰ってもだれも気づかないだろうな。

# 5

その夜の「儀式《ぎしき》」では、電灯のスイッチを437回もオン・オフしてたから、通りからはダンスパーティーの会場のように見えたかもしれない。

丸くなって、ライヤのことを考えた。

悲しみにしばられた状態《じょうたい》ってこんな感じ――

1　頭のなかで声がする。「おまえはもうだめだ。おまえのことを好きな人などひとりもいない」

2　声がつづく。「おまえの幸せは、だれかが好きになってくれるかどうかにかかってる。だが、だれもおまえなんか好きじゃないから、もう二度と幸せになれない」

3　声はなおもつづく。「おまえに選ぶ余地《よち》はない。恐《おそ》ろしいことだ」

4　胃が痛《いた》くなってくる。息がうまくできなくなり、腕《うで》がしびれ、頭痛《ずつう》がする。眠《ねむ》ることができない。

5 ほかにできることがないから、からだを丸めてちぢこまる。

ザップに襲《おそ》われた状態《じょうたい》はこんな感じ――

1 頭のなかで声がする。「おまえはもうだめだ。おまえはミスをおかした」

2 声がつづく。「おまえの幸せは、ミスなくできるかどうかにかかってた。だが、おまえはミスをした。修正《しゅうせい》しないと、もう二度と幸せになれない」

3 声はなおもつづく。「おまえに選ぶ余地《よち》はない。恐《おそ》ろしいことだ」

4 胃が痛《いた》くなってくる。息がうまくできなくなり、腕《うで》がしびれ、頭痛《ずつう》がする。眠《ねむ》ることができない。

5 修正《しゅうせい》すればいいんだってわかるけど、理性《りせい》はそんなことしてもほんとは意味がないって知ってるから、ちょっと泣く。でも、ほかにできることがないから、修正《しゅうせい》をはじめる。不安は消えず、逆《ぎゃく》につのる。そんなことしてもほんとは意味がないから。からだを丸めてちぢこまる。もう何をしても意味がないから。

悲しみとザップは似《に》てる。でも悲しみにしばられてるときは、修正《しゅうせい》しなかったら、ぼくが死んじゃうかもしれないとか、妹が死んじゃうかもしれないとか、世界を壊《こわ》しちゃうかもしれないって不安でどうしようもなくなることはない。

ザップのほうが質《たち》が悪いかもしれない。でも、ライヤをダンスに誘《さそ》えてたらって思いは、いつまでも消えなかった。

◇◇◇

つぎの週は、いつもとちょっとちがってた。ライヤとぼくは調査発表《ちょうさはっぴょう》の準備《じゅんび》で、議員の事務所《じむしょ》を訪問《ほうもん》した。リサはいっしょに来たけど、トムは用事があるからって来なかった。事務所《じむしょ》できいた話をまとめてみる。

「市役所は、もっともロマンティックなところとはいえないが、きみたちの生活にもっとも関係の深い行政機関《ぎょうせいきかん》なんだ。地方税《ちほうぜい》の取り決め、ゴミの収集《しゅうしゅう》、信号機を設置《せっち》するなど、この大きな街の交通網《こうつうもう》を整備《せいび》したりもする。そうそう、もうすぐ選挙があるから、スティーブ・ブラッドリーに投票してくれるよう、お父さんお母さんに伝えてくれよ」

3日後の発表は、ライヤが政治家《せいじか》顔負けにほとんど全部しゃべった。リサは、すごく小さな声で「質問《しつもん》はありますか?」っていっただけ。ぼくは選挙のおこなわれ方についてちょっとだけ話した。キーツ先生以外だれもきいてなかったけど。トムは何も話さず、ときどきアメフト仲間の顔を見てはにやにやしてた。でも、トムも「A」をもらった。同じグループだから。

発表のあと、ライヤとぼくはお祝いをいい合った。

「『地方自治』の意味がわかってる人がいて助かった」ライヤがいった。

ぼくはにっこりした。「ぼくもだ」

終業ベルはもう鳴ってたから、ぼくらはかたづけをしてた。

「火曜日はダンスに行くの?」ライヤがきいた。「なんで平日にするんだろ。おかしいよね。フロスト校長って意地悪だよね」

きょうは金曜日。みんな、ふた言目にはダンス、ダンス。

「よくわかんないけど、行くと思う。マックスはクララを誘《さそ》わないって。だからマックスとふたりで行くことになりそう」ぼくは肩《かた》をすくめた。

「よかった。つまらなそうだから、いっしょに観察発表会ができる人いないかなって考えてたんだ」

希望をふくらませてライヤを見た。

「それなら、ぼく、できるよ」

ライヤが笑った。「知ってる。ダンならできるよね。じゃあ、いい週末を」

「ライヤも」ぼくは顔を輝《かがや》かせていった。

なかなかいい一週間だった。ほんとにそう思った。

◇◇◇

その晩《ばん》は、家族みんなでスシバーに行った。スティーブ兄さんまで来た。ぼくはウナギを食べた。

「エマはきのう、算数で95点をとったのよ」母さんがいった。

「ほう？」父さんがエマを見た。

「かんたんなのをひとつまちがえちゃった」

父さんは眼鏡《めがね》をかけ直し、エマに笑いかけた。

「がんばったが惜《お》しかったな。つぎは満点だな」

兄さんが鼻を鳴らした。「おれ、この前の数学、62点」

母さんがため息をついた。「あとで話があるわ」

「落第よりいい」父さんがいった。兄さんにはいつもこうだ。

「こいつらみたいな頭がなくても――」兄さんがいいかけた。

「もういいわ」母さんがすげなくいった。「エマ、そのマグロはおいしい？」

「おいしいよ」エマが答える。エマはいつもネタとシャリを別にして食べる。

「ダニエルはどう？」母さんがきいた。

「順調だよ」ぼくは肩《かた》をすくめた。

「チームのほうはどうだ？」父さんがきいた。父さんがきいてくるのは、成績《せいせき》と手伝いと、アメフトのことしかない。ぼくのことより、アメフトのほうが好きなんだ。

「悪くないよ。明日の〝ハルトン・ホークス〟戦に勝ったら、州チャンピオン決定トーナメント」

父さんの顔が輝《かがや》いた。「おまえらは勝てる。マックスがいればだいじょうぶだ。あいつはほんとうにうまい。おまえもがんばれ」

「ダニエルは給水係だぜ」兄さんがいった。

父さんはむりやり笑顔を作っていった。「ダニエルはチームの一員だ。アメフトはチームワークのスポーツだぞ」

「ありがとう、父さん」ぼくは小声でいって、サーモンを口に放りこんだ。「がんばるよ」

「口にものを入れたまましゃべらないの」母さんが目をつり上げた。「スティーブ、ちゃんと食べなさい。夕食なんだから」

「このサーモン、気持ち悪い」そういうと、兄さんはサーモンをどかした。「マクドナルドでいいって、おれ、いったぜ」

「食べ物を粗末《そまつ》にするな」父さんが静かにいった。

兄さんは、話をやめた。そしてサーモンをきれいに食べきった。

◇◇◇

「ハット！」

クォーターバックのトム・ダントがボールをかまえて後ろにさがりながら、フィールドに目を走らせる。ハルトン・ホークスの突進《とっしん》をオフェンスラインが押《お》しかえす。ヘルメットがぶつかり合い、うなり声がし、からだがよじれてる。

トムはさがるのをやめて、パスコースが開くのを待った。ホークスのひとりがラインを突破《とっぱ》し、ブロックをかわしてトムに襲《おそ》いかかってきた。スタンドから悲鳴がもれた。

だけど、トムのほうが早かった。倒《たお》される前にパスを投げた。きれいなスピンのかかったボールが朝の空の下を音もなく、スローモーションのように飛んでいき、その先に、マックスがいた。マックスは手をのばしてボールをキャッチすると、そのままエンドゾーンに走りこんだ。

タッチダウン！

歓声《かんせい》がわき起こった。これでリードは15点。残り時間を考えると、勝負は決まった。

スタンドを見た。ライヤがいる。となりでクララが大騒《おおさわ》ぎしてる。

父さんと母さんも見に来てた。手をたたき、歓声《かんせい》をあげてる。父さんはこっちをちらっと見たけど、すぐに目をそらした。ぼくはフィールドにすら一度も出なかった。フィールドでは、マックスがタージとハイタッチし、それをライヤが見つめてた。もちろん笑顔で。

ライヤはほんもののアメフト選手とダンスに行くんだ。

ぼくはため息をついてから、ゲータレードを用意した。給水係の子がきょうも来られなくなったんだ。その子にだって一応《いちおう》つごうがあるんだからしかたない。ぶつかってこぼれないように、コップを5センチ間隔《かんかく》にきちんと並《なら》べ直《なお》す。マックスが戻《もど》ってきた。

「ナイスキャッチ」ぼくはマックスの肩《かた》をたたいた。

「ありがとよ。これでチャンピオントーナメント出場も決まりだぜ、ベイビー」

マックスはニカッと笑い、コップをクシャッとつぶしてゴミ箱に投げたけど、外れて芝《しば》生《ふ》に落ちた。ほかの選手たちが入れそこねたコップも散らかってる。マックスはそのままコーチのところに行って何か話しはじめた。

ぼくはコップを拾いに行った。ゴミ箱に入れてると、父さんとまた目が合った。父さんはぎこちなくほほえむと、向きを変えた。

試合にも出してもらえないやつは、ライヤ・シンにふさわしくない。ライヤはアメフトのことは関係ないっていった。でも、ライヤがどういおうと、ぼくは控《ひか》えのキッカーで、はたからは給水係にしか見えない。

ライヤにふりむいてもらうにはどうすればいい？　アドバイスが必要だ。頭に浮《う》かんだのはひとりだけ。きいてみるしかない。

◇◇◇

「何してほしいって？」ヘッドホンを外して、兄さんがぼくを見た。ついにイカレちまったかっていうように。

「女の子にふりむいてもらうにはどうすればいいのか、アドバイスがほしいんだ」

「おれが、デートのコーチに見えるか」兄さんがうなった。

「うん。デートのコーチって、よくわかんないけど」

「消えろ」

ぼくはうなだれた。「でも――」

「行けって」

ぼくは肩《かた》を落としてドアに向かった。ほかに相談できる人もいないし、どうしよう。

後ろから長いため息がきこえた。

「待てよ」兄さんは椅子《いす》の背《せ》もたれに身をあずけて、品定めするようにぼくを見た。

「からだつきを変えてほしいのか、それとも、性格《せいかく》のほうか？」

「ええっと……」

「両方だな。ずっといいつづけてるが、おまえを見てると、使ったあとの綿棒《めんぼう》を思いだしちまう。つまようじみたいな腕《うで》だけじゃない。耳にかぶさってるそのブロンドの髪《かみ》、ダサすぎだ」

そういわれて、ぼくは耳に手をやった。切ったほうがいいかもしれない。兄さんは、邪《じゃ》悪《あく》な独裁者《どくさいしゃ》みたいにあごをしゃくった。ベースボールキャップが鼻までさがってる。

「ダンベル上げと腕立《うでた》てふせをしろ。髪《かみ》を切れ。アメフトのヘマを減《へ》らせ。わかったか？」

兄さんはもう行けと手をふった。「いっとくが、時間がかかるからな。ダンスはいつだ？」

「今度の火曜日」

「そいつはサイコーだ」兄さんは鼻を鳴らした。「じゃ、すぐできるアドバイスをしてやる。

存在感《そんざいかん》を示《しめ》せ。マックスのあとを追うな。わかるか？　おまえが持ってる力で勝負しろ」

「それってどうすれば？」

兄さんの眉間《みけん》にしわが寄《よ》った。

「失《う》せろ」兄さんはパソコンのほうを向いてしまった。でも、少ししてまたいった。「おまえは頭がいい。アメフトでスターになろうとするな。そっちはてんでだめだからな。もうひとつ、きっぱりあきらめるって手もある。その子が人気者なら、どっちにしてもおまえにゃ無理だ。ま、好きにするんだな」

「ありがとう」ぼくは心からいった。兄さんがぼくのことを頭がいいっていってくれたのは、すごいことだ。

「わかった、わかった」兄さんはもごもごいった。「早くドアしめろ、ダサオ」

自分の部屋に戻《もど》ると、兄さんがいったことを考えた。物語を書いて少し落ち着こうと思い、ノートパソコンを開いた。

「stillwaiting《待ってるんだけど》@email.com」ってアドレスからメールがとどいてた。

あまり時間がない
仲間のスター・チャイルドより

しばらくメールをにらんでから、返事を書いた。

だれ？

1分もしないうちに返信が来た。

わからないなら、あなたには救えない

# 6

きこえてくるのは、２日前のアメフトの試合か明日のダンスの話ばっかりだ。タージはオンドリみたいに気取って歩き、マックスは、「すごかったぞ」って、先生にまで背中《せなか》をたたかれ、ぼくの存在感《そんざいかん》はいつも以上にうすかった。兄さんがいってたのはこのことだ。もっと存在感《そんざいかん》を示《しめ》さなきゃ。

昼食の時間、みんなはカフェテリアでダンスの話をしてた。ライヤと話すチャンスだ。ぼくはライヤのとなりに割《わ》りこんだ。タージはマックスといっしょになって、試合を再現《さいげん》するのに夢中《むちゅう》になってた。

「ハイ！」

ライヤがニコッとする。「ハーイ」

カフェテリアは古くてさえない場所だ。床《ゆか》は汚《よご》れてるし、こみ合ってる。すごく騒《さわ》がしかったから、となりのライヤにも声をはりあげなくちゃいけなかった。

「大舞踏会《だいぶとうかい》の準備《じゅんび》は万全《ばんぜん》？」

「あと一度でもその話題になったら、転校する」ライヤがくるりと目を回した。

ぼくは笑った。「同感。土曜日、試合見に来てたね。いつもは見かけないけど」

「行くつもりはなかったんだけど、タージにお願いされちゃって」

「そうだったんだ」ぼくはからだをこわばらせて、横目でタージを見た。

話がとぎれた。

「見事な給水係だったね」

「ありがとう。一種のアートで、だれにでもできることじゃなくて、重要な仕事なんだ」

「試合は、ダニエルにかかってるわけね」ライヤが首をふりながらくすくす笑う。

あれ、ぼくはまたアメフトのこと話してるぞ。なんでだ？　兄さんのアドバイスを思いだせ――おまえは頭がいい。

「ところで」ぼくはいった。「イランの新しい政策《せいさく》をどう思う？　実用主義路線《じつようしゅぎろせん》だよね」

「どこからそんな話が出てきたの？」ライヤが顔をしかめた。

「興味《きょうみ》があるんじゃないかと思って。こんな話できる人ほかにいないし。なんていうか、ライヤなら知ってそうだって」

「わたしはイラン系《けい》じゃないの」ライヤがいった。ちょっとイラッとしたみたいだった。

「インド系《けい》だよ」

「知ってる……ぼくは、ただ……」

「政治《せいじ》には関心がないの。クララ、なんの話？」

ライヤは、笑顔を作ったけど、くるっと背《せ》を向け、クララのジーンズの話に加わってしまった。

今度はうまくいくと思ったのに。

◇◇◇

「えっと、おまえのお母さんが7時におれを拾いに来てくれるんだよな？」社会の授業中《じゅぎょうちゅう》にマックスがきいた。きょうは火曜日。ダンスの当日。

「うん。でも、パーティーは7時からだったよね」

「おまえ、最初からいるつもりだったのか？」マックスは鼻を鳴らした。

「え、ちがうの？」

「もっと遅《おそ》く行きたいくらいだ。どっちにしてもパーティーは2時間だからな」

キーツ先生が憲法《けんぽう》の歴史について話してるけど、だれもきいてない。クララはマックスを見てる。期待が伝わってくる。クララは、マックスが誘《さそ》ってくれるかもってまだ期待していて、誘《さそ》いを5つもことわったらしい。きょうはバービー人形みたいだ。念入りに髪《かみ》をカールし、肌《はだ》を不自然なくらいつやつやさせてる。

マックスもクララの視線《しせん》に気づいてたけど、目を合わせようとしなかった。

「クララとダンスすんの?」ぼくはきいた。

「かもな。なりゆきしだいだな」マックスは肩《かた》をすくめた。

ぼくはきかずにいられなかった。「ほんとに好きじゃないの? たしかにクララって、つんつんしてるっていうか――」

マックスが眉《まゆ》を上げた。

「意地悪だけど」ぼくはいった。「でも、美人だよ」

マックスが落ち着かなくなってきた。クララのことを話すと、ときどきこうなるんだ。

「たしかに美人だよな」マックスもみとめた。「でも、タイプじゃない。おまえのいうとおり……意地悪だし」

「マックスにはちがうじゃん」

「おまえには、ふた言しかしゃべらないんだろ?」

「そう。『マックスは、どこ?』って」

マックスはまた鼻を鳴らして前を向いた。「まあいいさ。おまえ、何着ていくんだ?」

「スラックスとシャツ」そういってから、とつぜん不安になった。服装《ふくそう》のことをまだ打ち合わせてなかった。「マックスはジーンズ?」

「おふくろがだめだって。青いシャツ着ていくから、おまえは青は避《さ》けてくれ。おれたちふたりでデートするわけじゃないし、おそろいにする必要はないだろ」

「わかった」シャツ、考え直さなきゃならないな。

教室から出るとき、クララはものすごくゆっくり歩き、マックスはちょうどその横を歩いた。ライヤがぼくに笑いかけ、タージがライヤに笑いかけ、ぼくはあわてて目をふせた。

「じゃ、今晩《こんばん》な、スペースカデット」マックスがいった。

「うん、あとで」ぼくはいって、エマをさがしに行った。

きょうは火曜日なんだ。いい日になるに決まってる。

◇◇◇

着ていく服を考え直さなくちゃいけない。お手上げだ。

ノートパソコンを開き、メンズファッションのサイトを5つほど調べる。

鏡の前で、右を向き、左を向き、映《うつ》った姿《すがた》をチェックする。サイトによると、もっとも重要なポイントは目らしい。ぼくの目の色に合うのは青だ。でも、マックスに頼《たの》まれたんだった。ぼくは顔をしかめてから、青いシャツを脱《ぬ》いで放り投げた。

シャツは5枚《まい》しか持ってない。3枚《まい》が青。あとは黒が1枚《まい》とモグラ色が1枚《まい》。

黒は、はやりの色じゃないらしい。モグラ色についてはコメントなし。どちらも10回ずつ着てみて、けっきょくモグラ色に決めた。どう見ても目立たない色だった。

◇◇◇

家を出る前に、母さんがぼくをチェックし、せわしなく手でぼくの髪《かみ》を直した。

「散髪《さんぱつ》に行かなきゃね」両サイドの髪《かみ》を耳にかけた。「ちゃんと寝《ね》たの？　どこか悪いんじゃない？　目の下に隈《くま》ができてるし、真《ま》っ青《さお》よ。幽霊《ゆうれい》みたいだわ」

「どうもしないよ」

母さんは一歩さがってぼくを見てにっこりした。「でも男前よ。青いシャツじゃなくていいのね？」

「うん」

「いいわ。行きましょ」母さんはため息をついた。

「女の子ってね、口では何をいっていても、大切にされたいものなのよ。礼儀《れいぎ》正《ただ》しくね。それを忘《わす》れちゃだめよ」母さんは、車で送っていくとちゅう、ずっとアドバイスをくれた。

「踊《おど》らなきゃだめよ。女の子はダンスをする人が好きなの。すみっこにいる男には興味《きょうみ》はないんだから」ぼくをじろりと見る。

「それから覚えておきなさい。すみで静かにしてる女の子も、ほんとはダンスがしたいの。かわいい子を追っかけてるだけじゃだめよ」

何をいわれても恐《おそ》ろしくなるばかりだ。ぼくはだまりこくって座《すわ》ってた。

「ほら、マックスよ。青がなんてよく似合《にあ》うのかしら」マックスの家の前で母さんがこっちを見ていった。

ぼくはため息をついた。

「こんばんは」マックスが車に乗りこんだ。「ダニエル、いい色だな」

ぼくらは学校の前まで送ってもらった。

「ふたりとも、楽しんでらっしゃい。帰りは、迎《むか》えに来なくてもいいのよね？」

「はい、うちの母が来ます。ダンスのことを全部ききたくて待ちきれないんで」

母さんが笑った。「わかったわ。さあ、行きなさい。もうはじまってるわ」

ぼくらは車をおりて校門をくぐった。夜の学校ってヘンな感じだ。生徒が帰ってしまったら、学校も消えちゃうような気がしてたから、なんだか別の世界のようだった。

会場の体育館へ行き、チケットを渡《わた》した。

その瞬間《しゅんかん》から、すべてが悪い方向に向かいだした。

# 7

運命なんて決まっていてほしくない。選択《せんたく》できないってことだし、選択《せんたく》の自由があっても、結果は決まってるってことになる。選択《せんたく》の自由って考えは好きだ。ぼくにはあまりないから。「儀式《ぎしき》」をするかしないかも選べないから。それくらいかんたんでしょって、ふつうの人は思うよね。でも、ぼくにとって「儀式《ぎしき》」をしないってことは、線路に横たわるようなものなんだ。このままじゃ列車にひかれるって思う。そのうち列車が近づく音がきこえたような気がしてくる。怖《こわ》くてがまんできずに起き上がってしまう。つまり、「儀式《ぎしき》」どおりに歯をみがきに行ってしまうんだ。

体育館の電灯は消され、パーティー用の照明がつけられてた。だれがだれだかわからないくらいうす暗いなかを、色とりどりの鳥が飛びまわってるみたいだ。音楽が大音量で流れてる。レンナー先生が踊《おど》ってた。とびきり派手《はで》な黄色とオレンジ色の服を着てる。

フロスト校長は、すみっこで見てるだけ。居心地《いごこち》が悪そうだ。

会場を見回すと、ライヤがいた――すごくきれいだ。

ライヤはドレスに身をつつんでた。ドレスを着るなんて思わなかった。紫色《むらさきいろ》だ。リップグロスをぬってるみたい。唇《くちびる》がきらきらしてる。

「ライヤ、きれいだな」ぼーっとして、マックスがいった。

「ほんと」思わず見とれてしまう。

「ほら行くぞ、スペースカデット。みんなをさがそうぜ」

マックスについていったけど、目はライヤにくぎづけだった。紫色《むらさきいろ》があんなにすてきな色だったなんて知らなかった。

ライヤがこっちを見てほほえんだ。ぼくも笑いかえしたけど、すぐ目をふせた。会場が暗くてよかった。

「よお、マックス」タージだ。白いシャツがはちきれそうになってる。どうやったら、あんなに筋肉《きんにく》がつくんだろう。

「よく集まってんな」マックスはタージのとなりに立って見回した。

「おい、クララを見ろ」タージがマックスをつついた。

いっしょに目をやったぼくでさえ感動した。

スカイブルーのドレス。きれいにカールさせたブロンドの髪《かみ》が、背中《せなか》でゆれてる。

「ワーオ！」ぼくはいった。

「まったく、ワーオだ」マックスもつぶやいて、クララに小さく手をふった。「ほんとにダンスパーティーだったんだな。知らなかった」

タージが鼻を鳴らしていった。「ほら、誘《さそ》ってこいよ」

「あとでいいだろ。行こうぜ」マックスがいった。

「先に行ってくれ。トムとおれは、特訓してることがあるんだ。きょうは〝ムーンウォーク〟を披露《ひろう》するぜ、ベイビー」

マックスは笑い声をあげて、首を横にふった。「つき合ってらんないな」

ライヤに近づくにつれて、顔がどんどん熱くなってくる。ライヤはアシュリーといっしょだ。クララが瞬間《しゅんかん》移動《いどう》してきた。真っ白い歯をきらきらさせてる。

「マックス、そのシャツ、似合《にあ》ってるね」クララがいった。

「クララもすてきだ。どこかのお姫《ひめ》さまみたいだ」マックスが笑顔を送った。

「クローゼットにちょうどあったから」うれしさのあまり、クララは気絶《きぜつ》しちゃうんじゃないかって思った。

「ハーイ、ダン」ライヤがいった。「あなたも似合《にあ》ってるね」

マックスがにやにやし、ぼくはえりを直していった。「父さんのクローゼットにちょうどあったから」

クララはぼくをにらみながら、マックスのとなりに行こうと横を通りすぎた。ぶつからないようによけたぼくは、ライヤとくっついてた。

「ハイ！　ぼく、あやまりたいんだ」

「ううん、あやまるのはわたしのほう。どうかしてた。ほら、インド系《けい》の子は学校でわたしだけでしょ。ときどき、神経質《しんけいしつ》になってしまって。仲直りしましょ」

「よかった。パーティー、楽しんでる？」

ライヤは目をくるんと回した。「もう最高。音は大きすぎるし、男子はじろじろ見るし、わたしに襲《おそ》われるとでも思ってるのかな？　でも、レンナー先生のダンスは見ていて楽しかった。今夜のハイライトだね」

「いまのところは、そうね」アシュリーがうなずいた。「でも、わたしたちのダンスの相手が何かやらかすかも」トムとタージのことだ。「ふたりで何かたくらんでるみたいだけど、どこ行っちゃったんだろ？　まさか男子どうしで踊《おど》るつもりじゃないよね？　ちょっと見てくる」

アシュリーは、ぼくとライヤに目もくれずにいなくなった。

「それで、マックスとのデートはどう？」ライヤがきいた。

「うまくいってるよ。母さんはマックスを拾うのを忘《わす》れなかったんだけど、ぼくがコサージュを忘《わす》れたから、最高とはいえないけどね」

ライヤはくすくす笑った。「わたしよりましね。タージのお兄さんのカマロに乗せられたの。お兄さん、わたしにウインクしながら、タージに楽しめよだって。吐《は》くかと思った」

「カマロも形無しになるところだったね」

「そうね。その髪《かみ》、お母さんがやってくれたの？」

ぼくはちょっとつまった。「ほとんど自分でやったんだけど、母さんが直した」

ライヤは手をのばして、ぼくの髪《かみ》を軽くくずした。ぼくは感電したみたいになってた。

「整えすぎ。一週間寝《ね》てませんって感じのほうが、わたしは好き。ダンは小説書いてるんだから」

びっくりしてライヤを見た。「どうしてそのことを知ってるの？」

「だれも見てないときに、何か書いてるでしょ。だれも気づいてないって思ってるだろうけど」ライヤはにっこりした。

人生最高の会話だった。クララとマックスが会話に入ってきたあとも、腕《うで》には鳥肌《とりはだ》が立ってた。しばらくして、クララがライヤをトイレに引っぱっていった。

「10点満点でどれくらい幸せだ？」マックスがきいた。

「12点」

「だろうな」マックスはクララを目で追ってた。「クララがダンスしたがってるんだ」

「踊《おど》りなよ」

「おれは、クララが好きじゃないんだ」マックスはぼくを見た。

「クララ、シンデレラみたいじゃん」

「話し方は、シンデレラの姉ちゃんだ」

ぼくは鼻を鳴らした。「じゃあプロポーズとかはなし。踊《おど》るだけ。王子さまみたいに」

「どっか行こうとかなんとかいいだしたらどうする？」

「12時になったら姿《すがた》を消す」

マックスはため息をつき、トイレのほうを見た。「そうだな」

「元気出しなよ。ぼくもトイレ行ってくる。来る前にソーダを5杯《はい》飲んじゃったんだ」

「なんだそれ」マックスは笑いだした。

「緊張《きんちょう》すると飲んじゃうんだ」ぼくはいった。「じゃ、あとで」

ほとんど滑走《かっそう》するようにしてぼくはトイレに急いだ。ライヤと話をしたんだ。ライヤが髪《かみ》に触《ふ》れた。書くことが好きだって知っていて、髪《かみ》はぼさぼさのほうが好きだっていった。

ぼくの脳《のう》みそは、ライヤのことに夢中《むちゅう》になりすぎて、床《ゆか》に引かれたラインの心配も忘《わす》れてた。ずっと避《さ》けてたセンターラインを踏《ふ》んでしまったんだ。赤い線だ。不吉《ふきつ》だ。悪いことが起きるかもしれない。

トイレに近いテーブルに、サラがレッキーさんと座《すわ》ってた。黒い髪《かみ》をカールして、瞳《ひとみ》の色と同じ緑色のブラウスを着てた。レッキーさんは携帯《けいたい》をいじり、サラは大きな瞳《ひとみ》をくもらせてぼんやりと座《すわ》ってた。両親にいわれて来てみただけなのかもしれない。

目が合った。サラは前のようにあいさつをするでもなく、ぼくをただじっと見た。

ゾクッとした。トイレに着くまでずっとサラの視線《しせん》を感じた。でもふりかえったときには、サラの瞳《ひとみ》はどこにも焦点《しょうてん》が合ってなかった。パーティー用の照明がからかうようにサラの顔をなでていく。サラの心はどこに行ってるんだろう。

トイレをすませるのに時間がかかってしまった。神経質《しんけいしつ》になっていて、おしっこするのも手間どったし、髪《かみ》を5分もいじり、皮肉っぽくいうと、作家ふうにくずした。とにかく疲《つか》れた感じにはなった気がする。これで満足することにして、急いでトイレを飛びだした。

——足が止まった。

ライヤがタージとダンスをしてた。アシュリーはトムと踊《おど》ってる。それだけだったらよかったのに。ライヤは、明るい笑い声を立ててはしゃいでた。タージが背中《せなか》に手を当てて、からだをくっつけたかと思うと、離《はな》れてノリのいいステップを踏《ふ》み、またからだをくっつけた。

こんなふうに笑うライヤは見たことがない。ぼくと話すときは静かで知的で、それがライヤなんだって思ってた。いまのライヤの声はちがう。大きくて陽気だった。頭がしびれてきた。頭のなかで声がした。「おまえじゃだめなんだ。おまえはもうだめだ」胃が痛《いた》い。息が苦しい。肌《はだ》が冷たくなっていく。マックスは？　マックスはクララと踊《おど》ってた。

ひとりぼっちだった。

すみっこのテーブルまで行き、ぼくはひとりで腰《こし》かけた。手つかずのポテトチップスの皿がのってる。そのときだった。ザップに襲《おそ》われた。ぼくは皿を動かした。ひざを軽くたたいて足を組む。それからまた皿を動かした。ザップがどんどん強くなっていく。

「皿の動かし方をまちがえたぞ。このままにしておくと、一生頭がおかしいままかもしれないぞ。この先おまえがライヤに好かれることなんてないんだ。まともじゃないからな。皿をちゃんと動かすんだ」

胃が痛《いた》い。手が冷たい。ここからにげだしたかった。

「ひざのたたき方をまちがえたぞ。胃が痛《いた》いか？　死にかけてるからな。胸《むね》が苦しいだろう。修正《しゅうせい》しないと、おまえはほんとに死ぬぞ。家に帰るんだ。だが、その前にまずひざをちゃんとたたけ。8回はだめだ。9回もだめだ。10回だ。だめだ。まだおかしいぞ。最初からやり直せ。だめだ。もう一度。もう一度」

額《ひたい》に汗《あせ》がふきだしてきた。何も考えられなかった。何も感じなかった。何もできなかった。ぼくは立ち上がった。汗《あせ》が顔をしたたった。

もはや楽しくなんかなかった。ここにいたくなかった。

入り口に向かった。サラがぼくを見つめてる。いまは焦点《しょうてん》がしっかり合った目で。歩数を数え、床《ゆか》のラインを踏《ふ》まないようにし、テーブルを避《さ》け、だれとも目を合わさないようにした。からだは、火に焼かれながら、氷づけにされてるようだ。息がうまくできない。胸《むね》が苦しい。頭ががんがんする。ぼくは死んじゃうんだ。

「ダニエル！」だれかが呼《よ》んだ。

ふりかえると、ライヤが歩いてきた。笑顔で気のきいたことをいいたい。でも、無理だ。

「どこ行くの？」ライヤがきいた。

ぼくはどうにかそれだけききとった。「帰るよ」なんとかいった。「気分が悪いんだ」

そのまま立ち去ろうとすると、ライヤがぼくの腕《うで》をつかまえた。心配そうだった。

「ひどい汗《あせ》」

「うん。食べ物のせいかな」ぼくは腕《うで》を引いた。

「だってさっきまで――」

「急に来たんだ」ぼくはさえぎった。ライヤがとても遠くに感じた。みんなのいる現実《げんじつ》から切り離《はな》されてしまった。ぼくは「虚《うつ》ろの次元」に入ってしまっていた。

「ほんとうに？」ライヤがいった。「もう少しいれば――」

「ごめん」ぼくはドアに向かった。ライヤがいるのに行こうとしてた。ライヤ・シンがそばにいるのに。ぼくはそれを感じられなかった。「虚《うつ》ろの次元」にはまりこんだぼくは、何も感じられず、何も考えられず、ただ遠くへ押《お》し流《なが》された。

ドアを出たところに、体育館の電灯のスイッチがあった。また、ザップに襲《おそ》われた。

**「スイッチを押《お》すんだ。修正《しゅうせい》しないと、『虚《うつ》ろの次元』から脱《ぬ》けだせないぞ」**

「虚《うつ》ろの次元」にはまったときにザップに襲《おそ》われるのはとても危険《きけん》だった。息ができない。このまま死んでしまうかもしれない。正気に戻《もど》りたい。家に帰りたい。

**「スイッチを押《お》せ。助かるにはそれしかない」**

ぼくは理性《りせい》のスイッチを入れようとした。そうすれば、電灯のスイッチをパチパチやっても何も変わらない、無意味だってわかるから。そのままにして家に帰ればいい。何も起きやしない。だけどいまは、死ぬかもしれないってこと以外考えられなかった。死にたくなかった。修正《しゅうせい》しないと。

恐《おそ》ろしいことに、ぼくはほんとにスイッチを押《お》してしまった。電灯がつき、みんながいっせいに上を向いた。ぼくにはだれも目に入らなかった。ただ、サラだけはわかった。サラは、ほほえんでた。

もう一度スイッチを押《お》すと、みんながいっせいにこっちを見た。

ライヤは困惑《こんわく》してるみたいだった。

ぼくは夜の学校を飛びだした。走った。マックスが追いつかないくらい遠くまで来て、走るのをやめ、暗闇《くらやみ》のなかを家まで歩いた。涙《なみだ》が止まらなかった。両手をポケットにつっこんだまま、ぬぐいもしないで歩いた。スイッチを押《お》しても、まだ「虚《うつ》ろの次元」にはまりこんだままだった。感覚が少しだけ戻《もど》ってきた。けれど、それは、恐怖《きょうふ》だった。

ほんものの恐怖《きょうふ》。生徒がみんな集まってるところで、スイッチをパチパチしてしまった。ふつうのふりをすることはもうできない。

恐怖《きょうふ》は怒《いか》りへと変わりはじめた。なんでぼくは「寝《ね》る前の儀式《ぎしき》」をしてしまうんだ。ベッドに入るのに3時間もかかるなんてもういやだ。ぼくはただ、マックスやタージやほかのみんなのようになりたいだけなのに。どうして。

まともじゃないのはもういやだ。

家に着くと気づかれないよう、そうっと入っていった。父さんは地下室、母さんは寝室《しんしつ》でテレビを見てる。静かだった。靴《くつ》を脱《ぬ》ぐ。涙《なみだ》でほおがまだ熱い。猛烈《もうれつ》な怒《いか》りがこみ上げてきた。

「儀式《ぎしき》」を飛ばして寝《ね》ようとがんばってみた。けど、だめだった。洗面所《せんめんじょ》まで往復《おうふく》するのを149歩でやめ、声を出さずに「儀式《ぎしき》」をしないことを自分にいいきかせ、からだを震《ふる》わせながらベッドに入ったものの、けっきょく、戻《もど》ってやり直した。とちゅうで、母さんが起きてる物音がしたので、むりやり洗面所《せんめんじょ》に行って歯をみがいた。歯ぐきから血が出て、歯みがき粉が真っ赤になるまで、手が震《ふる》えだしても、やめることができなかった。トイレでは、ロール2個分《こぶん》の紙を流したからパイプがつまり、顔をゆがませ泣きながら、つっついてつまりをとった。それから手を洗《あら》った。自分ではやめられなかったけど、母さんたちの寝室《しんしつ》からまた音がきこえたから、やっとやめられた。手はピンク色になり皮膚《ひふ》がむけてしまってた。部屋に戻《もど》ると、スイッチをパチパチやって、電灯をオン・オフした。汗《あせ》と涙《なみだ》で顔がぐしょぐしょだった。ときどき、明日の朝目を覚ましたくないって思う夜もある。でもベッドで丸くなってると、そう思ったことが怖《こわ》くなってきて、また起き上がって電灯をオン・オフしてしまうんだ。何時間も。その間ずっと泣きつづけ、からだじゅうが痛《いた》くて、悲鳴を押《お》し殺《ころ》し、ひざを着いて、いっそ死んだほうが楽だって思った。でもぼくは死が怖《こわ》かった。何もかも怖《こわ》かった。

父さんの足音がきこえたので、ぼくは「儀式《ぎしき》」を中断《ちゅうだん》し、部屋の電灯を消してベッドに入ると、毛布《もうふ》をかぶった。ドアが開いて父さんが顔をのぞかせた。

「ダンスはどうだった?」

「まあまあだった」ぼくは頭まで毛布《もうふ》をかぶったまま答えた。顔を見られたくない。

「歩きまわってたようだが、どうかしたのか?」父さんはためらいながらきいた。

毛布《もうふ》をかぶっていてよかった。「ちょっと、お腹《なか》の調子が悪かったんだ。もう治った」

「それならいいが。少し眠《ねむ》りなさい。話は明日だ」父さんは信じてないようだった。

ドアがしまると、ぼくはまた電灯をオン・オフした。何度やっても数をまちがえる。手がしびれて動かない。何もかもがだめだった。

やっぱり、ライヤを誘《さそ》えなかった。でもそれは、控《ひか》えのキッカーだからでも、腕《うで》がつまようじみたいだからでもない。

誘《さそ》うなんて無理なんだ。ふつうじゃないから。頭がおかしいから。それにぼくはいろんなことが怖《こわ》いんだ。

ベッドで丸くなってるうちにまぶたが重くなり、暗闇《くらやみ》がぼくをつつみこんでいった。

# 8

一日でいちばん好きなのは朝。生きかえった気がする。寝《ね》る前に「虚《うつ》ろの次元」にはまってても朝にはたいてい元に戻《もど》ってるし、頭がぼーっとしていてしばらくはザップのことも考えられないから。心も平和だ。でも、きょうは目が覚めたとたん、太陽が消えればいいのにって思った。昨夜あんなことをしちゃったんだ。学校に行く気がしない。みんなと顔を合わせたくない。そういえば、きょうはハロウィンだ。ほとんど忘《わす》れてたけど。仮装《かそう》してくる子もいるだろうな——ぼくも仮面《かめん》をつけていこうか。でも仮面《かめん》をつけてたら学校に入れてくれないし、そううまくはいかないな。

しばらく寝転《ねころ》がったまま、書いてる物語のことを考えた。あの世界と同じように、目が覚めたら、世界でただひとりになってたらよかったのに。

ぼくは、いつもどこかでそんなふうに望んでるのかもしれない。

ベッドからはいでると、パーカーを着てジーンズをはき、手をポケットにつっこんでキッチンに行った。傷《いた》んでるものを食べたみたいに、お腹《なか》の調子がおかしい。胃のなかで生きたウナギがのたうってるみたいだ。

エマが、ひとり朝食を食べながら新聞を読んでた。ぼくの知ってるかぎり、9歳《さい》で新聞を読む子はエマだけだ。エマは新聞を置くと、ニッと笑った。仮装《かそう》はしてない。自分で「営利主義《えいりしゅぎ》ホリデー」と呼《よ》んでるイベントにはエマは参加しないことにしてるんだ。

「どうだった？」エマが待ちかねたようにきいてきた。

「まあまあ」ぼそっといって、シリアルをボウルに入れた。

「ウソついてる。何か起きた？」エマはぼくから目を離《はな》さない。

「何もない」

「ライヤとキスした？」

「しない」

「ダンスで恥《はじ》かいちゃった？」

ぼくは顔をしかめた。「ダンスはしなかった」

「恥《はじ》はかいたんだ」

ぼくはちょっと考えた。それから、シリアルを口にかきこんだ。「そう思う」

「びっくりだぜ。だれか誘《さそ》って踊《おど》るつもりだったのか？」兄さんが入ってきた。手にはプロテイン飲料を持ってる。

「ぼくが恥《はじ》をかくって、なんで決めてかかるんだよ?」ぼくはスプーンを置いた。

兄さんは、プロテイン飲料をひと飲みして、まじまじとぼくを見た。「おまえのいってた子か?」

「そう」

兄さんとエマは心得顔で目配せした。「でもほかの男といっしょだったんだな」兄さんがいった。

「うん」ぼくはつぶやいた。「それは前から知ってた。でも……、あんなに楽しそうに踊《おど》るなんて思わなかった」

エマが眉《まゆ》をひそめた。「ダンスしてたからだよ。みんなそうじゃない?」

兄さんはプロテイン飲料をもうひと口飲んだ。それからめずらしく、ぼくの肩《かた》をポンとたたいた。「元気出せ。しょげてっと、ますます相手にされねーぞ」

それだけいって兄さんは2階へ上がっていった。ぼくはため息をついてエマを見た。

「スティーブ兄ちゃん、カウンセラーになるといいね」エマがいった。

◇◇◇

校庭に行くと、マックスが飛んできた。心配してるってわかる。

「きのうはどうしたんだよ？　メールしたんだぞ。返信もないし」

「ちょっと気分が悪くなって。たいしたことじゃないよ。あのあとはどうだった？」ぼくは肩《かた》をすくめて、平気をよそおった。

マックスはぼくの答えに半信半疑《はんしんはんぎ》って感じだったけど、ニカッと笑った。「すごかったぜ。タージとトムは踊《おど》りっぱなしだったしな」

「そりゃ盛《も》り上《あ》がったね」

マックスはぼくの声が沈《しず》んだのをききのがさなかった。みんなのほうをちらっと見た。ライヤがクララと話してた。ふたりとも髪《かみ》はきのうと同じだったけど、服はふだんのに戻《もど》ってる。ぼくらの学年で仮装《かそう》してる人はいないみたいだ。スターウォーズの衣装《いしょう》を着てこなくてよかった。

「ライヤとタージは、デートしたとかじゃないぞ」

「もういいんだ。ライヤはタージのことが好きなんだよ。素直《すなお》にみとめる——ライヤがぼくを好きになることなんてぜったいないって」

「なんで？」

ぼくは目をぐるんと回した。「ぼくだからさ。見ればわかるだろ。兄さんにもいわれたんだ。ぼくは使ったあとの綿棒《めんぼう》そっくりだって」

「うまいことというな」マックスは鼻で笑った。

「うん。トイレに行ってくる」ぼくはドアのほうへ向き直った。

「おい、冗談《じょうだん》だって」マックスがいった。

「べつにいいよ。トイレに行きたいんだ」

「ダン？」

ふりかえると、マックスが落ち着かないようすで、いいにくそうにきいた。

「照明のことだけど、なんであんなことしたんだ？」

すぐに答えられなかった。「何か落としたって思ったんだ。一瞬《いっしゅん》だけ見ようと思って」

「なんだ、それならいいんだ。じゃあ、教室でな」

「うん」

マックスと別れて校舎《こうしゃ》に入った。目がチカチカしてきた。なぜだろう？　泣きそうだ。マックスにほんとうのことを話したかったのに。できなかった。やめたくてもやめられなくなってたんだって。暗闇《くらやみ》のなかで何時間も震《ふる》え、泣き、悲鳴を押《お》し殺《ころ》してたから、きょうはくたくたなんだって。飛びだしたのは、ライヤがぼくを好きになることはなくて、それは修正《しゅうせい》しようがないからだって。悪いことが起きないように修正《しゅうせい》する方法なんて、ほんとはひとつも知らないんだ。

廊下《ろうか》を歩いていくと、正面ドアのところで、サラが車からおりるのが見えた。運転席にいるのはサラのお母さんだ。ウインドウをさげて見守ってる。サラは手もふらずにドアを入り、事務室《じむしつ》に向かって歩いていく。そこで補助教員《ほじょきょういん》を待つんだと思う。でもきょうのサラは、ぼくを見て立ち止まった。背《せ》にしたドアからスポットライトのように太陽の光が射《さ》してた。

「学校に来たんだね」サラはいった。

後ろにだれかいるのかとふりかえってみて、サラはぼくに話しかけたんだってわかった。

「えっと、うん」ぼくはいった。「来ないと思った？」

「休むと思った。動揺《どうよう》してるように見えたから。ライヤのことで」サラは肩《かた》をすくめた。

「なんで知ってるの？」

サラはにっこりした。「もちろん、目があるから」

「えっ」ぼくはいった。「じゃあ、だれの目にも一目瞭然《いちもくりょうぜん》だったってこと？」

「そうともいえるけど、ちょっとちがう。あたしはダニエルをちゃんと見てるから」

ぼくはかたまってしまった。サラの緑色の目が見てた。なんでも見透《みす》かしてしまいそうな目だった。ぼくは目をそらした。「それって……？」

サラは目をそらさずにいった。「あたし、ときどきダニエルを見つめてるんだよ。すごく興味《きょうみ》があるから」

ゾワッとする感覚が腕《うで》をのぼりおりした。だれかに腕《うで》に生えた毛だけを指でなでられてるみたいだ。背筋《せすじ》が勝手にのびる。とつぜん別のことが頭に浮《う》かんできた。

「バックパックにメモを入れたのは、サラ？」

「そう。時間がかかったね」サラがいった。

ぼくは眉《まゆ》をひそめた。「じゃあ、きみが、スター・チャイルド？」

サラはにっこりして、手首を上げて見せた。はじめてサラのブレスレットをちゃんと見た。小さなチャームは星の形をしてた。みんなちがう形の星が全部で7つ。

「そう、ダニエルと同じ」

「いまなんて？」

サラは首を横にふった。「自分が何者なのかも知らない。そうでしょ？」

「どうやらそうみたいだ」

「そのうちわかるから」サラは事務室《じむしつ》のほうをちらっと見た。「返事きかせて」

ぼくは額《ひたい》をぬぐった。話しながら、マラソンをしてるみたいだ。「返事ってなんの？」

サラはため息をついた。「もっと頭が切れるって思ってた。考えることは得意なんでしょ。

しょっちゅう考えごとをしてるみたいだし。何を考えてるのかは知らないけど。もちろん、あたしを助けてくれるかってこと」

どういえばいいのかわからなくて、ぼくは口ごもった。「ええっと……もちろん」

サラが顔を輝《かがや》かせた。「決まり。放課後、待ってる。アメフトの練習をいいわけにするのはなし。試合に出ないいんだから」サラは事務室《じむしつ》のほうへ歩きだした。ぼくはやっと解放《かいほう》された。

「助けるって、何をするの？」

サラは立ち止まって、ぼくを見た。無表情《むひょうじょう》だった。

「パパを見つける」

# 9

1時間後、頭のなかからサラのことをふりはらうべく、教室で物語のつづきを書いてた。

ダニエルは家に飛びこみ、後ろ手にドアをしめてもたれかかった。あれはなんだ? たったいま見たものの正体を考える。幽霊《ゆうれい》? 人の形をしていた。だがどこかちがう。

すべてのはじまりはあのスイッチだ。屋根裏部屋《やねうらべや》には近づくな、と父親に何千回もいわれていたが、衝動《しょうどう》をおさえることができず、きのう、とうとう、しのびこんだのだった。両親の洋服ダンスにある隠《かく》し扉《とびら》にからだをすべりこませ、隠《かく》し階段《かいだん》を上がって、積み上げられた機器の間を進んでいくと、部屋のまんなかに、いくつものサーバー機器に接続《せつぞく》されたコンピュータがあった。電源《でんげん》は落ちていた。ほこりが積もるまま、闇《やみ》のなかに放置されていた。

スイッチは、コンピュータの側面の、四角い制御《せいぎょ》パネルのなかに、すぐに見つかった。

ケーブルはすべて接続《せつぞく》されている。触《ふ》れてはいけない。ダニエルは直感した。

椅子《いす》にもたれて、ノートを見つめた。書いてるときは、書いてる世界が現実《げんじつ》だって気がする。先に筋書《すじが》きを作ったりとか、展開《てんかい》を考えたりとかはしない。自分のために書かれた特別な本を読んでいくように書いていくんだ。物語の世界のダニエルは、ぼくにはなじみがありすぎる状況《じょうきょう》になった。ダニエルはスイッチを入れるかな。もちろん、そんな必要はない。物語の世界のダニエルにはザップは来ないし、頭もおかしくないし、何をするのもダニエルの自由だ。でも、勇敢《ゆうかん》で、頭が切れて、好奇心旺盛《こうきしんおうせい》、怖《こわ》いもの知《し》らずだから、ダニエルはスイッチを押《お》すほうを選ぶだろうな。


だが、ダニエルは知りたかった。このコンピュータは何をするためのものなのか？ ためらいがちに手をのばし、スイッチを入れた。モニターに電源《でんげん》が入り、サーバーに赤と緑の光が灯《とも》った。モニター画面にメッセージが表示《ひょうじ》された。

空間移行《くうかんいこう》を実行しますか？ Yes《イエス》／No《ノー》

ダニエルは黒い画面に浮《う》かび上《あ》がった緑色の文字を見つめた。手が勝手に動いた。指が「Y」キーを探《さぐ》る。何が起きるというのか？　屋根裏部屋《やねうらべや》に放置されたコンピュータにどんな危険《きけん》があるというのか？　ダニエルはキーを押《お》した。

実行中

何か起きるのを待ったが、数分たっても、画面に変化はなかった。ダニエルはとうとうあきらめ、がっかりしながら屋根裏部屋《やねうらべや》を出た。ただの古いコンピュータだったんだ。いや、ほんとうにそうだろうか。玄関《げんかん》のドアに背《せ》をもたせかけて記憶《きおく》をたどっていたダニエルは、電源《でんげん》を入れたままだったことを思いだした。

ダニエルは屋根裏部屋《やねうらべや》に飛んでいった。メッセージが変わっていた。

プロセス完了《かんりょう》

座《すわ》りこんで、「N」キーをたたいた。何も起こらない。エスケープキーを押《お》す。メッセージが出た。

当ステーションからは、プロセスの取り消し処理《しょり》はできません
「プロセスって？」ダニエルはつぶやいた。机《つくえ》の上の書類をめくったが、何もわからなかった。ダニエルは、苦しまぎれに、スイッチを切った。画面は消えた。だが、すでに遅《おそ》すぎた。
書類が1枚床《まいゆか》にすべり落ちた。ダニエルは拾い上げて、目を通した。

ステーション・ナンバー9
2014年3月5日から2015年3月5日までのSAT《エスエーティー》の監視《かんし》を頼《たの》む。問題があれば、本部まで報告《ほうこく》を。
よろしく。
チャールズ・オリバー
214-054-2012

ダニエルは書類を置いた。連絡《れんらく》をとらなければ。

だれにも気づかれなかったことを祈《いの》りながら、ノートを閉《と》じた。学校ではあまり書かないんだけど、たいくつしたときとかに、こっそりつづきを書くことがある。隠《かく》さなくても読まれる心配はたぶんない。ぼくの字は古代エジプトの文字と同じ。ふつうは判読《はんどく》できないから。

国語の授業《じゅぎょう》だからちゃんときこうと思った。『蠅《はえ》の王』についてだ。読んだことがある。書くのをやめたとたん、サラの姿《すがた》が浮《う》かんできた。放課後会うっていっちゃったけど、アメフトの練習はどうしよう。たとえだれも見てなくても、するべきことをさぼるのは悪いことだと、父さんがいつもいってる。

でも、サラは、お父さんを見つけたいっていってた。重大なことだ。無視《むし》なんてできない。

「おい、だいじょうぶか？」マックスがささやいた。

「うん。ちょっと考えごとしてた」

「チャンピオン戦のことか？　２週間しかない」

ぼくは鼻を鳴らした。「うん。そうだね」

「おれも考えてた。相手は〝ポートスミス・ポッター〟。いいチームだ。今シーズン戦ったなかで最高だ。接戦《せっせん》になるぞ」

「ぼくは出ないんだって。いやみってどういうことか、本気で考えようよ」

マックスは、ニカッとして正面を向いた。「ライヤが気にしてるみたいだぞ」

「どういうこと？」背筋《せすじ》がのびた。

「直接《ちょくせつ》話してないけど、今朝おまえを見てた顔からして、まちがいない」

先生の話をノートしながら、ぼくはライヤをちらっと見た。

「ライヤが、なぜ気にするのさ？」

「おまえがライヤのことを好きだって知ってるからだろ」

ぼくはびっくりしてマックスを見た。「いっちゃったんじゃないよね？」

「いわなくてもわかるさ。おまえ、ライヤと目が合っただけで花火みたいになるからな」

「ひどいな」ぼくはつぶやいた。「まだ恥《はじ》をかきたりないみたいじゃないか」

「いいこと教えてやる。気分がすっきりするぞ」

「何？」

マックスがニヤッとした。「タージのやつ、きのう別れるとき、ライヤにキスしようとしたらしい」

「ぜんぜん、すっきりしない」

マックスは肩《かた》をすくめた。「ライヤは、ハグはしたけど、キスはことわった」

止めようとしても、顔がにやけてしまった。

マックスが笑った。「どうだ、すっきりしたろ?」

「うん、少し」

◇◇◇

サラは、正面ドアの内側でひとりで待ってた。あたりをすばやく確認《かくにん》してから、ぼくはサラのところに急いだ。妙《みょう》にまじめくさって、黒髪《くろかみ》を指に巻《ま》きつけながら、駐車場《ちゅうしゃじょう》のほうを見つめてる。

「ハイ!」ぼくはいった。

サラが飛び上がった。「来てくれるって思わなかった」

「じゃあ、なんで待ってたの?」

「信条《しんじょう》ってやつ。重要なのは、どう思ってたかじゃなくて、どう行動したかでしょ」

一瞬《いっしゅん》、間があいた。「補助教員《ほじょきょういん》の人は? お母さんは?」

「レッキーには、ママがいつもどおりに迎《むか》えに来るっていった。ママには、放課後はレッキーと補習《ほしゅう》をするって。どこか作戦本部が必要なんだけど」

「その前に……、きょうのこと、話してないの?」手をもみ合わせながらきいた。

サラはにっこりした。あったかくなる笑顔だった。けど、目はほほえんでなかった。

「ふつうの人にはね。幸い、ダニエルはふつうじゃない」

「そりゃどうも……」ぼくはいった。「ええっと、本部か……ぼくの家なら使えるけど」

「いいね。ガールフレンドを連れてきたって、お母さんにもいえるよ。あたしとしては、今回のことは秘密《ひみつ》にしておきたいんだけど」

「なんで？」

「ママとママのボーイフレンドに、捜索《そうさく》しないようにっていわれたから。さがすなっていうパパの書き置きがあったし。でもあたしは、パパはママのボーイフレンドに殺されたって考えてる」

目が飛びだしそうになった。「殺された？」

「もちろん、あたしの考えちがいであってほしいって思ってるよ」

「わかった。じゃあ、うちに行こう。案内するよ」

「住所なら知ってる」サラがいった。

冷《ひ》や汗《あせ》が出てきた。「そうなんだ。じゃあ、ぼくが後ろをついていくよ」

サラがまじめな顔になった。「チームワークが大切だよ、ダニエル。並《なら》んで歩こう」

それだけいうと、サラはくるりと向きを変え、歩きだした。ぼくはあわてて追いかけた。

サラは前を向いてずんずん歩いていく。サラは、とつぜん別人のようになった。目の焦《しょう》点《てん》がしっかり合って、瞳《ひとみ》がするどく光りはじめてる。風の強い10月最後の日の通りを、ぼくは半分小走りになりながら、サラと並《なら》んで歩いていった。

「ききたいことがあるんじゃない？」サラがいった。

「何からきいていいかもわかんないくらい」

サラはこっちを向いてほほえんだ。「じゃあ、最初から」

「わかった」ぼくはゆっくりといった。「なぜぼくがスター・チャイルドだと思うわけ？」

サラがものすごく大きな声をあげて笑い、ぼくは飛び上がりそうになった。たまってたエネルギーが爆発《ばくはつ》したみたいだ。

「いい質問《しつもん》」と、サラ。「ダニエルは、ふつうの人とはちがってる、でしょ？」

ぼくはしばらく考えた。もちろん、ぼくはちがってる。ふつうの人は、死んじゃわないように電灯をオン・オフしたり、ある数を避《さ》けたりしない。でもいまはそのことを考えたくはなかった。

「ええっと……かなりノーマルに見えるはずだけど」

子どもに親が笑いかけるようにサラがまたほほえんだ。「そのとおり。頭もかなりいい。当たってる？」

「……と思う」

「英才教育プログラムを受けてた」サラがいう。「成績《せいせき》はずっとオールA。さがったことはない。でしょ？」

「数学はちょっと」

サラはうなずいた。「言葉の細工師《さいくし》だものね。詩人。さまよえる魂《たましい》の持ち主。だれも見てないときに、物語を書いてる。周囲となじんでるように見せてるけど、じつはそうじゃない。ダニエルの心は、ほかの人たちとかなりちがってる」

最後まできいていようと思ってたけど、がまんできなくなった。「サラはどこがちがうの？」

サラは肩《かた》をすくめた。「映像記憶《えいぞうきおく》を持ってるよ。元素《げんそ》の周期表の番号を質問《しつもん》してみて」

「29」

「Cu《シーユー》。銅《どう》。遷移金属《せんいきんぞく》。となりはニッケルと亜鉛《あえん》。円周率《えんしゅうりつ》は100桁《けた》まで暗誦《あんしょう》できる。はじめてダニエルを見かけた日のことも話せるよ。廊下《ろうか》を歩いてた。下はジャージで、スターウォーズのロゴ入りのシャツを着てた。髪型《かみがた》はえり足のところだけ長くて、そばかすがあって。目は……青そのものだった。あたしが見てることには気がつかなかった。でもあたし、前から知ってるって感じた。なぜそう思ったか、いまはわかる。同じスター・チャイルドだから」

ぼくは、サラの横を歩きながら、話をじっときいてた。指先でやさしくからだじゅうのうぶ毛をなでられたような、あのゾワッとする感覚につつまれてた。首筋《くびすじ》からつま先まで、まるでぼくのなかのぼくを見通してるように、サラは話した。

「これで自分がスター・チャイルドだってわかった？」サラが視線《しせん》を通りに戻《もど》してまた話しだした。「くわしいことは省略《しょうりゃく》するけど、ようするに、遠い過去《かこ》から受けつがれてきた特《とく》殊《しゅ》なDNA《ディーエヌエー》の鎖《くさり》があって、まれにそれを持って生まれると、スター・チャイルドになる——非凡《ひぼん》な才能《さいのう》と純粋《じゅんすい》な心を持った人に。その人たちはちょっと……ヘンでもある。あたしみたいに」

ぼくはためらいながらきいた。「あのさ、……サラはどこか悪いの？　その、医学的に」

顔が赤くなっていく。「いや、病気なのかききたいんじゃなくて、つまり、いつも補助教《ほじょきょう》員《いん》の人がついてるし、あんまりしゃべらないし、でも、いまは平気そうだし——」

「気をつかわなくてもだいじょうぶだよ」サラはいった。「全般性不安障害《ぜんぱんせいふあんしょうがい》、双極性障害《そうきょくせいしょうがい》、陰性統合失調症《いんせいとうごうしっちょうしょう》、うつ病性障害《びょうせいしょうがい》」サラは肩《かた》をすくめる。「診断書《しんだんしょ》にはそう書いてある」

サラは立ち止まってぼくを見た。

「証明書《しょうめいしょ》つきの変人ってことかな。夜は薬を5錠《じょう》飲んでる。でも、いまはまともに見えるでしょ。どっちでもいいけど」

家が面してる通りに来た。着いたら母さんに紹介《しょうかい》しなきゃいけない。うまくいくかな。

「どうしてそういう人たちはスター・チャイルドって呼《よ》ばれてるの？」ぼくはきいた。

「宇宙人《うちゅうじん》の遺伝子《いでんし》が入ってるから」サラがいう。

ぼくは顔をしかめ、玄関《げんかん》のドアを開けた。母さんが出てきて、立ち止まった。

「あらあら」母さんはいった。「お帰り」

「ただいま、ええっと……紹介《しょうかい》するよ……」

こっちを見てるサラの目がするどくなってる。

「学校の友だち」ぼくはいった。「課題でいっしょになったんだ」

サラは目を細めてから、母さんに笑顔でうなずいた。明らかにまた無言モードになってる。母さんはけげんそうな顔をしたけど、どうぞって招《まね》き入《い》れた。

「いらっしゃい、よろしくね」母さんはいった。「何かいる？」

「いいよ」ぼくはいった。「2階にいるから」

母さんが眉《まゆ》を上げ、ぼくはため息をついた。兄さんがガールフレンドを連れてくると、ドアは開けておきなさいって母さんはいう。それで、いつも兄さんとけんかになる。

「ドアは開けておくよ」

ぼくらは急いで2階に上がった。背中《せなか》でサラが声を殺して笑ってる。「お母さん、あたしたちがヘンなことするって思ってる?」

「さあ。そうかも」

「ま、いいか」

ぼくは渋《しぶ》い顔をして、サラを部屋に入れ、椅子《いす》に座《すわ》るようにうながした。サラは椅子《いす》のそばを通りすぎ、ストンとベッドに腰《こし》をおろした。そうしてとなりのスペースを軽くたたいた。

「早く早く」サラが命令した。「5時までに家に帰らないと」ぼくはおそるおそるサラのとなりに座《すわ》った。サラがバックパックを開けた。「じゃあ、まず説明」と、短い黒髪《くろかみ》のずんぐりした男の人の写真をとりだした。笑ってる。やさしそうだ。この目って——緑色。どこか遠くを見てるような目。わかった、サラの目だ。

「あたしのパパ。トーマス・モルヴァン。市のゴミ処理《しょり》のスペシャリスト」

「ゴミの収集《しゅうしゅう》とかってこと?」

サラがぼくをにらんだ。「スペシャリストっていったでしょ。13か月前にいなくなった」サラは黒いペンで書かれた手紙を引っぱりだした。「あたしの部屋にこれを置いて」

ぼくは手紙を受けとって読んだ。

サラへ

さよならもいわないで出ていくことをほんとうにすまないと思っている。おまえの声をきくのはつらすぎる……。どうかゆるしてほしい。どうしても出ていかなくちゃいけなくなった。おまえのママとうまくいかなくなってしまった。そのときが来たんだ。行き先はまだわからない。おまえに連絡《れんらく》できるかどうかもわからない。手紙を書くよ。最高の父親にはなれなかったが、そうなろうと努力をしたことはわかってくれ。おまえのことは世界でいちばん大切に思っている。心から愛しているよ。サラ、どうかさがさないでくれ。ママのことを頼《たの》む。

愛をこめて
パパより

ぼくはサラを見た。「つらいね」

サラは手紙を受けとるとベッドに置いた。「でも、泣いてるときじゃない」

「なんていうか、どう見ても……お父さんが残したものじゃないの？」

サラは人差し指を立ててふった。「そこが問題。パパが何か書いてるのって見たことがない。手紙も日記もメモさえも。一度だけ小切手を書いてた。送らなかったけど」サラは小切手をかざした。電力会社あてだった。

「それで？」

「筆跡《ひっせき》を見て」

目を凝《こ》らしてよく見比《みくら》べると、似《に》てはいるけど、はっきりとちがいがあった。文字のくるんとするところが、手紙のほうが小さかった。「急いでたからかな？」

「ちがう」サラが静かにいった。「パパが書いたんじゃない。ママのボーイフレンドが書いたんだと思う」

ぼくは顔をしかめた。「その人が書いたもの、何か持ってる？」

「持ってない」サラは首を横にふった。それから、ぼくのももを軽くたたいていった。

「ダニエルの出番だよ」

「何、それ？」

サラは笑顔でいった。「明日、あいつの家に行って、タウン紙のプレゼントキャンペーンの応募用紙《おうぼようし》に名前と住所を書かせてよ。筆跡《ひっせき》をたしかめるから」

「だけど――」

サラが紙をとりだした。学校でプリントしたことは明らかだ。

エリーヒルズ新聞プレゼントキャンペーン　ふるってご応募《おうぼ》を！

抽選《ちゅうせん》で、フロリダへのペアチケットをプレゼント！　ココビーチ・トロピカーナで、夢《ゆめ》の6日間を。記入欄《きにゅうらん》に住所氏名をご記入ください。当選者の発表は、チケットの発送をもってかえさせていただきます。


新聞社のロゴまで入ってる。

「ほんものにしか見えない」ぼくはつぶやいた。

「力を貸《か》して、ダニエル」サラがぼくの手をにぎった。そして、ぼくの目を見た。

腕《うで》に電流が流れた。女の子に手をにぎられるのは、はじめてだった。

「わかった」ぼくはいった。「もちろん」

「ありがとう。からかってるわけじゃないよね？」

「まさか」

「よかった。あとは、行方不明者《ゆくえふめいしゃ》のニュースを調べようと思うんだけど――」

ぼくの携帯《けいたい》が鳴った。ポケットから引っぱりだす。マックスだ。

「もしもし」

「おまえ、どこにいるんだよ？」どなり声。「コーチがかんかんだぞ。明日は来いよ——」

「クレマンズコーチが気にするはずないだろ。試合に出ないやつのことなんか」

「出るんだよ」マックスがいった。「ケビンが練習中にひざをケガした。つぎの試合はおまえが出るんだ」

「えっ？」胃が靴《くつ》のなかに落っこちた。

「おまえの出番だ。明日はキックの特訓だそうだ。準備《じゅんび》しとけよ、相棒《あいぼう》。待ちに待ったときが来たんだ」マックスは言葉を一度切った。「チャンスだぞ。のがすな」

マックスは電話を切り、サラはぼくを見てほほえんだ。

「いそがしい一週間になるね」サラがいった。

# 10

「それで、きょう来たお友だちはだれ？」夕食のときに、母さんがにっこりきいてきた。

スパゲッティから目を上げて、ぼそっという。「サラ」

エマが好奇心《こうきしん》を隠《かく》そうともせずに見てる。兄さんまでちらっとぼくを見た。

「どこで知り合ったの？」

ぼくは顔をしかめた。「学校だよ」

「カノジョができたの？」エマが身を乗りだした。

「ちがう」

スパゲッティを口に押《お》しこんだ。さっさと食べて、早くここから退散《たいさん》しよう。ぐずぐずしてたら、夜じゅう母さんの質問攻《しつもんぜ》めにあう。母さんならクイズ番組の出題者になれる。

「おまえ、ライヤって子を追っかけてたんじゃなかったか？」兄さんがきいた。

「だれも追っかけてなんかない」顔が赤くなるのがわかった。

「もう気が変わったのか。むかつくな」兄さんがいった。

「かわいい子ね」母さんが割《わ》りこんできた。「しゃべらなかったけど、恥《は》ずかしがり屋《や》さんなの？」

「そう。すごく恥《は》ずかしがり屋《や》」


マックスからの電話のあと、サラはすぐに帰った。ぼくが放心しかかってたのを見ぬいたんだと思う。殺人かもしれない事件《じけん》の調査《ちょうさ》のせいなのか、アメフトの試合に出なくちゃいけないせいなのか、自分でもわからなかった。どっちも、楽しみなことじゃなかった。

「明日、アメフトの練習が終わったら、あいつの家に寄《よ》って。住所は、セルカーク通り17番地。名前は、ジョン・フラナティ。そのあと5時半にあたしの家の前で待ち合わせ。いい？　あたしの住所は、ジェーンウッド大通り52番地」

「だけど――」

「必要な情報《じょうほう》はすべて書いておいた。ベッドの上」サラはぼくを見た。「ジョンが何をしたのか、あたしたちふたりでつきとめる。あとのことはそれから心配すればいい。やることはいっぱいだよ」

サラはそれっきりもう何もしゃべらず、階段《かいだん》をおりていった。ひとりになって、いったい何が起こったんだろうって、ぼんやり考えた。

「その名前、きいたことある」エマがいった。「もう一度いっ――」

「つぎの試合に出ることになったよ」ぼくはエマをさえぎった。アメフトの話はしたくないけど、話題を変えるにはこれしかない。

兄さんがフォークを落とした。「なんだって？」

「試合に出るんだ」ぼそぼそという。「ケビンがケガしたから、ぼくがスタメンなんだ」

兄さんの顔が青ざめた。兄さんは、エリーヒルズ・エレファンツのOB《オービー》で、いまもチームを愛してた。「ほかに控《ひか》えはいないのか？」

「あいにく」

母さんまで心配そうだ。「つぎの試合って、チャンピオン戦の初戦じゃなかった？」

「そうだよ」

兄さんが首を横にふった。「しかたない、特訓してやる」

自分からぼくをかまってくれるなんて。感動だ。ぼくが大事だからじゃなくて、アメフトが大事だからだと思うけど、それでもやっぱり感動だ。でも、兄さんと特訓なんて、考えただけで、胃がねじれた。

「ありがとう」ぼくはいった。「練習はめいっぱいしてるから。だいじょうぶ」

「父さん、大喜びするわ」母さんが笑顔を作った。

「そうだね」ため息をついてしまう。

9時をすぎたころ、父さんがぼくの部屋をのぞいた。

「きいたぞ」ニカッとした。

「うん」ぼくはノートパソコンの画面を隠《かく》しながらふりかえった。

「おまえならやれる。落ち着いてな」父さんは口ひげの下から歯を見せて笑うと、ドアをしめておりていった。うれしそうだな。

ぼくは、ノートパソコンに向き直った。また父さんをがっかりさせちゃうんだ。


電話をかけたが、つながらなかった。

その場につっ立ったまま考えをめぐらせる。どうすればいい？　チャールズ・オリバーの家へ行ってみるしかない。ここ以外にもステーションがあるかもしれない。人類を救う方法が残されているかもしれない。

チャールズ・オリバーなんてありふれた名前では、グーグル検索《けんさく》も役に立たなかった。

ダニエルは、電話番号で検索《けんさく》してみた。

ニューヨーク市だった。車なら10時間ほどで着く。ニューヨーク市411内の、「チャールズ・オリバー」を探《さが》すと、「C・オリバー」で、11件《けん》リストアップされた。ここからはじめるしかない。ニューヨークに着いてから、もう一度電話をしてみよう。カーテンのすき間からもれる日の光に目をやり、ダニエルは建物の間にすべりこんだものの姿《すがた》を思いかえした。背《せ》が高く、夜のように黒く、影《かげ》のように速かった。人の形をしたあいつはなんだ？　不気味だった。

ニューヨークに行くには、車だ。

ダニエルは荷物をまとめた。ノートパソコン、バッテリー、水、携帯食《けいたいしょく》。それから、家族の写真を入れる。ちょうどつめ終わったときだった。ノックの音が家じゅうにひびき、ダニエルはひっくりかえりそうになった。

だれかが、玄関《げんかん》をノックしている。

書き終えて椅子《いす》にもたれた。これから登場することになる人物の姿《すがた》が浮《う》かんできた。

◇◇◇

学校に着いた瞬間《しゅんかん》から、ぼくはじろじろ見られっぱなしだった。バスケットコートでは、タージたちにじーっと見られた。まるで、ひと晩《ばん》で少しは筋肉《きんにく》がついてることを期待してたみたいな目だ。キッカーは、がんじょうでも運動能力《うんどうのうりょく》が高くなくてもいいような気がするけど、それはまちがいだ。キッカーってじつはすごく重要なんだ。チームでいちばん得点をかせぐポジションだって、父さんはよく話してくれる。残りあと数秒ってときに、命運を託《たく》されるキッカーには、ほんもののプレッシャーがかかるって。はげましてくれてるんだってわかる。でもやる気が出るどころか、反対に吐《は》きそうになってしまう。

「よおっ」マックスがぼくの腕《うで》をたたいた。「きょうは練習来いよ。実戦に近い練習ができるようにみんなにも頼《たの》んでおいたんだ。やる気になっただろ?」

「行くよ」ぼくはつぶやいた。「ついでに本番のキックも頼《たの》みたいよ」

マックスは笑った。「だいじょうぶだ。うまくやれるさ。だが、死ぬ気で練習しろよ。チャンピオン戦は負けたら終わりだ」

「ありがと」

タージたちがやってきて、冷たい目でぼくを見た。

「きのうはどこにいた?」タージがきいた。

「きのうは……予約があったんだ。病院の」

「じゃ、きょうもそこへ行ってろ。クソみたいなキッカーはいないほうがましだ」

ライヤがぼくを見ながら声をあげた。「その子にかまわないで。ちゃんとできるんだから」

「その子」呼《よ》ばわりされたのには、ちょっとムカッと来た。でもライヤはぼくをかばおうとしてくれたんだ。タージたちは仲間うちで話をはじめ、ライヤはぼくの前にやってきた。

「どう？　びびってる？」

「かなりね」

ライヤは笑った。「だと思った。でもうまくいく。ところで、きのう家に帰るとちゅうで、見かけたんだけど」

「それで？」

「サラといっしょじゃなかった？」

一瞬《いっしゅん》、なんて答えていいかわからず棒立《ぼうだ》ちになった。「うん、いっしょにいたよ」

「サラ、しゃべってた。あの子、だれともしゃべらないのに」

ぼくは肩《かた》をすくめた。「ぼくとは話すよ」

ライヤは首を横にふりながら、ほほえんだ。「あなたって、謎《なぞ》ね、ダニエル・リー」

「ライヤが知ってるのは、半分くらいかな」

ライヤは笑って、友だちのところに戻《もど》っていき、ぼくはひとりになった。きのうは、何もかもがもっと単純明快《たんじゅんめいかい》だったと思った。

◇◇◇

「どうした？　15ヤードだぞ」クレマンズコーチは信じられんといいたげだった。

ぼくは2回つづけて失敗した。ゴールラインまで残り10ヤードから35ヤードの距離《きょり》だと、キックでフィールドゴールをねらうのがふつうだ。15ヤードといえば、得点が入ったも同然、わけなくキックが決まる距離《きょり》だった。なのに、きょうはそれが決められなかった。深《しん》刻《こく》だ。

どうしてこうなっちゃうんだろう。小さいころは、兄さんもまだクールすぎたりしなかったから、ふたりでよくアメフトの練習をしたけど、そのときは30ヤードからでも、問題なく決められたんだ。だけど、だれかに見られてたり、大きな声が飛んできたり、相手チームがせまってきたりすると、うまく決まらなくなる。たいてい右にそれるか、もっとひどいとゴールポストまでとどきもしなかったり。

「自信と技術《ぎじゅつ》が普遍的《ふへんてき》に欠如《けつじょ》してるんだと思います」ぼくはあきらめていった。

コーチは地面に帽子《ぼうし》をたたきつけた。「休憩《きゅうけい》だ」

「もう一度だ」マックスが、ボールをつかんで腰《こし》をかがめた。ほかのみんなはサイドラインのほうに歩きだしてた。キッカーについてぶつぶついいながら。マックスがボールを固定した。「よし、いいぞ」

ぼくはため息をついて、助走しゴールポストの間にボールを通した。マックスは手をたたいて立ち上がり、ニカッと笑った。

「できるじゃないか」

「だれも見てなければできるんだ。精神的《せいしんてき》な問題なんだ。あと、クレマンズコーチ」

「全部、無視《むし》しろ。ボールとゴールポストだけに集中するんだ」

「いうほどかんたんじゃない」クレマンズコーチがどすどす歩いてくるのを見ながら、ぼくはいった。汗《あせ》だくの真っ赤な顔。眼鏡《めがね》が落ちそうだ。

マックスがボールをつかんだ。「よし、もう一度だ」

「だけど――」

「コーチのことは無視《むし》しろ。リラックスだ。ボールをけることだけ考えろ。ほかのことは忘《わす》れるんだ」

集中しようと、ぼくはからだの横で手をぶらぶらふった。手順はわかってる。右足を1歩踏《ふ》みだし、左足を1歩、そしてボールをけり、ゴールポストに向かってフォロースルーする。兄さんといっしょに何百回と練習したんだ。不意にできる気がしてきた。マックスのいうとおりだ。気を散らすもののことは頭から追いだせばいい。

こぶしをにぎり、右足を踏《ふ》みだした。それから左。そして右足を後ろにふり上げ——。

「リー」クレマンズコーチがどなった。「ちょっと考えたんだが」

ふりむくのとけるのとが同時になってしまった。足はボールをけりそこね、ふり上げた勢《いきお》いで、からだが持ち上がった。うわっ、地面に足が着いてない、って思った瞬間《しゅんかん》、マックスの横に背中《せなか》から思いきりひっくりかえった。脳《のう》にまた一生もののダメージを与《あた》えちゃったみたいだ。

クレマンズコーチがぼくをのぞきこんだ。けんめいに怒《いか》りをこらえてる。

「もういい」コーチが悲しそうにいった。「絶望的《ぜつぼうてき》だ」

◇◇◇

その日は少しもましにならなかった。コーチに宣告《せんこく》を追加される前に、ぼくは引き上げた。このあと、別の難題《なんだい》が待ってた。殺人かもしれない事件《じけん》を調べなきゃいけない。

なぜ、協力するっていっちゃったんだろ？　人と対面して探偵《たんてい》みたいなことをするなんて、考えただけで胃が痛《いた》い。考えるのは得意だけど、行動するのはまるでだめなのに。だけど、サラと約束したんだ。選択《せんたく》の余地《よち》はほとんどない。

きのうの夜、場所は調べておいた。ジョン・フラナティという男の家はここから少し南、あまり評判《ひょうばん》のよくない地区だ。20分ほど歩いた。めざす場所に小さな茶色の平屋が見えてきた。放置された花壇《かだん》、のび放題の芝生《しばふ》。ばかでかい黒のピックアップトラックがとめてあったけど、汚《よご》れ放題《ほうだい》であちこちへこんでた。窓《まど》に目をやる——なかは暗かった。

留守《るす》かな？ どうしよう。その場に立ってちょっと迷《まよ》った。足を踏《ふ》みかえながら考える。不在《ふざい》だったってサラに伝えようか？ 気が変わったっていおうか？ サラの姿《すがた》が浮《う》かんできた——ぼくの心を見ぬいて、意気地《いくじ》なしって呼《よ》ぶ姿《すがた》。ぼくがにげたって、サラにはわかっちゃうんだろうな。ぼくのことはなんでもわかるみたいだから。

決心がつかずに何度も足を踏《ふ》みかえてるうちに、歩道の割《わ》れ目《め》を踏《ふ》んでしまった。悪いことが起きる！ 急に胃がちぢみ上がり、からだがゾクゾクしはじめた。ぼくは割《わ》れ目《め》を踏《ふ》み直《なお》した。だめだ。不安は消えない。もう一度踏《ふ》んだ。だめだ。まずいことになった。いま修正《しゅうせい》しないと、もう一度戻《もど》ってこなくちゃいけなくなる。ここにはもう来たくない。4回。5回。だめだ。犬を連れた女の人がやってくるのが見えたので、中断《ちゅうだん》してメモを読んでるふりをし、行ってしまうとまた踏《ふ》み直《なお》し、121回踏《ふ》み直《なお》してやっと不安が消えた。

携帯《けいたい》を見たら、17分間も歩道の割《わ》れ目《め》を踏《ふ》み直《なお》してた。

こんなところで、ぼくは何やってるんだ。いらいらしてきた。さっさとすませて帰ろう。

心臓《しんぞう》の鼓動《こどう》がはげしくなり、からだじゅうに広がっていくのをがまんしながら、玄関《げんかん》ポーチへ行き、ペンとにせものの応募用紙《おうぼようし》をとりだし、震《ふる》える手でベルを押《お》した。

びくびくと1分待った。それから立ち去ろうと向きを変えた。ほっとしたと思ったら、背中《せなか》でドアが開き、だみ声がきこえた。「なんだ？」

ぼくは凍《こお》りついたままふりかえった。人を外見で判断《はんだん》しないようにしてるつもりだけど、サラがこの人を殺人者だと疑《うたが》うのもわかる気がする。上背《うわぜい》があって横幅《よこはば》もある。大男だ。二《に》の腕《うで》に彫《ほ》った、うすくなったタトゥーは、ポパイから女の人の顔までいろいろあった。ほおから首まで白髪《しらが》が半分まじったひげ。落ちくぼんだ灰色《はいいろ》の目が、ぼくをうさんくさそうに見てる。掃除機《そうじき》か何かを売りに来たと思ってるみたいだ。

「ええっと、どうも」ぼくはおっかなびっくりいった。脳《のう》がまた停止した。ぼくの脳《のう》はなんでこうなんだ？　落ち着け。「エリーヒルズ新聞のことで来ました」

黒いモジャモジャした眉《まゆ》がつり上がった。「おまえ、新聞配達のガキじゃねえだろ」

するどい。あわてて考える。「ええ、ちがいます。ただいま開催中《かいさいちゅう》の豪華賞品《ごうかしょうひん》つきキャンペーンで回ってるんです。名前と住所をご記入いただくだけで、どなたでもフロリダのココビーチホテルの宿泊券《しゅくはくけん》の抽選《ちゅうせん》に応募《おうぼ》できます。これは、その、地域貢献《ちいきこうけん》の活動なんです」

手が震《ふる》えて、用紙を落としそうになったこと以外は、いいアドリブだった。ジョンは値踏《ねぶ》みするようにぼくを見てから、紙とペンを受けとった。

「6日間か。悪くねえな。ペアチケットだよな?」

「は、はい」ぼくはいって、家のなかを盗《ぬす》み見《み》た。うす暗く、飾《かざ》り気《け》がなかった。水着姿《みずぎすがた》の女性《じょせい》のポスターが貼《は》ってあったように思う。

ジョンは書き終えると、ぼくを見た。あごにひきつれたような傷跡《きずあと》があった。

「チラシやらゴミくずを送りつけてくるつもりじゃねえだろうな」

「しません」ぼくはつぶやいた。

「よし」ジョンは用紙とペンをぼくに渡《わた》した。「じゃあな」

目の前でドアがしまった。ぼくは敷地《しきち》を飛びだした。テレビを盗《ぬす》んでにげるみたいに走り、角を曲がってから、やっと立ち止まって紙を見た。

サラのような映像記憶《えいぞうきおく》がないぼくでもわかった。

筆跡《ひっせき》はサラが見せてくれた置き手紙とまったく同じだった。

# 11

サラは、自宅前《じたくまえ》の通りの角で待ってた。うすいウインドブレーカーを着て震《ふる》えながら、顔にかかった髪《かみ》をはらいもしないで、走りすぎていく車のほうをぼんやりと見てた。

ぼくを見つけると、瞳《ひとみ》に光が戻《もど》った。サラ・モルヴァンって、ほんとふしぎだ。ぼくといっしょにいるときと、そうでないときとでは、ほんとに別人だ。いまのサラは、きりっとして、生気に満ち、目標を見すえる女性司令官《じょせいしれいかん》みたいだ。ぼくがそばに行くまで、背中《せなか》で手を組んでたから、時間厳守《じかんげんしゅ》についての訓戒《くんかい》があるんじゃないかって本気で思ってしまった。

「うまくいった？」

渡《わた》した紙を見てたサラの顔が、くもっていった。ぼくらはだまってその場に立ってた。サラの腕《うで》は震《ふる》え、大きな瞳《ひとみ》からはぽろぽろと涙《なみだ》がこぼれた。

「だいじょうぶ？」

「パパが残したのはこの手紙だけなのに」サラはこっちを見ずにつぶやいた。「パパの字じゃないってママにいっても、ママは急いで書いたからだっていった。それどころじゃなかったって。手紙の字はたしかにパパの字に似《に》てる。きっとあいつはパパの字を見て書いたんだ。けど、この紙と手紙の書きぐせがまったく同じ。ママたちはウソをついた。あいつがパパを殺したんだ」

「落ち着こう。これだけじゃ証拠《しょうこ》にはならないよ。お父さんは家を出ていかなきゃいけないけど、だいじょうぶだからって、伝えようとしたのかも――」

「パパは出ていったりしない。ぜったいに！　わかった？」

サラの語気に、ぼくは思わず後ずさりした。

「わかった。もちろん。それでこれからどうする？」

「ジョン・フラナティのことをもっと調べる。月曜日って、時間とれる？」

ぼくは口をぽかんと開けた。

サラは目をくるんと回した。「ばかげた練習が終わってからでいい」

「うーん……いいよ」

「よかった。あたし、もう戻《もど》らなくちゃ」

「ちょっときいていい？」

サラがこっちを見た。「もちろん」

「その……ご両親とは話をする……してたの？」ぼくは好奇心《こうきしん》に負けてきいた。

うすぼんやりしかけてた瞳《ひとみ》が再《ふたた》びギラッと光った。

「ダニエルには関係ない！」

声の厳《きび》しさにぼくはひるんだ。サラは思いやりを見せたかと思うと、いきなり怒《おこ》りだす。

「ごめん。詮索《せんさく》するようなことしちゃって。ちょっと……消耗《しょうもう》してるんだ」

一瞬《いっしゅん》にして今度はサラの青ざめたうすい唇《くちびる》にほほえみが浮《う》かんだ。「『消耗《しょうもう》』って言葉を使うところ好き。すごくさえてる。英才教育プログラムを受けてただけあるね」

「特別なことじゃないよ」ぼくはこまっていった。

「あたしも入ってたんだ」

「そうだったの？」

「うん。あたしの場合は、『社会性《しゃかいせい》に欠ける』ってラベルつきだったけど。カウンセラーが、ふつうのクラスで授業《じゅぎょう》を受けたほうがいいって、親にすすめて」サラはクックッと笑った。「ほんと、あたしにふさわしい結果になった。わかるでしょ」

サラは、すごくオープンに、自分の状態《じょうたい》について話す。「状態《じょうたい》」っていうのが適切《てきせつ》な単語かどうかわからない。「状態《じょうたい》」って、身体的に健康かどうかを表すときにも、精神的《せいしんてき》な疾患《しっかん》を表すときにも使われるから。サラの状態《じょうたい》は実際《じっさい》どうなのだろう。心のケアとかうまくいってるのかな。

ぼくはまたぼんやりしてたんだと思う。サラがじっと見てたから。

「何？」

「いつもどこに行っちゃうの？」静かにサラがたずねた。

「どこにも」

「ウソついてる」サラがにやりとした。「心配しなくてだいじょうぶだよ……少し時間をかければ、おたがいにわかり合える。あたしたち、共通点がたくさんあるから。じゃあ、行くね」

サラとぼくの共通点がたくさんあるって、どうなんだろ？　ぼくは家に急いだ。

◇◇◇

物語を書きたかった。でも、アメフトの試合とジョン・フラナティのこと、それにライヤに好かれる見こみがないってことが、頭から離《はな》れない。アメフトとライヤのことは、兄さんに相談してみるしかない。ぼくは、兄さんが帰ってくると、さっそく部屋をノックした。

入ったとたん、兄さんがため息をついた。「今度はなんだ?」

「もう少しアドバイスをしてもらいたくて」

兄さんはパソコンのほうを向いて、ガールフレンドのレイチェルにメッセージを打ちはじめた。レイチェルはチアリーダーをしていて、ちょっと性格《せいかく》がきつい。母さんはあまり気に入ってない。だから、レイチェルはあまり遊びに来ない。

「いってみろ」

「ライヤにまだふりむいてもらえないんだ。土曜の試合は、最悪になりそうだし」

レイチェルに書いてたメールがちらっと見えた。

アダムとよくいっしょにいるらしいな

ふたりがけんかをはじめませんように。アドバイスどころじゃなくなってしまう。

兄さんがぼくをちらっと見た。「からだ鍛《きた》えてんのか?」

「鍛《きた》えてない」

「そのモップみたいな髪《かみ》、切ったのかよ」

ぼくはちょっとだまった。「切ってない」

「おれのアドバイスをなんにも実行してねえな」

「もっと実践的《じっせんてき》なアドバイスがほしいんだ。このとおり、ルックスじゃライヤの心をつかめない」

兄さんは鼻を鳴らした。「よくわかってるな。じゃあ、どうすればいいか教えてやる。ちょっと待ってろ」兄さんはキーボードをたたいた。


ああ、ロッカールームでやつがいってたんだ。もうするな

うわっ。早くすませないといけない。兄さんがぼくに目を戻《もど》した。

「他愛《たあい》もないことをしゃべくって、ときどき、ほめ言葉をはさむ。『その服いいじゃん』とか、『とてもきれいだ』とかって、なんていうか……耳に心地《ここち》いいやつだ。いまいったことをやって、土曜日の試合に勝つ。そしたら、おまえはライヤとキスをする」

ぼくは、すがるように兄さんを見つめた。「大事なこと忘《わす》れてるよ。ぼくはアメフトがまるでへたくそなんだよ」

兄さんは肩《かた》をすくめた。「おれはそうやってレイチェルを射止《いと》めた。みんな、ヒーローが好きなんだ。ヒーローになれ」兄さんはパソコンに向き直り、机《つくえ》をぶったたいた。「お

まえ、本気か？」と、どなり、猛烈《もうれつ》にキーを打ちはじめた。「出てけ」

いわれる前に、ぼくは廊下《ろうか》に出た。

◇◇◇

ぼくは部屋の電灯のスイッチの前に立ってた。震《ふる》えてた。少し前に『ホビットの冒険《ぼうけん》』を読んだから、気分が少し楽になってた。あの本を読むと気分がよくなるんだ。でも「寝《ね》る前の儀式《ぎしき》」をやめられるほどじゃなくて、ぼくは「儀式《ぎしき》」にまだつかまってた。

手がひきつってるのに、スイッチのオン・オフをくりかえしてた。毎晩《まいばん》、たいてい「儀《ぎ》式《しき》」に2時間はかかる。家族はみんな眠《ねむ》ってる。兄さんは起きていて、まだレイチェルとけんかをしてたから、ぼくは、音を立てないよう、見つからないよう気をつけた。ほおを涙《なみだ》でぬらしながら、唇《くちびる》をひたすら強くかんだ。口のなかに血の味が広がってる。こんなことほんとはしたくない。でも、ちゃんとしなければ、朝、目を覚ませないかもしれないぞ、ってささやく声が消えない。罠《わな》とわかってるのに、毎晩《まいばん》同じ罠《わな》にかかってしまうんだ。

ぼく、ヘンだよね。話してもそう思われるだけだって、わかってる。だけど、「儀式《ぎしき》」をしてる間、ぼくの心は壊《こわ》れてしまう。「虚《うつ》ろの次元」に入りこんでしまう。怖《こわ》いってことと、なんとかして修正《しゅうせい》しようとしてること以外は、何もわからなくなってしまう。ぼくはスイッチを押《お》した。頭のなかで声がした。「おまえ、ミスしたぞ。いまので112回だ。1と1と2をたすと4じゃないか。悪いことが起きる」って。恐怖《きょうふ》――背中《せなか》にとりついて、頭を爪《つめ》で引っかき、幸せも希望も何もかも見えなくしてしまうような恐怖《きょうふ》。それで、もう一度スイッチを押《お》してしまう。そしてもう一度。血の味。涙《なみだ》。正気じゃなくなってるってわかるから、顔を引っかく。でも、怖《こわ》くてやめられない。ライヤのことを考えようとする。それから家族のことを。恐怖《きょうふ》以外のことならなんでも。でも、それがむずかしいんだ。なんとかスイッチから離《はな》れてベッドに入る。ぼくの心はサラへ向かった。

「ぼくはスター・チャイルドなのか？　だからこんな目にあうのか？」こう考えるのって、いいな。頭がおかしいって思うよりずっとましだった。

「虚《うつ》ろの次元」にどっぷりはまってたけど、これで眠《ねむ》れる。

ぼくは寝返《ねがえ》りを打った。まくらが、あっという間にぐっしょりぬれた。

◇◇◇

月曜日。休み時間のバスケで、マックスがレイアップシュートを決め、ぼくは小走りにポジションに戻《もど》った。ぼくもきょうはバスケをしてる。たぶん。ボールには極力触《さわ》らないっていうスキルしかないけど、このスキルがあれば、コートには入ってられる。

週末は、マックスに引っぱられてキックの練習をしに行ったくらいで、何もなかった。マックスは35ヤードからのゴールを決めるまでやめさせてくれず、問題なのは、ぼくの神経《しんけい》だと何度いっても、きき入れてくれなかった。すべては練習が解決《かいけつ》してくれるって、考えてるんだ。そういう場合もあると思う。でも、ぼくの場合はうまくいきそうもなかった。あとは宿題をしたりエマと本を読んだりした。「儀式《ぎしき》」はどの夜も悲惨《ひさん》だった。殺人かもしれない事件《じけん》の調査《ちょうさ》と、せまってきた試合のストレスのせいだと思う。日曜の午後は、心を静めるために思いつくままあちこち5章書いた。物語の世界のダニエルは、すでに冒険中《ぼうけんちゅう》なのに、現実《げんじつ》の世界のダニエルは、寝《ね》る前にべそをかきながら歩数を数えることにいそがしかった。物語の世界のダニエルになれたらって、ときどき本気で思うんだ――あんなふうになりたい。

タージがドリブルをして、まっすぐ向かってきた。ぼくがマークしてるのは、スコット・フィールズだ。アメフトのポジションは、ライトガード。守備《しゅび》のとき最前列で相手の攻撃《こうげき》をブロックする。だからでかくて体重がある。ぼくなんか軽くふっ飛ばせる。けど、バスケのシュートは苦手で、打ってもたいてい入らない。ぼくとスコットはお似合《にあ》いのマッチングだ。でも、きょうのタージは、ディフェンスの穴《あな》にねらいをしぼってた。つまりぼくだ。

「ヘルプに行け！」トム・ダントが声をあげるも、だれも間に合わない。ぼくが止めるしかない。

ぼくはスコットから離《はな》れて、タージと対峙《たいじ》した。マックスが教えてくれたとおりに、重心をさげて両手を広げる。タージの動きが止まった。ぼくが止めに来たことにびっくりしてたけど、すぐに笑いを浮《う》かべて、ドリブルをはじめた。ワン・オン・ワンになった。みんな、動きを止めて、声援《せいえん》を送った。

タージが左に動く。ぼくも反応《はんのう》し、行く手をはばむ。タージはまた止まった。足の間でドリブルしながら、ぼくの目をじっと見てる。顔半分をゆがませて冷笑《れいしょう》を浮《う》かべた。

「おれを止めようってか、リー？　その作戦はまずいだろ」

「戦術的《せんじゅつてき》にいってもこれでいいんだ。ようは点をとらせなきゃいいんだから」

「言葉でイラつかせようってか？　きかねえぞ、リー」

「プレーしてるだけだ」ボールをうばおうと手をのばす。タージがさがる。

言葉なら自信がある。目のはしにライヤが見えた。いつものように、ほかの女の子たちと壁《かべ》ぎわに集まって、ぼくらの決戦を見つめてた。兄さんがいってたときは、いまだ。ヒーローになれ。タージを止めろ。みんなヒーローが好きなんだ。

そんな話だったよな。

ぼくは集中し直して、タージの胸《むね》のあたりに視線《しせん》をすえた。相手から目を離《はな》すなって、父さんがいつもいってた。ボールは選手のそばにかならずあるんだって。タージが動いた。背中《せなか》でドリブルしながら、右に深く切れこみ、ゴール下へ向かった。これまでなら、ボールのほうを追っかけて、フェイントに引っかかるところだったけど、ぼくはタージ自身をさえぎりつづけた。タージはさがるしかなくて、ポストアップした——つまりゴールに背《せ》を向けて、からだで壁《かべ》を作った。ぼくはまた、その動きに合わせてボールに手をのばし、タージを追いつめた。

そのときだった。タージは、ぼくのあごめがけて、ひじをつきだした。

ぼくが尻《しり》もちをついて、ぼうぜんとしてる間に、タージは、レイアップシュートを決め、ぼくを見おろして、笑《え》みを浮《う》かべた。「ナイストライだったぜ、リー」

あごのあたりが痛《いた》い。血が出てた。ぼくがヒーローになるなんて、やっぱり冗談《じょうだん》だった。マックスがぼくを引き起こし、タージに暗い顔を向けた。「いまのはファウルだぞ」

「コールできるのは、ファウルを受けたディフェンダーだけだぜ」タージはぼくを見た。

「すんのか？」

こんくらいで大騒《おおさわ》ぎかよと、ぼくを哀《あわ》れむような、嘲《あざけ》るような目を向けてる。

「しない」ぼくはつぶやいた。

マックスはイラッと顔をしかめたけど、したたってる血に目をやっていった。「医務室《いむしつ》に行ったほうがいい。かなり出てる」

ぼくはうなずいて、Tシャツで口を押《お》さえながら、校舎《こうしゃ》に向かった。入り口の近くで、ライヤがぼくの腕《うで》をつかんだ。心配そうだった。

「だいじょうぶ？　あんなことするなんて、最低だよ」

「なんともないよ」ぼくは口にシャツを当てたままいった。「運が悪かったんだ」

「スポーツが運を悪くしてるんだよ」ライヤはシャツにたまった血を見て渋《しぶ》い顔をした。

「いっしょに行く。出血とかで気を失うといけないから」

ライヤはぼくの自由なほうの腕《うで》をつかみ、ささえてくれてる。シャツの下に隠《かく》れてたけど、ぼくはうれしくて笑顔になってた。

ヒーローになるって、試合の勝ち負けを超《こ》えたものなのかもしれない。

◇◇◇

レドラー先生が、ライヤを廊下《ろうか》の椅子《いす》に座《すわ》らせてから、ぼくのあごにばんそうこうを貼《は》った。ただの切《き》り傷《きず》で、縫《ぬ》ったりする必要もないって診断《しんだん》だった。レドラー先生は、ふっくらとしてる。髪《かみ》はくしゃっとした赤毛。きいてると心が安らいでいくような声。こんなに気持ちのいい声をきくのは生まれてはじめてだ。

「楽になった？」レドラー先生は、ばんそうこうがしっかりついてるかたしかめた。

「はい。とっても。ありがとうございます」

レドラー先生は軽く舌打《したう》ちしていった。「気をつけるのよ。男の子もスポーツも、見てるだけで髪《かみ》が白くなりそう」

とちゅうまで送ってもらってぼくが出ていくと、ライヤがほほえんで立ち上がった。

「その顔、強そうに見える」

ぼくはうなずいた。「不良っぽいでしょ」

ふたりで廊下《ろうか》を歩いていく。ライヤをじろじろ見ないようにと思うのに、つい見てしまう。きょうのライヤはリップグロスをつけてる。カプチーノの香《かお》りがする。廊下《ろうか》の陰気《いんき》な明かりに唇《くちびる》がきらめいて、ぼくは急にカプチーノが飲みたくなった。不意にライヤと目が合って、ぼくはあわてて正面に視線《しせん》を戻《もど》した。

「趣味《しゅみ》を考え直したほうがいいよ」

「だけど、ぼくはスポーツが得意すぎるんだ。残念だけど」

ライヤが鼻で笑った。「ほんとにね。ほかに好きなことって、書くことでしょ。もっといろいろ書いたらいいのに」

「あまりうまくないから」

「そうかな。ふだん、何を書いてるの？」

話題を変えられたらと思って、ぼくは肩《かた》をすくめた。「なんでも。物語を書いてるんだ。つまんない話」

「物語？　どんな？」

「えーっと……、誤《あやま》って人類を消去しちゃった子の話。その子は惑星《わくせい》でひとりきりになっちゃって、みんなを元に戻《もど》す方法を見つけださなきゃいけないんだ」

ライヤがぼくを見た。「つまり、孤独《こどく》についての話ね」

「そうだね」ぼくは口ごもった。「そういえなくもないかな」

「わたしもときどき書くの」

ぼくはびっくりしてライヤを見た。「そうなの？」

「うん。詩をちょっと。くだらない詩。笑わないって約束するならいつか見せてあげる」

「じゃ、決まり」ぼくは兄さんのアドバイスをなんとか思いだす。ほめ言葉をまぜろ、だ。

「ところで、きょうの服いいね」

ライヤは自分を見回した。ダメージジーンズに、ぶかぶかで右肩《みぎかた》がずり落ちてる白いセーター。「ありがとう。ファッションを気にするなんて思わなかった」

「ぼくがウォルマートで買った服を着てるから？」

ライヤが笑った。「ううん。男子だから。ダニエルも似合《にあ》ってると思う」

「母さんが買ってくるんだけど」何いってるんだ、ぼくは！

ライヤの笑い声が大きくなった。「ほんと正直だね。お母さんに『さすがです』って伝えて」

床《ゆか》に足が着いてないいって感じだ。まるで仕事をこなすように床《ゆか》のタイルのつぎ目を踏《ふ》んでる。わかるのは、茶色の瞳《ひとみ》と、カプチーノと、骨《ほね》まで伝わる笑顔だけだった。どこにいて、どこに行くのかさえ、どうでもよかった。少しの間、ライヤがぼくのすべてだった。

教室から2つの人影《ひとかげ》が現《あらわ》れた。サラとレッキーさんだ。

そばまで来たときに、ぼくはサラをちらっと見た。でも、サラは前方のどこか一点を見てた。だれも話さずにすれちがった。サラは一度もぼくを見なかった。ふりかえったけど、サラのポニーテールがゆれてるだけだった。ライヤもサラをじっと見てた。

「サラは、実際《じっさい》、どこか悪いのかな。考えたことある？」ライヤがきいた。

「しょっちゅうだよ」ぼくはつぶやいた。

◇◇◇

5時半。サラがぼくの家のドアをノックした。ぼくは悲惨《ひさん》な練習によるダメージの回復《かいふく》につとめてる最中だった。かんたんなキックを外しまくり、クレマンズコーチはクリップボードを放り投げ、マックスさえ肩《かた》をがっくり落とした。試合前にメキシコへにげようかと本気で考えた。メキシコでフットボールっていえばサッカーだから、少しはましかもしれない。

そのうえ、これからもうひとつの問題に取り組まなければならない。サラが来るのは、夕食のあとだろうって、なんとなく思ってた。それで、玄関《げんかん》のドアを開けてサラが腕組《うでぐ》みをして立ってるのを見たときには、びっくりした。

「いい？」そっけなくサラがきく。

「ええっと……うん。どうぞ。お母さんには……、どこに行くっていった？」

「ママとはしゃべらない。いらいらさせられるから。図書館に行くって書き置きを部屋に残してきた。図書館はよく行くから。あそこはだれにも話しかけられないでしょ」サラはぼくの後ろのようすを見て、眉《まゆ》を寄《よ》せた。「これから夕食？」

「まあね」

「タイミングが悪かったね。夕食は飛ばして、ふたりで調べなきゃいけないことがあるっていってもらえる？」

「いわれなくてもわかってるよ」

サラもいっしょに夕食をって、母さんはしきりにいったけど、サラはもう食事をすませてきたし、7時には帰らなくちゃいけないから、すぐに調べものをはじめたいと、どうにか説きふせた。母さんはぼくの後ろにいるサラを見た。いろいろききたくてたまらないみたいだった。母さんの気が変わらないうちに、ぼくらは2階に急いだ。

いわれてるとおりドアは開けたままにして、部屋のなかをふりかえると、サラはもう机《つくえ》の前に腰《こし》かけてぼくのノートパソコンを開いてた。

「ちょっ、ちょっと」ぼくは飛びついた。よかった、原稿《げんこう》のウインドウは最小化されてた。

サラはぼくを見た。眉《まゆ》が片方《かたほう》上がってる。「怒《おこ》った？　読んだりしないから。でも読ませてくれたら、ほんものの信頼《しんらい》のしるしになるんだけど。スター・チャイルドどうしは団《だん》結《けつ》するべきです。って、『憲章《けんしょう》』にもあるよ」

「『憲章《けんしょう》』？」なんかあやしい。

「あたしたちスター・チャイルドが守らなければならない、いくつかのこと。オンラインで読めるよ。あたしたちは、団結《だんけつ》しなければなりません。つねに真実と公正を追求しなければなりません。たがいを信頼《しんらい》し、書いてる物語をあたしが読みたがってるときに、被害《ひがい》妄想《もうそう》を抱《いだ》いてはいけません」

だまってサラをにらむ。

「わかった」サラがぶつぶついう。「インターネット使っていい？」

「うん。何するつもり？……グーグルで検索《けんさく》？」

「それはもうすませた。身辺調査《しんぺんちょうさ》」

「そんなことしていいの？　法律《ほうりつ》に抵触《ていしょく》するんじゃないの？」

サラがぼくを一瞥《いちべつ》する。「本人の承諾《しょうだく》があれば問題ない」

「あるの？」

「クレジットカードの番号、社会保障制度《しゃかいほしょうせいど》の番号、必要なものならすべて。あいつの財布《さいふ》を調べた」

サラは、『身辺調査《しんぺんちょうさ》引き受けます』というウェブページを開き、ぼくは顔をしかめた。

「で、ぼくがいっしょにいる理由は？」

「ダニエルは、あいつの雇用《こよう》を検討《けんとう》してるの。調査結果《ちょうさけっか》がメールでダニエルあてにとどくことになってる。あたしのメールはママにチェックされるから。許可《きょか》がほしいんだけど」

「まあ」

「よかった」サラの指がキーボードの上を飛びまわった。動きが見えない。

「速いね。……ハッカーみたいだ」

サラが笑った。「まさか。でも、なろうと思えばたぶんなれる。メールを受けとるときのパスワードが必要なんだけど」

答えないでいたけど、サラはじっと見つめながら待ってる。ぼくはため息をついた。

「『スターウォーズルール』、全体で一語」

「了解《りょうかい》」サラがにっこりした。サラはものすごい勢《いきお》いでタイプし終えると、椅子《いす》の背《せ》にもたれた。「申しこみ完了《かんりょう》。逮捕歴《たいほれき》があるかとか、明日になればわかる。ここまではよしとして、やるべきことはまだまだある」

サラがふりかえって、こっちを見た。

「きょう、ライヤと話してたね」

「えっ、……まあね」

また、ぼくの目をじっと見つめて離《はな》さない。目を合わせてる間、まばたきもしない。卵《たまご》の形をした大きな目。見つめてると、アマゾンの樹林《じゅりん》みたいに緑色が広がっていく。

「ライヤのなかに何が見える？」

「よくわからない。ライヤは……かわいいよ」サラには正直に答えてしまう。

「かわいい子なら、たくさんいるよ」

「そうだけど……。でもライヤは頭がいいし、話していておもしろい。それと……好きなんだ。なぜ？」

サラは肩《かた》をすくめた。「ちょっと知りたかっただけ。ライヤといっしょにいるときは、迷子《まいご》の子犬みたいになってる」

サラが立ち上がったので、ぼくは半歩後ろにさがってよけた。サラとの距離《きょり》は顔から30センチくらい、息も感じる――リステリンのにおい。すずやかだ。サラはそのままぼくを見てた。

「女の子を怖《こわ》がってる」サラがいった。質問《しつもん》じゃなかった。

「そんなことはないよ」すぐさまいったけど、緑の瞳《ひとみ》に見つめられていい直した。「そうかもしれない」

「ちょっと試《ため》していい？」

「いいけど」胃の底にパニックが発生した。

サラは、ぼくの手をやさしくとると、親指で手のひらを押《お》した。「何か感じる？」

「うーん……サラ」

「もっと集中して」

サラが親指でぼくの手のひらをなでていく。感覚に意識《いしき》を向けた。

「……チクチクする。感電してるみたい。腕《うで》の毛がそばだってる。鳥肌《とりはだ》になってる」

「その調子」サラはぼくの二頭筋《にとうきん》があるはずの二《に》の腕《うで》あたりに手を当て、手首のほうへとゆっくりとすべらせていった。

額《ひたい》に汗《あせ》がにじんできた。しゃべることもむずかしい。腕《うで》だけじゃなくからだ全体の神経《しんけい》がとがってきた。「……もっとチクチクしてきた。首、肩《かた》、背中《せなか》も。……顔が熱い」

サラはにっこり笑って、指をぼくの首とほおにそって動かした。

「動かないで。あたし、目を閉《と》じるから」

「えっ？」

「じっとして」

ぼくはいわれたとおりにした。からだじゅうがいまにも痙攣《けいれん》しそうだ。

「『ザ・ブラインド（目隠《めかく》し遊《あそ》び）』っていうの」目を閉《と》じたままでサラがいう。「パパとよくやってた。ふたりで目を閉《と》じて、見えないものをどうやっていい表すか、考える遊び。手は使っていいんだよ」

サラの手がぼくの顔に触《ふ》れていく。触《ふ》れてるかいないかわからないくらい、そうっと。鼻や、ほおや、あごを探《さが》し当《あ》て、また、感触《かんしょく》がかすかになって、今度は口の上を移動《いどう》していく。感覚をこんなに集中させたのは、生まれてはじめてだ。

「これをすると、感覚がすごくするどくなるんだよ」サラがいった。「ほお骨《ぼね》が高い。す

てき。王族とかみたい。とがったあご。鼻は大きめ。でも大きすぎない。唇《くちびる》、見た目より
ずっといい形」

どう受けとめていいのか、よくわからなかった。

「あたしにやってみて」

「やり方がわからないよ――」

「やってみて」

ぼくは目を閉《と》じて、手をのばし、おそるおそる、ほおに触《ふ》れた。サラが後ろに引くん
じゃないかと思ったけど、じっと動かなかった。指をすーっと、あごまですべらせていく。

全身の神経《しんけい》が敏感《びんかん》になりすぎて悲鳴をあげてるのがわかったけど、ぼくはつづけた。丸み
をおびた唇《くちびる》から細い眉毛《まゆげ》へ。

「どういう感じ？　あたし、かわいいと思う？」

ぼくはあわてて手を引っこめた。「えっと、その、眉毛《まゆげ》がすてきだ」

サラは目を開けて、ニッと笑った。「ほんと？　眉毛《まゆげ》が？」

「あのさ、こんなことする意味は？」

サラは肩《かた》をすくめた。「女の子が怖《こわ》い。神経質《しんけいしつ》になってしまう。実際《じっさい》どうなるのか、感
じて、考えてほしいって思った。それに慣《な》れてほしいって思った。克服《こくふく》する唯一《ゆいいつ》の方法は、

それと向き合うことなんだって。セラピストの先生がいつもそういってる。そんなところ」サラはウインクをしてベッドにストンと座《すわ》った。「いま、ダニエルは女の子に触《さわ》った。怖《こわ》くなんかなかった。でしょ？」

「ちょっと怖《こわ》かった」

サラが笑った。「何、それ。座《すわ》って。見てもらいたいものがあるの」

ぼくはサラのとなりに座《すわ》った。皮膚《ひふ》はまだチクチクしてる。

サラはバックパックから書類を引っぱりだして、ベッドの上に置いた。方眼紙《ほうがんし》に家の見取り図が描《か》かれてる。細部までかんぺきだ。家具にはサイズと名前も書きこまれてる。

「これは？」

「ジョンの家」サラはかんたんにいう。「一度ママと行ったことがある」

「その記憶《きおく》だけでこれを描《か》いたの？」

「うん。寝室《しんしつ》を見て。ちらっとのぞいただけだけど、ドレッサーが2つとナイトテーブルがあった。凶器《きょうき》とか手紙とか凶悪犯罪《きょうあくはんざい》の証拠《しょうこ》を隠《かく》すとすれば、きっとここだと思う」

ちらっとサラを見る。「なぜ、これをぼくに？」

サラがにっこりした。ぼくがばかな質問《しつもん》をしてしまったみたいに。「なぜって、ここに侵入《しんにゅう》するからだよ。でも、心配しないで。今度はあたしもいっしょに行く」

# 12

「冗談《じょうだん》、だよね？」

笑いだすのを待ってたけど、サラは笑わなかった。

サラは顔をしかめた。「冗談《じょうだん》にきこえた？　あいにく、ユーモアは得意じゃないの。いま思ってること当てようか……怖《こわ》いと思ってる」

「人を殺したんじゃないかって調べてる相手なんだよ。そりゃ、怖《こわ》いよ」

サラはうなずいた。見取り図に目を戻《もど》して、じっと調べてる。

「当然だよね。でも心配ない。あいつは火曜日は夜10時半まで働いてるから、時間はたっぷりある。さっき侵入《しんにゅう》っていったのは、かぎを盗《ぬす》んだって意味。ドアや窓《まど》を壊《こわ》したりはしない」

ぼくは額《ひたい》をぬぐった。いつの間にこんなことになっちゃったんだ？

「やっぱり侵入《しんにゅう》することに変わりない」

「秩序《ちつじょ》を守るためには、法律《ほうりつ》を超《こ》えた行動が必要になるときだってあるんじゃない？」

「うなずけない」

サラがぼくを見上げた。眉間《みけん》にしわを寄《よ》せてる。「来てくれるの？　くれないの？」

「わかったよ」ぼくはもごもごいった。「何時にする？」

「7時。あいつの最後の休憩時間《きゅうけいじかん》のあとにしよう。夕食を食べに戻《もど》ってくるといけないから。家に入って、30分以内に出る。念のために手袋《てぶくろ》を持ってきて。あたしも血液検査用《けつえきけんさよう》に、綿棒《めんぼう》と袋《ふくろ》を持っていく」

顔から血が引いていくのがわかった。「血液検査《けつえきけんさ》って？」

サラは手をふって質問《しつもん》を却下《きゃっか》した。「万一のときのため。ほかにききたいことは？」

何からきいていいのかさえわからない。首をふりながら見取り図に目をやる。

「お父さんのこと、もう少しきかせてほしい。ジョンはなぜお父さんを？　殺すなんて」

サラはすぐには答えず、見取り図をきちんとたたんでバックパックに戻《もど》した。

「もっともな質問《しつもん》だね。パパとママは、あたしがもうすぐ生まれてくるってわかってから結婚《けっこん》した。ふたりともあたしを大事にしてくれたけど、あたしがなついてたのは、パパ。パパはあたしをふつうの子にしようとしなかったから。ママはちがう。あたしを医者に連れていったのは、いつもママ」

サラが話をしながら首をかくのを、ぼくはぼんやり見つめてた。

「パパとママはときどきけんかした。けど、ひどいことにはならなかった。けんかしたって、ふたりともあたしのことが心配だったから。子どもはあたしひとり。だから、あたしがどんな子であっても、ふたりには宝物《たからもの》だった。でも、ほんとは、もうひとり子どもを授《さず》かりたかったんだと思う」

サラはずっと首をかきつづけてた。日が沈《しず》み、外は暗かった。

「なんで、そんなことというのさ」

「おかしな子を持つって、楽なことじゃないんだよ。たぶん」サラは肩《かた》をすくめた。

「おかしいようには見えない」

「ありがと。でも、ダニエルにきかれたから答えたけど、パパとママの前ではこんなにいろいろ話をしなかった」

サラはなんでもないことのようにしゃべってるけど、目はずっとベッドの上に落としてた。

「なぜ？」

「さあ。話すことがなかったんだと思う。でもね、パパがいてくれるときは、ずっとパパにくっついてた。いないことも多くて、それが仕事だったかどうかは知らないけど。ママは、浮気《うわき》してたんだ」

サラの顔を見た。「どうして知ってるの？」

「メール見たから。パパじゃない人あての。まちがいない。パパにはいわなかった」

こんなときどういえばいいんだろ。わからなかった。「それで、何が起きたの？」

「ずっとそんな感じ。パパはしょっちゅう家を留守《るす》にした。でもかならず帰ってきた。パパはいつもいってた。あたしを置いていったりしないって。あたしのことを愛してるって。いつか旅行に連れていくって」声からはなんの感情《かんじょう》も伝わってこなかったけど、目から光が消えてた。首をかく手の動きが速くなり、皮膚《ひふ》の下に入りこんだ何かをつかまえようとしてるみたいに、全部の指でかきむしりはじめた。「そしてある日、目が覚めたら机《つくえ》の上にあの手紙があった。見せたでしょ。そのあとは、携帯《けいたい》にかけても、メールをしても、パパと連絡《れんらく》がつかなくなった。パパがどこに行ったのか、ママにきいても、出ていったっていうだけ。ジョンが家に現《あらわ》れるようになったのはそのころ」

サラは手で胸《むね》のあたりをぎゅっとつかんだ。

「だいじょうぶ？」

サラは立ち上がった。ぼくと目が合わない。「だいじょうぶだから」といい、部屋のなかを歩きまわりはじめた。手は胸元《むなもと》をつかんだままだ。「気分がよくない」あちこち見わたしながらつぶやいた。「気持ち悪い」

ぼくはびっくりして立ち上がった。「吐き気《はけ》する？……トイレ行く？」

「わかんない」サラは口早にいった。目はくもってたけど、涙《なみだ》がこぼれ、ほおをぬらしてた。「胸《むね》が苦しいよ。息ができない。気持ち悪いよ」

サラは、手で胸元《むなもと》をつかみ、取《と》り乱《みだ》したように行ったり来たりした。

「お母さんに電話しようか？」

「いやっ！　すぐにおさまるから。前にもあったから」

紅潮《こうちょう》したほおを、涙《なみだ》がとめどなく流れてる。サラはベッドに座《すわ》り、もう一方の手でひざをかかえこんで、からだを毬《まり》のように丸めた。震《ふる》えてる。何が起こったのかわかった。サラは「崩壊《ほうかい》」しちゃったんだ。

ぼくはサラのとなりに座《すわ》った。「サラもなるんだね」ぼくはやさしくいった。

「うん。あたしもなるの」サラはききとれないくらいの声でつぶやいた。

サラの背中《せなか》に手を当てて、いっしょに座《すわ》ってた。しばらくすると、サラのからだの震《ふる》えが止まった。サラは涙《なみだ》をふいて座《すわ》り直《なお》した。疲《つか》れきってるようだった。サラは、恥《は》ずかしそうにちらっとぼくを見た。

「あたし、ベストパートナーになるとはいってないから」

「ぼくには、ベストパートナーかも」

サラはニコッとして、ぼくの手をぎゅっとにぎった。「帰らなくちゃ。調査結果《ちょうさけっか》がとどいたら、プリントアウトして持ってきてくれる？」

「もちろん」

ぼくは玄関《げんかん》まで送っていった。サラはドアを開け、ふりかえってぼくを見た。

「ありがとう」サラがささやいた。

ぼくは笑顔を返した。「うん」

サラは急いで外へ出て、背中《せなか》でドアをしめた。壊《こわ》れることがあるのは、ぼくだけじゃなかったんだ。そう思ったら、なぜだか、すごく楽になった。


ダニエルは、足音をしのばせ、階下におりていった。震《ふる》える手には、屋根裏部屋《やねうらべや》で見つけたバットをにぎりしめている。足元の階段《かいだん》が、踏《ふ》まれるたびに、近づくんじゃない、ときしみ、警告《けいこく》した。玄関《げんかん》まで来たものの、どうしたらいいのか、わからない。

再《ふたた》び、前よりも強くノックの音がし、あたりにこだました。

いつでもふりまわせるようにバットを肩《かた》にのせたまま、おそるおそるドアを開けたダニエルは、びっくりして尻《しり》もちをつきそうになった。目の前にはサラが立っていた。

サラは同じ学校に通っている。親しくはなかった。変わっているというわさだったが、目の前のサラを見ていると、うわさはほんとうだとダニエルは思った。黒髪《くろかみ》に深紅《しんく》のバンダナ。右手には、柄《え》の長さが身長の半分くらいある木製《もくせい》のハンマー。クロッケー（ゲートボールの原型とされる球技《きゅうぎ》で、イギリスで発展《はってん》した）のスティックにしか見えない。ベルトにはキッチンナイフを差している。サラは首を横にふった。

「このステーションだろうって思った。早くなかに戻《もど》って」サラはいった。

ダニエルを後ろにさがらせると、サラは外を警戒《けいかい》しながら急いでドアをしめた。プリントTシャツとダメージジーンズ。汚《よご》れた白いスニーカーをはいている。

「あいつらを見た？」サラがきいた。

「なんなの、あの黒い影《かげ》みたいなのは？」

「あたしは、衛士《えじ》って呼《よ》んでる」サラはドアをロックすると、コンビニに並《なら》んでいる商品でも見回すように、ダニエルをじろじろと見回した。「やつらは、ダニエルが空間周波数を変えたから現《あらわ》れた」

「ちょっと待って。なんの話か、ぜんぜんわからないよ」

「どこ？」

「どこって――」

「ステーション。どこ？」

「屋根裏部屋《やねうらべや》だけど」

「見せて」

ダニエルはサラを屋根裏《やねうら》まで案内した。そのとちゅう、サラは、すべての部屋を調べて回った。クロッケースティックをにぎり、まるでネコのようにしのび歩きをするサラのようすは、ダニエルにいい知れぬ緊張《きんちょう》を覚えさせた。

「これだよ」屋根裏《やねうら》に着くと、ダニエルはコンピュータをさし示《しめ》した。

サラはコンピュータの前に飛んでいってしゃがみこんだ。指がキーボードの上を飛びまわり、画面にはつぎつぎとコードが表示《ひょうじ》され、スクロールされていく。ダニエルはそのようすを感心しながら見つめていた。サラはようやく座《すわ》り直《なお》すと、顔をしかめた。

「ロックがかかってる。心配してたとおりだ。

「チャールズ・オリバーのこと？」

サラが横目でダニエルを見た。「思ってたほど、ばかってわけじゃないみたいだね。でも、かれのいるニューヨークまで行って、空間周波数をリセットしなくちゃならないのに24時間しかないんだよ。こんなことするなんて、やっぱりおろかだよ。お父さんは拳銃《けんじゅう》とか持ってる？」

「ないと思う。必要なの？」ダニエルは不安になってきいた。

「持ってたほうがいい。衛士《えじ》は友好的じゃないの。信じて」サラが立ち上がった。

ダニエルはおそるおそるサラを見た。「気を悪くしないでほしいんだけど、サラはクロッケーをするの？」

サラは笑いだした。

「これはクロッケースティックじゃないよ。さあ、荷物をまとめて、出発しよう」

ぼくは、背《せ》もたれに身をあずけた。少し落ち着いた。悪夢《あくむ》のような「儀式《ぎしき》」がはじまる前に、ザップが来ない時間がとれてよかった。今夜はここまでにしよう。サラ・モルヴァンのことが、ぼくの頭からあふれだしそうだった。きょう一日でサラはたっぷり指令を出してくれた。

◇◇◇

つぎの日の授業中《じゅぎょうちゅう》、キーツ先生は板書にいそがしかった。集中したかったけど、マックスがうるさかった。試合に向けて、サインプレーやらフォーメーションをぼくにもおさらいさせようと、ひっきりなしに話しかけてきた。クラスのみんなも試合のことをひそひそ、ぶつぶつ話してた。対戦相手のポートスミス・ポッターの連中が、フェイスブックに侮辱《ぶじょく》的《てき》なメッセージをのせたから、ぼくらのチームが宣戦布告《せんせんふこく》をしたんだ。ぼくらのことを、エリーヒルズ・エレファンツじゃなく、エレファッツ（肥満《ひまん》）、といって。ぼくは、まちがいとはいいきれないと思った。ぼくだって、たらふく食べたあとには、54キロくらいになるはずだから。

とにかく、ぼくも憤慨《ふんがい》しなくちゃいけないようだったから、マックスがしたように侮辱《ぶじょく》されたふりをした。

「それから、このサインは覚えておけよ。フィールドゴールをねらうと見せかけて、ボールがおまえに出るからな。おれはサイドライン側に切りこむ。おまえは後ろにさがりながら、おれにパスを出すんだ」

「ぼくが投げられないこと知ってるだろ」ぼくは心配になってマックスを見た。

「5ヤードパスができればできるさ。それ以上のパスもしてるじゃないか」

ぼくは首を横にふって、前を向いた。一日じゅう、ぼくの胃は勝手にのたうちまわってた。肩《かた》をたたかれてはげまされるのと、ぼくよりうまい選手たちに不機嫌《ふきげん》な顔をされるのと、どっちがましなんだろう。どっちにしても、昼食はほとんどのどを通らなかった。

キーツ先生がふりむいた。「きょうは、課題を出す。グループ研究だ」

だれもがちょっとだけ背筋《せすじ》をのばし、先生に期待の目を向けた。先生はため息をついた。

「今回は自分たちで決めていいぞ。４人ずつだ」

どうしてそんなことをしたのかわからない。おかしくなってたのかもしれない。ぼくはまっすぐライヤを見た。期待してるような、勘《かん》ちがいしてるような表情《ひょうじょう》で。ライヤは、ぼくに気がついてうなずいた。これってどういうことだろ？　何をしちゃったんだ？　ライヤがパートナーになった？

「ライヤと組むんだろ？　行こうぜ」マックスは訳知《わけし》り顔《がお》でいって立ち上がった。

すると、ぼくらよりも早く、クララがライヤのとなりに座《すわ》り、マックスに笑いかけた。

「ハーイ。ゲームしない？」

マックスがぼくをちらっと見た。うなりそうになったのを、どうにかがまんしてるんだってわかった。マックスがクララの向かいに、ぼくがライヤの向かいに座《すわ》り、クラスのみんなが座《すわ》り終《お》わるのを待った。ライヤがほほえんだ。

「わたしといっしょなら、またうまくいくと思ってる？」

「もちろん」

ライヤはにっこり笑った。「わかった。マックス、ちゃんと協力するつもりある？」

「それは、ライヤがAをとりたいかどうかによるな」

ライヤが笑い、クララは髪《かみ》をはらいながら、さらに大きな声で笑った。

「まじめにやって」と、ライヤ。マックスは赤面して、ぼくに顔をしかめてみせた。

「よし、いいかね」キーツ先生が教室の騒音《そうおん》を刈《か》りとった。「課題は、教科書の41ページだ。進め方について、話し合いなさい」先生は腰《こし》をおろして、新聞を開いた。

ぼくら4人は、たがいに顔を見合わせた。ライヤが教科書を開いて読みだした。

「なぜ、選挙は――」

「それ、新しいシャツ？」髪《かみ》を指に巻《ま》きながら、クララがマックスにきいた。

マックスはシャツを見た。「そうだけど、どうして？」

クララは肩《かた》をすくめた。「好きだなって思っただけ。土曜の試合の準備《じゅんび》は？」

マックスは夢中《むちゅう》で試合の話をはじめ、ライヤがため息をついた。

「ダニエル。わたしたちではじめよう」

ぼくはにっこりして、ライヤのとなりに座《すわ》ると課題にとりかかった。

◇◇◇

ぼくとサラは、通りの反対側の垣根《かきね》から、ジョン・フラナティの家をうかがってた。

「だれもいないようだね」サラがいった。ぼくは顔をしかめてサラを見た。ピックアップトラックがなかっただけで、それ以外はこの前と同じ。散らかっていて、不気味だった。窓《まど》には、黒いカーテンがおろされ、霊柩車《れいきゅうしゃ》の後部座席《こうぶざせき》のようだ。

ここに来る前のこと、家に帰ると「身辺調査結果《しんぺんちょうさけっか》のご送付」というメールがとどいてた。メールを開くときの緊張《きんちょう》は、読んだあとにもほぐれることはなかった。ジョン・フラナティには犯罪歴《はんざいれき》があったんだ。ひとつ。暴行罪《ぼうこうざい》。サラに見せたら、疑《うたが》いが確信《かくしん》になったというように、ただうなずいた。

「ほんとに仕事に行ってるんだよね？」家のようすをうかがいながら、ぼくはきいた。

「あのトラックしか持ってないはずだし、まちがいなく仕事に行ってる。ちゃんと調べたから。準備《じゅんび》はいい？」

「正直にいうけど、まだ」

「それは残念」というと、サラは、集めた証拠《しょうこ》を持って帰るためだといってたバックパックをつかんで、いきなりかけだして通りを渡《わた》った。

ぼくはため息をついてから、サラのあとにつづいた。

玄関《げんかん》まで来ると、サラは左右に目を配ってから、ベルを鳴らした。家の前に生えてるオークの木の葉が風にカサカサと音を立てただけで、何も起きなかった。

「かんぺき」サラはポケットからかぎをとりだした。「行こう」

サラがそっとドアを開け、ぼくもつづく。心臓《しんぞう》がバクバクだ。怖《こわ》い。電灯のスイッチを9回押《お》してしまった感じ。なかは暗く、たばことオーデコロンのにおいが入りまじってた。玄関《げんかん》の横に置いてある、古びたサイドテーブルには、ひからびた植物がのってる。

「かんぺき」ぼくはささやいた。

「知ってる」

後ろ手にドアをしめる。あの男がいまにも飛びだしてきそうな気がしてならなかった。でも、なんの物音もしなかった。

「こっち。寝室《しんしつ》に行く」サラがいった。

緑のカーペットが敷《し》かれた床《ゆか》がキーキーと大きな音を立てる。廊下《ろうか》の壁《かべ》には写真がいくつかかけてあった。バイクやピックアップトラックに乗ってるジョンの写真で、タトゥーを入れた、ひげとサングラスの大男たちがとりまいてる。シャツを脱《ぬ》いで写ってる写真も1枚《まい》あって、ジョンの胸《むね》には巨大《きょだい》なドクロがあった。

「お母さん、どこで知り合ったの？」

サラは肩《かた》をすくめた。「あたしには話さない。パパが消える前のことだから。ここだよ」

サラは半開きになったドアの前で止まり、そうっと開けた。なかは真っ暗だった。たばこのにおいがさらにきつくなって、舌《した》まで苦くなってきた。サラが電灯をつけた。ほこりだらけでくすんだ天井《てんじょう》から、オレンジ色っぽい光が、散らかった部屋を照らした。

衣服は床《ゆか》に放りだされ、ベッドもぐちゃぐちゃ。毛布《もうふ》が半分床《ゆか》に落ちてる。母さんが見たら、失神してしまうだろう。ナイトテーブルには、皿とコップが置きっぱなしだ。

「ドレッサーを調べて」サラがいった。

「部屋のものに触《さわ》んなきゃいけないの？」ぼくは当てこすっていった。

サラは鼻を鳴らしただけで答えもせず、クローゼットへと急いだ。ぼくはドレッサーのところに行った。ひとつ目の引きだしを開ける。靴下《くつした》と下着。ジョンはブリーフ派《は》みたいだ。イメージとちがう。ボクサーパンツをはきそうなのに。いけない。集中しろ。自分にいいきかせて、引きだしを順に調べていく。どれも服しか入ってない。ひとつには、用ずみの駐車券《ちゅうしゃけん》とか銀行の取引明細といったこまごましたものが入れられてたけど、そんなにたくさんはなかった。ジョンがお金にこまって、サラのお母さんに近づいたんじゃないかと思い、銀行の取引明細をチェックしたけど、お金の問題はなさそうだった。

「何か見つかった？」ぼくはサラにきいた。サラはくるったようにクローゼットのなかをほじくりまわしてた。

「だめ。がらくたとくたびれたTシャツだけ」

「何を探《さが》せばいいの？　人を殺しましたって書いたサイン入りの手紙とか？　つまりさ、

いいたいのは……殺人の証拠《しょうこ》をとっておく人はいないんじゃないかってことだけど」

「手がかりになりそうなものなら、手紙でもなんでもいい。探《さが》して」

ぼくはため息をついて、捜索《そうさく》をつづけた。いちばん下の引きだしを開ける。ワイシャツのたばが入ってる。一度もそでを通してないみたいだ。引きだしを元に戻《もど》そうとして、右はしの1枚《まい》だけしわだらけなのに気づいた。あわてて引きだしに押《お》しこんだみたいだ。それを引っぱりだしたのは、たまたまだった。でも、ぼくは目を見開いた。

「サラ」ぼくは声を落とした。

サラが飛んできた。「やっぱり！」サラは、すばやく防寒手袋《ぼうかんてぶくろ》をつけてひざまずき、引きだしの奥《おく》にしまいこまれてた拳銃《けんじゅう》を持ち上げた。そしてそのまま、ドレッサーを調べた。

「それは？」サラが拳銃《けんじゅう》をドレッサーの上に置き、かわりにテレビの横にあった腕時計《うでどけい》をとり上げるのを見てぼくはいった。古びた時計で、金色が色あせ、針《はり》はもう動いてない。

ぼくはそれ以上の注意をはらわなかったけど、サラは時計を手放さなかった。世界でいちばん価値《かち》のあるもののように、手に持ったまま、ぼくを見た。目に涙《なみだ》が浮《う》かんでる。

「パパの時計なんだね」

サラはうなずいた。涙《なみだ》がほおを伝った。「いつか、あたしにくれるって、いってた」手が震《ふる》えてる。「パパはこの時計を持っていかない。あたしは知ってる。パパはあたしにくれるつもりだった。おじいちゃんから受けついだものだから。それが、いま……ここにある……」

どうすればいいのかわからなくて、ぼくは、サラの肩《かた》に手を置いた。「きついね」

「パパを殺したんだ」

ぼくは一瞬《いっしゅん》だまってしまった。「でも、これだけじゃ、証明《しょうめい》できないよ。拳銃《けんじゅう》を持ってる人はたくさんいるし、腕時計《うでどけい》はお母さんがあげたってことも」

「ほんとうにそう思ってる?」

ぼくは言葉につまった。「いや、思ってない」

サラは腕時計《うでどけい》をポケットにつっこんだ。「時計はもらっていく」

声の調子でわかる。サラには耳を貸《か》すつもりなんかない。それはまずいって、ぼくがいったとしてもだ。

「わかった。拳銃《けんじゅう》は元の場所に――」

いいかけたまま、ぼくは凍《こお》りついた。玄関《げんかん》のドアが開く音がしたんだ。床板《ゆかいた》を踏《ふ》む重い足音が近づいてくる。

# 13

サラとぼくはパニックになって、たがいに顔を見合わせた。ぼくは拳銃《けんじゅう》を引きだしに押《お》しこんでしめ、サラはせわしなく部屋を見回した。

「ベッドの下！」サラがささやいてすべりこむ。

ぼくもそのあとから飛びこんだ。ほこりだらけのカーペットからからだを浮《う》かせ、脱《ぬ》ぎ散《ち》らかされた服の山にげんなりした。少なくとも数年は放置されてるような靴下《くつした》。すえた汗《あせ》とカビのにおい。吐《は》き気《け》がしてくる。

足音が近づいてきた。頭のなかが真っ白になり、からだが凍《こお》りついた。目を見開いて、サラと顔を見合わせる。サラの目も見開かれてた。

黒いブーツが部屋に入ってきた。ぼくの頭より大きい。不意に、どら声がしゃべりはじめた。ジョンの声じゃない。

「おい、金はどこにあるって？　もう一度いってくれ」

沈黙《ちんもく》。

「クローゼットのどこだ？　わかった。見てみるから、ちょっと待て」

となりでサラがもそもそとからだを動かして携帯《けいたい》をとりだすと、録音をはじめ、ぼくにほほえんだ。クローゼットを引っかきまわす音と、悪態《あくたい》をつく声がきこえてきた。

「ないぞ。えっ？……5千ドルだったかな」

全身が震《ふる》えてた。何が起きてるんだ？　どうしてこんなことになっちゃったんだ？　もし見つかったら？　胃がねじれていく。サラがぼくの手をにぎり、口だけ動かした。

「だいじょうぶ」

目もずっと合わせていてくれた。パニックがおさまっていく。サラにじっと見つめられると、あの感覚、サラがぼくの内側を見通してるような感覚に、ぼくはまたつつまれた。こんな瞳《ひとみ》は、はじめてだ。ベッドのすぐ脇《わき》にあるテーブルの引きだしが開けられる音がして、ぼくはまた頭のなかが真っ白になった。ブーツが目の前にあった。

「たしかにここにあるんだろうな？　おれは急いで戻《もど》らないといけねえんだぞ」

電話のむこうの声がかすかにきこえた。

「服？　どこも服だらけだ。ベッドの下ってことはないのか？　ミッシェルには見られたくなかったんだろ？　ベッドの下にでも放りこんだんじゃねえのか」

サラとぼくは顔を見合わせた。ふたりとも、真《ま》っ青《さお》だった。サラの手が強くぎゅっとぼくの手をにぎりしめた。ぼくらは死ぬんだ。

手が現《あらわ》れたかと思うと、ベッドカバーが持ち上げられた。でも、男はそこで動きを止めた。

「え？　どこだって？　ジャケットに入れっぱなし？　よく思いだしたな。ジャケットはどこだ？　わかった」

男はベッドカバーから手を放すと部屋を出ていった。サラの手は、関節が真っ白になってた。足音が離《はな》れていき、ドアがもう一度しまるまで、ぼくらはじっとしてた。

ぼくの手を放して、ほっと大きな息をつくと、サラは携帯《けいたい》を切った。「録音しておくようなことは何もなかった。でもママは共犯《きょうはん》じゃないってことはわかった」

「ミッシェルってサラのお母さん？」

サラがうなずいた。「拳銃《けんじゅう》。パパの腕時計《うでどけい》。5千ドル」

サラはぼくを見ていった。「相手は殺人者だと考えるほうが万全《ばんぜん》だと思う」

◇◇◇

家に帰るとまっすぐ自分の部屋に行き、ノートパソコンを開いて座《すわ》った。まだ手が震《ふる》えてる。キーが打てない。物語を書くか何かしたかったのに、できなかった。でっかい手がベッドカバーを持ち上げていき、死んじゃうと思った瞬間《しゅんかん》が、頭のなかで何度もくりかえされる。背《せ》もたれにからだを押《お》しつけた。のどがつまる。皮膚《ひふ》がチクチク痛《いた》い。ぼくは消えかかってる。

ぼくは、椅子《いす》に座《すわ》ったまま、「虚《うつ》ろの次元」にのみこまれた。感覚がなくなっていった。動くことも、息をすることも、なんにもできない。いやだ。助けて。意識《いしき》がもうろうとして、どこにいるのかもわからなかった。

「虚《うつ》ろの次元」がやっと消えたときには、消耗《しょうもう》しきってた。ベッドに転がって毛布《もうふ》をあごまで引っぱる。このまま眠《ねむ》ってしまおうと思った。でも、骨《ほね》のなかから恐怖《きょうふ》がにじみでてきた。ザップが来た。**「儀式《ぎしき》をしなければ、もう目を覚ませないかもしれないぞ」**とささやかれた。寝返《ねがえ》りを打ち、目をつむっても、怖《こわ》くて、からだじゅうが震《ふる》える。涙《なみだ》がこぼれた。ぼくはどうしてこんなにも壊《こわ》れてるんだろ？

歯ぐきから血が出るまで歯をみがき、決めた歩数で移動《いどう》し、電灯のスイッチをパチパチさせ、まる2時間。ぼくは涙《なみだ》を流しつづけ、ベッドに入っても眠《ねむ》るまで涙《なみだ》は止まらなかった。

◇◇◇

試合前日の金曜日。放課後はもちろん練習がある。その日は一日じゅう、試合に出ないですむ方法を考え、マックスはぼくのことでやきもきしてた。

「教えたとおりにイメージトレーニングしたか」昼食のとき、マックスがいった。

ぼくはつまった。「たぶん」

マックスは顔をしかめて、バスケットコートを行ったり来たりした。「イメージは大事なんだぞ、ダン」

「いそがしかったんだ」

「何に？」

殺人事件《さつじんじけん》を調べて、物語を書いて、おかしくならないように注意して……秘密《ひみつ》にしてることばかりだ。ぼくは顔を赤くしてだまってた。

「思ったとおりだな」マックスは首を横にふった。「明日はどうしても勝たなきゃいけないんだ、ダン。わかってるのか？」

マックスはいままでになくストレスを感じてるみたいだ。マックスも眠《ねむ》れなかったんだ。

「だいじょうぶ？」

「決まってるだろ」マックスが声を荒《あら》げた。

ぼくはびっくりして、眉《まゆ》を上げた。マックスはため息をつき、ぼくのほうに向き直った。

「大事な試合なんだ。エリー高校のエルウィンコーチが見に来る。知ってるだろ、おれは来年からスタメンに入りたいんだ」

「それだけ？」

マックスはためらった。「おやじが見に来る」

「マックスが気をつかうことじゃないよ」

マックスの顔がゆがんだ。「おやじの前で負けたくないんだよ。おやじにわかってもらいたいんだ……」マックスは言葉をつまらせた。

「何を？」

マックスは背《せ》を向けて歩きだした。「おやじがいなくても、おれはだいじょうぶだって」

マックスが歩き去るのを見ながら、父親という存在《そんざい》について考えた。しょっちゅう顔を合わせてるわけじゃないけど、ぼくは父さんといっしょに暮《く》らしてる。サラとマックスのお父さんは家からいなくなってしまった。どちらのお父さんも、サラやマックスの心を少しだけ持っていってしまった。

◇◇◇

その日の練習で、ケビンの出場が絶望的《ぜつぼうてき》だってわかった。ひざの痛《いた》みがまだひどくてキックができなかった。あとはぼくにかかってしまった。

「ハット！」マックスがボールをキャッチして巧《たく》みにひねり、約75度の角度にかんぺきに固定した。目はボールにロックオンされてる。ぼくは押《お》しよせてくる敵《てき》にちらりと目をやった。まだけってもいないのに、クレマンズコーチは早々と怒《いか》りをあらわにし、額《ひたい》に手を当てた。不安。パニック。ぼくはスタートした。

右、左、キック。感触《かんしょく》はなかなかだった。1回でいい、成功してくれと思いながら、ぼくもみんなも、少しふらつきながら飛んでいくボールを見つめた。方向はばっちりだったけど、ボール1個分《こぶん》バーの下だった。また失敗。

マックスがため息をついて立ち上がった。ぼくはしゃがみこんで、クレマンズコーチのどなり声を待った。クレマンズコーチは、どなるかわりに、ぼくの胸《むね》のあたりを指さした。

「それだ。まっすぐける。おまえに求めるのはそれだけだ。いまのは、35ヤードからだったな。よし、30ヤード以内になったときだけキックを考える。明日も同じようにけるんだ。わかったな？」

「と思います」

「よし！　ランニングだ」

不満の声をあげてから、ぼくらはグラウンドを走りはじめた。マックスがぼくと並《なら》び、肩《かた》をたたいて、ニカッと笑った。

「どうだ、気分は。楽になったか？」

ぼくは笑った。「成功してればね。みんなが期待値《きたいち》をさげてくれただけだ」

「どっちでもいいさ」

コーナーにさしかかったとき、フィールドのむこうにだれかいるのが目にとまった。腕《うで》を組んで木にもたれてる。あれは――サラだ。

「あそこにいるのって」マックスも気づいた。

「うん」

マックスがぼくの顔を見た。「あの子、ほんとにおまえのこと好きなのか？」

「その話はしたくない」

マックスは爆笑《ばくしょう》した。サラは座《すわ》って、練習が終わるのを待ってた。

◇◇◇

1時間後、汗《あせ》もふかずに木のところに向かった。顔もほてったままだ。サラはまだそこにいた。草の葉をつんでは、冷たい風に運ばせてる。本も携帯《けいたい》も手にしてない。ずっとこうしてたのかな。安らいでるっていうか、少なくとも、どこか遠くにいるみたいだった。

「練習、見てたよね」

サラはほほえんだ。「ほとんど見てない。どこかのキッカーがたくさん失敗するのは見たけど」立ち上がって、草の葉をはらい落とす。「家にいたくなかったから。ママの顔を見てたくない」

「お母さんは犯人《はんにん》じゃないって、わかったのに？」

「でも、パパを見捨《みす》てたことに変わりない。ママが頼《たの》んだ可能性《かのうせい》だってある」

ふたりともしばらく何もいわなかった。

「これからどうする？」

サラは首を横にふった。「わかんない。警察《けいさつ》に話してもだめだと思う。パパが死んでるかどうかもわからないっていわれる。いなくなっただけで、死体や証拠《しょうこ》が見つかったわけじゃないって。もっと情報《じょうほう》を集めないといけない」

「どうやって？」

サラがぼくを見た。緊張《きんちょう》が伝わってきた。「ジョンが夕食を食べに来る。日曜日」

「それで？」

「ダニエルにも来てほしい」

「ごめん、いまなんて？」

サラは目を細めた。「あたしとは夕食をいっしょにしたくない？」

「そうじゃないよ。ただ……お母さんにはなんていえば？」

サラは肩《かた》をすくめ、歩きだした。「友だち。ママ、喜ぶよ」

思いもしなかった展開《てんかい》に面くらったまま、あわててサラを追いかける。

「それで、何を……ジョンを直接《ちょくせつ》問いただす気じゃ？」

サラが笑いだした。「ちがうよ。あたしたちの頭脳《ずのう》を合わせれば、世間話をしながら真実を引きだせる。話をするのは、ダニエルだよ。あたしはママたちとはしゃべらないから。いったと思うけど」

「いってることがよくわからないよ――」

「来てくれるの？　くれないの？」

ぼくは立ち止まった。「ちょっといいかな……お父さんのことはほんとに気の毒だと思う。力になりたいと思ってる。でも、試合があるんだ。それに――」

「それに、ダニエルには関係ない」サラの声がかすれた。サラは歩くのをやめて、ぼくに背《せ》を向けてた。

「ちがう。ぼくがいいたいのは……」

サラがふりむきかけた。横顔が見える。唇《くちびる》をかみしめてる。「そのとおりだよ。ごめんなさい。これはあたしの問題」サラは道を渡《わた》って、反対側に広がってる野原に向かって歩きはじめた。「いっぱい力になってくれた。これまでありがとう、ダン」

ぼくはその場につっ立ったままだった。帰ろうと思った。けど、できなかった。小走りにサラを追いかける。「ちょっと待って」

サラは足をゆるめない。腕《うで》をつかんで、サラを止める。

「待ってくれ」

ふりむいたサラのエメラルドのような瞳《ひとみ》に涙《なみだ》が光ってた。「こんなのあたしじゃない」

サラは声をつまらせた。「ダニエルに話しちゃいけなかったんだ。あたし、自分勝手だ。あたし、ただ……もうどうしていいかわかんない」腕《うで》が震《ふる》えてるのが指に伝わってくる。

「パパに会いたい。戻《もど》ってきてほしい。ごめん、ちょっと」

サラがぼくの手をはらった。ほおがぬれ、目が見開かれている。まただ。

サラが「崩壊《ほうかい》」しちゃう。

サラは、手で胸元《むなもと》をつかみ、ぼくに背《せ》を向け、野原にかけだした。

# 14

びっくりしてすぐには動くことができなかった。サラが野原をかけていく。ポニーテールが、くるったようにゆれてる。サラが遠ざかっていく。

「サラ！」ぼくは叫《さけ》んだ。そして、気づいた。いま行かせたら、サラはもう戻《もど》ってこない。ぼくは野原にかけだした。あっちこっちから、バッタが飛びだしてくる。

「サラ！　待って！」

野原のまんなかまで追いかけて、やっとサラの腕《うで》をつかまえた。サラはふりほどこうとしたけど、ぼくは放さなかった。引っぱって、走るのをやめさせた。ふりむいたサラの目から涙《なみだ》がこぼれた。

じっと見つめ合ってると、サラの顔つきがやわらいできた。

「あたしにかまわないで。そのほうがいい。ダンにはノーマルに戻《もど》るチャンスがある。でも、あたしにはない」

ぼくは首を横にふった。「いやだ。ぼくは力になりたい」

「ウソ、ほんとうは――」

「ほんとうだ」

サラはやっとわかったみたいだった。「にげだしちゃってごめんなさい」

ぼくは肩《かた》をすくめた。「たいしたことじゃないよ」

「あたし、ときどき……爆発《ばくはつ》しちゃうんだ。それからすごく悲しくなって、そのあと、何もかもが消えてしまう」

ぼくはうなずいた。「『虚《うつ》ろの次元』に入っちゃうんだよ。安心して。ぼくもだから」

サラはほほえんだ。「ねえ、まわりを見て。この世界にひとりっきりだったらいいなって思うことある？」

あたりを見回した。平穏《へいおん》ってこういう世界をいうのかな。草が風にゆれて、遠くに町が見え、夕空に雲がのんびりと浮《う》かんでるだけ。ぼくらは野原のなかの点でしかない。

「ときどきだけど、そう思うことあるよ」書いてる物語を思いだして、ぼくはつぶやいた。

「あたしも。ひとりっきりだったら、自分がヘンだって感じることもない」

サラは、手を上げ、大きな声を出しながらくるくると踊《おど》りだした。と思ったら、いきなり笑いだして草の上を転がった。それから動きを止め、あお向けになった。空を見上げてる。ほつれた髪《かみ》の毛《け》が顔にかかって目をふちどってた。

「ここなら永遠《えいえん》にいてもいい」サラがいった。

ぼくもサラのとなりに寝転《ねころ》んだ。雲が流れていく。

「何が見える？」サラがきいた。ぼくはびっくりしてサラを見た。きき方がエマそっくりだ。

しばらく空をじっと見つめた。「自由」ぼくはいった。

サラが笑った。「あたしも」しばらくしてサラはぼくを見た。「もう、おかしなことをしないようにやってみる」

「うん、いいね」

「明日の試合、がんばってね。見に行きたいけど、アメフトきらいだから」

ぼくは笑った。「同感」

ぼくらは立ち上がり、家に向かった。日がちょうど沈《しず》むところだった。

「日曜日の夕食、何時かな？」急いできいた。

サラは、びっくりしてぼくを見た。顔がほころんでいった。

◇◇◇

試合の日。夜明けの空はどんより雲におおわれてた。ぼくは早々と目が覚めた。というより、実際《じっさい》は、1時間も眠《ねむ》ってなかった。「儀式《ぎしき》」に3時までかかり、ベッドに入ってからも5時まで眠《ねむ》れず、いま、7時。その間に2回トイレに起きた。

ぼくは、ベッドに寝《ね》たまま、カーテンの周囲からもれてくるぼんやりした光を見つめてた。胃の底に大きな石を入れられてるみたいだ。起き上がろうとしたとき、ザップが来た。横になってもう一度起き直す。10回目でやっと起き上がることができ、Tシャツと寝間着《ねまき》ズボンのまま、部屋を出て階段《かいだん》をおりていった。

玄関《げんかん》のドアを開けて外のようすを見る。霧雨《きりさめ》が降《ふ》ってた。寒い。何もかもじっとりぬれて、すべりやすくなってる。フィールドゴールをねらうには、理想的なコンディションとはいえない。何か食べておこうとキッチンに行ったけど、胃が受けつけてくれなかった。トーストをにらんでると、エマが入ってきて、ぼくのようすに首を横にふった。

「食べなきゃだめだよ」エマにしかられた。

「無理」

「ただの試合だよ。好きでもない、ってつけ加えてあげようか」

「勝ち負けじゃないんだ。父さんや母さんが見てるんだ。兄さんも。ライヤも。マックスも」ぼくはつぶやいた。

エマは不満そうな顔になった。「あと、わたしも。でしょ？」

「エマは、アメフトには興味《きょうみ》ないだろ」

「そうだよ。だから、わたしのことを考えるといいよ。ダン兄ちゃんがゴールキックを成功させてもさせなくても、ぜんぜん気にしないから」

「フィールドゴール」ぼくはいい直した。

「そうだっけ？」エマは笑《え》みを浮《う》かべてる。「朝ご飯、食べなきゃ」

エマのおかげで落ち着いてきた。トーストを胃に押《お》しこんでると、父さんが入ってきた。ニコニコ顔だ。

「大事な試合だぞ、ダン」誇《ほこ》らしげに父さんがいった。「準備《じゅんび》はいいか？」

きょうはポートスミスに乗りこまなくちゃいけない。車で30分くらい。家族といっしょに行く選手もたくさんいるから、遠征《えんせい》しても、けっきょくホームゲームと変わらなくなる。それはつまり、ぼくの失敗のせいでチームが負けるところを大勢《おおぜい》の人が見るってことなんだ。

「うん」

父さんがうなずく。「よし。20分したら出発しよう。着替《きか》えてきなさい」

父さんは、シリアルをつぎながら、口笛をふきはじめた。胃がまたくねりはじめた。

◇◇◇

試合は予定どおりはじまった。キックオフをけるのもぼくなんだけど、これは気が楽だ。ゴールポストもクロスバーも気にしなくていいから。どうにか、ちゃんとボールをけり、30ヤードの地点でマックスがリターナーにタックルした。上出来だ。フィールドから戻《もど》ると、クレマンズコーチがぼくの肩《かた》をたたいたくらい。スタンドの母さんは、よくやったって、親指を立ててみせた。

天気が悪いのにスタンドは満員だった。ライヤとクララも来てる。ウインドブレーカーにくるまり、マフラーをしてミトンをはめて、11月の寒さと雨を防《ふせ》いでた。この試合にかぎって兄さんまで来てる。ぼくが試合に出ると、ろくなことにならないのをたしかめに来たのかな。マックスのお母さんからちょっと離《はな》れた席には、マックスのお父さんがいた。写真で見たときにはなかったけど、いまは、ひげを生やしていて、髪《かみ》には白いものがまじってた。父親なら当然だというように、マックスを誇《ほこ》らしげに見てる。

マックスは、何かにとりつかれたみたいにプレーしてた。最初の攻撃《こうげき》でタッチダウンを決め、チームは6対0とリードした。タッチダウンのあとのキックをしに、ぼくはフィールドに出た。「成功するところだけをイメージするんだ」といいきかせる。

かけ声がひびいた。マックスがボールを固定し、ぼくは2歩助走してキックした。雲におおわれた空をボールが飛んでいき、ボールはクロスバーを越《こ》えた。成功だ。

「やってくれると思ってたぜ」マックスが片手《かたて》でハグして、顔を輝《かがや》かせた。

フィールドから戻《もど》ると、コーチがまたぼくの肩《かた》をたたいた。奇妙《きみょう》な夢《ゆめ》でも見てるみたいだ。

試合はだんだんはげしくなっていった。取っ組み合いになりそうになって、主審《しゅしん》が割《わ》って入ったのが2回。クレマンズコーチが審判《しんぱん》の判定《はんてい》に帽子《ぼうし》を投げつけて飛びだしていったのが1回。降《ふ》りつづく霧雨《きりさめ》にびしょぬれになっても、寒さなんか忘《わす》れてしまってた。

マックスが、顔を真っ赤にして、指示《しじ》を叫《さけ》びながら、サイドラインにそって歩きまわってる。ほんとにマックスかな。ぼくの肩《かた》をつかみ、からだをゆさぶって、「ぶちかまそうぜ、ダニー。おまえはやれるんだ、ベイビー」と叫《さけ》び、フィールドに飛びだしていった。ぼくは首を横にふった。ほかのチームメイトと同じ口調だ。ぼくをダニーって呼《よ》ぶのもはじめてだ。それは、タージの呼《よ》び方《かた》だった。

ぼくもチームの一員だから、少しだったけど熱くなった。

残り時間があと2分というときだった。それまで、31対25でリードしてたのに、相手にタッチダウンを決められ、そのあとのキックも決められて、1点リードされてしまった。

最悪だ。ベンチに座《すわ》って祈《いの》った。マックスが得点し、ぼくがキックを決めなくてもよくなりますようにって。でも、祈《いの》りはとどかなかった。

40ヤードからの攻撃《こうげき》。そのつぎの攻撃《こうげき》は39ヤードから。ランニングバックのひとり、カイルが数ヤードをかせぎ、34ヤードまで進んだ。そして、みんながぼくのほうをふりかえり、クレマンズコーチが目の前に立った。パニックになってるみたいだ。

コーチは自分の気持ちを静めるように、厳《おごそ》かにいった。「行け。がんばってこい」

フィールドに出て、チームメイトの間を歩いていく。緊張《きんちょう》でひじが曲がらない。これから死にに行くみたいだ。スタンドの観衆《かんしゅう》の声援《せいえん》にまじって母さんの声がきこえた。

「ダーン、やっつけろー！」

プレッシャーをありがとう、母さん。

35ヤード地点まで小走りで行く。マックスがぼくの肩《かた》をつかんだ。「おまえはやれる」

うなずいたけど、呼吸《こきゅう》のしかたも思いだせない。胃が痛《いた》い。

でも、できるはずだ。ボールをまっすぐけるだけでいいんだ。

2歩後ろにさがる。震《ふる》えが止まらない。エマのことを考えろ。外したって、エマは気にしない。サラもだ。野原に寝転《ねころ》がって雲を見つめてるサラの姿《すがた》が浮《う》かんだ。

そうだ。サラはアメフトなんか気にしない！

「ハット！」マックスのかけ声でボールが飛んできた。マックスはそれを受けて地面に固定し、ぼくはキックした。

すべてが止まったように感じた。ボールだけが飛んでいく。マックスが叫《さけ》んでる声も、相手が突進《とっしん》してくる音も、スタンドの声援《せいえん》も、ぼくにはきこえなかった。ボールはゴールポストへ向かって飛んでいく。方向も角度もいい。ふらついてもいない。これまでの人生でベストのキックだった。けど、ボールはクロスバーに当たった。

コーン。ボールはくるくる回転しながら、フィールドに跳《は》ねかえり、ポートスミスの選手にキャッチされた。悲鳴とうめき声がもれる。万事休《ばんじきゅう》す。だれもがあきらめた。

と、ポートスミスの選手が予想外の行動に出た。勝ってるっていうのに、さらに点をとろうと走りだしたんだ。みんな、あっけにとられたけど、すぐに追いかけた。ぼくもだ。失敗の恥《は》ずかしさに顔がかっかしてたけど、走った。相手はサイドラインぎりぎりをかけていく。栄光をつかみたいんだ。

でも、マックスのほうが、そいつ以上に栄光を求めてた。追いつきかけたぼくの目の前で、マックスが、選手をサイドラインの外に押《お》しだそうと、はげしくぶつかっていった。ボールが腕《うで》からこぼれ落ち、1回バウンドしてぼくの足元に転がった。

「行け！」マックスがどなった。

選択肢《せんたくし》はなかった。ぼくはボールを拾い上げて走りだした。あっという間のできごとだった。ポートスミスの選手のひとりがせまってくる。そこへタージが現《あらわ》れてブロック。ふたりとも折り重なって倒《たお》れた。ぼくは力のかぎり走った。何も考えず、ひたすら走って、気がついたら、エンドゾーンの奥《おく》までかけぬけてた。

タッチダウン!!

チーム全員が、飛び上がり、叫《さけ》び、走ってくる。ボールを持ったままつっ立ってたら、みんなが押《お》しよせてきて、抱《だ》きつかれたり、たたかれたり、肩《かた》の上に乗せられたり、大騒《おおさわ》ぎになった。

父さんと母さんは、スタンドで抱《だ》き合《あ》い、クレマンズコーチは踊《おど》ってた。

ぼくは笑《え》みをこぼしながら、騒《さわ》ぎのなかに身をまかせた。

# 15

人生最高の日って表現《ひょうげん》は、こういうときに使うのかな。試合のあと、チームのみんなといっしょに、クレマンズコーチの家に集まり、バーベキューで祝賀会《しゅくがかい》をした。マックスはずっと、あっちこっち歩きまわってた。祝賀会《しゅくがかい》に顔を出したマックスのお父さんが、手をふって車に乗りこんでからもずっと、喜びをふりまいてた。

笑い声とお祝いの言葉にかこまれると、ぼくも大事にされてるんだって感じた。うれしかったけど、来週もまた試合に出なくちゃいけなくなったことを考えると、気持ちが暗くなった。

つぎの試合までに、ケビンが復帰《ふっき》してほしいと心底思った。

家に帰ってきたときにはくたくたで、少し横になりたくて2階に上がった。ベッドに身を投げだして、天井《てんじょう》を見つめる。笑《え》みがこぼれてくる。ライヤとは話せなかったけど、フィールドでかつぎ上げられてるときに、笑顔が見えた。アメフトは好きじゃなくても、ヒーローはやっぱり好きなんだ――兄さんがいうにはだけど。

ライヤの笑顔を思いだす。ぼくのことを考えてたりしてないかな。

そうだといいな。

でも、キックの直前に浮《う》かんだのは別の顔だった。サラ・モルヴァン。野原に並《なら》んで寝《ね》転《ころ》がって、雲を見つめてる姿《すがた》を心に描《えが》く。髪《かみ》が風に乱《みだ》れて顔にかかってる。唇《くちびる》の下までとどいてた髪《かみ》。ぼくのほおに触《ふ》れるサラの指の感触《かんしょく》を思いだした。

サラを好きになることってあるのかな？　むずかしそうだ。サラはふつうとちがっていて、サラといると、ぼくもふつうじゃないってことを思いだしてしまうから。ぼくはふつうになりたい。何よりもそう願ってるんだ。きょうみたいなぼくでいたいんだ。

◇◇◇

夜、父さんと大学アメフトの試合を見た。いっしょにテレビ観戦なんてほとんどしたことない。でも、きょうは、いっしょに見ないかって父さんに誘《さそ》われた。兄さんは出かけてたし、エマはもちろん興味《きょうみ》がないから、ふたりだけになった。

ぼくが応援《おうえん》してるチームは父さんと同じ――オハイオ州立大学だった。なんとなくそうしなきゃって思ったんだ。アメフト観戦は好きじゃないけど、父さんといっしょにいるのはうれしい。

「きょうは、なかなかだったぞ」父さんがいった。

「うん。幸運だった」ぼくはいった。

「そうだ。だが、その幸運を呼《よ》びこんだのはおまえだ。あんな幕切《まくぎ》れってそうはないぞ」

ぼくは肩《かた》をすくめた。「ほんとだよね。勝ててうれしいよ」

すでに、思考が停止しかけてた。テレビの試合の第1クォーター中、ポテトチップスを食べてて、ふと、まずいぞって思いがよぎった。とたんにザップが来て、かむ回数をまちがえたって声がした。それで修正《しゅうせい》しようと、もう1枚《まい》食べた。3枚《まい》。4枚《まい》。父さんの話はきこえてるのに、頭のなかまで入ってこない。「修正《しゅうせい》しないと、きょう一日のすべてが台無しになってしまうぞ。何をまちがえた？　いま何回かんだ？　4回か？　5回か？　わからないぞ。どうする？」ってことしか考えられなくなってたんだ。

汗《あせ》がにじんできた。じっと座《すわ》っていようと思うのに、できなくなった。もう1枚《まい》ポテトチップスを食べた。

「学校はどうだ？」父さんがきいた。目はテレビに向けたままだった。

「うまくいってる。問題ないよ」ぼくは手をチップスのボウルにのばした。

「オールＡか？」

「数学以外は」

父さんはこっちを向いた。顔をくもらせてる。「また数学か？　何か理由があるのか？」

「何も」ぼくは口ごもった。「得意じゃないんだ」

父さんが鼻を鳴らした。「2年前までは算数もAだっただろ。母さんも父さんも数学は得意だったぞ。どうしてだろうな？」

「わからないよ」5枚《まい》。6枚《まい》。7枚《まい》。ぼくの手はボウルの上で震《ふる》えてた。もう汗《あせ》びっしょりだし、皮膚《ひふ》が熱く、赤くなり、チクチクした。なんでぼくだけ……。

スター・チャイルドだから——サラのいってたことを思いだす。あたしたちは特別。この世界に完全にはマッチしてない——だからサラは薬を服用してる。だからぼくは数を数えてしまう。

父さんはまたテレビのほうを向いた。「まあいい。明日また考えよう。それより母さんと父さんは、おまえにききたいことがあるんだ。こまってることがあるんじゃないか？」

「どんなこと？」ぼくは、チップスと数のことしか考えられないまま、きいた。

父さんは急に気まずそうになった。「ちゃんと眠《ねむ》れてるのか？　きのうの夜のことだが、おまえの部屋の明かりが、ついたり消えたりしていてだな」

全部きかなくてもわかった。ぼくが電灯のスイッチをパチパチさせてたのを見たんだ。

ぼくはチップスから手を引っこめた。

「ああ、そのこと。うん、電灯の具合がちょっとヘンだったんだ。つけるとジージー音がして。つけ直してたら、しなくなったよ。ちょっと本を読んでたんだ。試合のことで神経《しんけい》質《しつ》になってたんだと思う」

父さんは安心したようだった。「そうだったのか。母さんにはなんでもないっていっておいたんだがな。ジージー音がするって？　あとで見てやろう」

ぼくらはアメフト観戦に戻《もど》った。父さんはそれ以上何もきかなかった。ぼくはできるだけがまんしてから、チップスをもう1枚《まい》とった。

◇◇◇

サラの家の玄関《げんかん》をノックするのは、まるで、キックをしにフィールドに出たときみたいな気分だった。サラの家で夕食をごちそうになると話すと、母さんは、いいシャツとスラックスにしなさいといってきかなかった。サラはぼくのガールフレンドだって信じこんじゃっていて、いくらちがうっていっても耳を貸《か》さないんだ。ノックしたら、急ににげだしたくなったけど、遅《おそ》かった。

ドアを開けたのはタトゥーを入れた大男。ジョン・フラナティだ。こっちを見てる。どこかで見たぞ。どこだっけかって、思いだそうとしてるのがはっきりわかる。

「サラさんはいますか？」ぼくはきいた。

ジョンはまだ考えてた。「おまえは、たしか――」

ぼくはうなずいた。「そうです。新聞のキャンペーンでおじゃましました。当選するといいですね」ぼくはおっかなびっくりいいたした。

ジョンは鼻で笑い、身を引いた。「ジョンだ。サラなら2階だ。そのままキッチンに行ってくれ」

ぼくは靴《くつ》を脱《ぬ》ぐと廊下《ろうか》を進んだ。好奇心《こうきしん》に負けて、きょろきょろ見回してしまう。かたい木の床《ゆか》はしみひとつなくピカピカだ。壁《かべ》にはサラの写真がいっぱい飾《かざ》ってある。でも、お父さんが写ってるものはなかった。キッチンに入るまでにサラのは少なくとも10枚《まい》はあったのに、たしかにちょっと妙《みょう》だ。お母さんはコンロのそばでローストビーフを切りわけてた。入っていくと、こっちを向いてほほえんだけど、目はぼくをスキャンしてた。

サラのお母さんは、うちの母さんと同じような服を着てた。サラの鼻はお母《かあ》さん似《に》なんだと思った。お母さんがジョンとつき合ってるのが奇妙《きみょう》な感じ。ぼくの訪問《ほうもん》をすごく喜んでくれてるみたいだ。

「こんばんは。ダンでいいのよね？」

「はい」ぼくは答えて、お母さんと握手《あくしゅ》した。「はじめまして、モルヴァンさん」

「よろしくね」と、お母さんはいったけど、「ミッシェルって呼《よ》んで」っていってるようにきこえた。ぼくのことを穴《あな》があくほど見てる。「飲み物は？」

「ええっと……いただきます」

お母さんは冷蔵庫《れいぞうこ》に急いだ。「座《すわ》ってちょうだい。サラもすぐ来るわ。スプライトでいいかしら？」

「はい。ありがとうございます」

お母さんはスプライトを出すと、またぼくを見て笑顔をよこした。ジョンがテーブルの反対側にどかっと座《すわ》った。

「サラと同じ学校に通ってるのね」

「そうです」

「それで、サラとは……どうやって？」

しゃべらない女の子とどうやって友だちになったのか知りたいんだ。薬を服用していて、いままでずっと補助教員《ほじょきょういん》がつきそってきた女の子と。ぼくはとっさにジョンを見て、肩《かた》をすくめた。

「授業《じゅぎょう》とかです」

お母さんは笑《え》みを残して調理に戻《もど》り、ぼくとジョンだけになった。ジョンは携帯《けいたい》で何か読んでる。落ちくぼんだ目をちらっとこっちに向け、携帯《けいたい》をしまうと、ビールをすすった。

「その、なんだ……サラと同じ学年なのか？」ジョンがだみ声できいた。髪《かみ》をオールバックにしてる。生えぎわに白い傷跡《きずあと》がある。前に見たときと同じで、ほおには白髪《しらが》まじりのひげ。首にもタトゥーがあった。

「はい」ぼくの声は小さくなった。

「アメフトしてんのか？」

ぼくはうなずいた。「キッカーです」

「クールじゃねえか」ジョンはいって、サラのお母さんのほうを見た。早くこっちに来て座《すわ》ってくれと思ってるんだ。ひと目でわかる。つき合ってる女性《じょせい》の奇妙《きみょう》な娘《むすめ》とそのボーイフレンドと夕食をいっしょにすることを喜んでるようには見えなかった。

「サラ！」お母さんは大声で呼《よ》びながら、料理をテーブルに並《なら》べた。おいしそうなのに、胃がちぢみ上がってた。お母さんはテーブルに着くと、召《め》し上《あ》がれと料理をさした。「遠《えん》慮《りょ》せずに、どんどん食べて、ダニエル。ローストビーフ。特製《とくせい》なのよ」

ぼくはふたりの視線《しせん》を感じながら、おずおずと手をのばして、何切れかとった。ポケットにはしわしわになったメモが入ってた。サラから渡《わた》されたもので、ぼくはこのとおりに用心深く質問《しつもん》をしなくちゃいけなかった。考えたら、胃がさらにちぢんだ。

「おおーっ」ジョンがとつぜん声をあげ、ぼくは入り口のほうを向いた。

ぼくも「おおーっ」って、いいそうになった。サラだ……たぶん。白いベルトつきの青いワンピースを着てる。髪《かみ》は後ろでまとめ、ベルトに合わせた白いリボンを結んでる。メイクもしてるみたい。お母さんが両手を組み合わせた。感激《かんげき》してる。

「見ちがえたわ」お母さんはつぶやいた。「きれいよ。さあ、座《すわ》りなさい」

サラはほおをちょっと赤くし、こっちを見ることなく、ぼくの右側に座《すわ》った。ほんとうにきれいだった。ジョンがローストビーフをとってる間も、サラは皿から視線《しせん》を動かさなかった。

「ダニエルと、学校のことを話してたのよ。共通の先生がだれかいるの？」

「いえ」ぼくはいった。「サラはふだん……」口ごもる。「その、サラは頭脳明晰《ずのうめいせき》だから、ぼくたちより先に進んでるんだと思います」

サラの唇《くちびる》にかすかに笑《え》みが浮《う》かんだ。

「そのとおりなの」お母さんは誇《ほこ》らしげにいった。「サラは大学レベルの数学をやってるのよ。その……コミュニケーションは不得手《ふえて》だけど」

ジョンが鼻で笑い、お母さんは怖《こわ》い目でジョンをにらんだ。ぼくが皿に目を戻《もど》したとたん、サラにむこうずねをけられ、ぼくははじかれたように、いきなり質問《しつもん》した。

「おふたりはどうやって知り合ったんですか？」

お母さんはびっくりしたみたいだ。「あら、まあ。そうね……どこかのイベントだったかしら」

「飲み屋だ」ジョンがいった。

サラは視線《しせん》を一瞬《いっしゅん》だけジョンに飛ばし、それからまた、ぼくのむこうずねをけった。痛《いた》い。

「なんか、かっこいいですね」声が消えちゃいそうだ。「最近ですか？」

お母さんは少しの間ぼくをじっと見つめた。サラの視線《しせん》はお母さんに似《に》たんだ。「1年くらい前よ」

「もっと前だ。2年はたってるぜ」ジョンがいった。

お母さんはジョンをにらんでから、ぼくに向き直っていった。「わたしたちのような年《とし》寄《よ》りの話はもうよしましょう。あなたたちは、どのくらいなの？……その、お友だちになって」

ぼくはサラを見た。でもサラは、もちろん、無言モードを解除《かいじょ》するつもりはないみたいだ。「最近です。2週間くらい」

「よくしゃべるのか？」ジョンが意味ありげな笑《え》みを浮《う》かべ、お母さんはまたムッとした顔になった。

「山ほど」ぼくはいった。

お母さんがぼくを見た。「サラと……話す。ほんとうなの？」

「もちろん。いつもしゃべってます。そうだよね？」ぼくはサラに顔を向けた。サラはうなずいた。

「まあ。よかった」お母さんがいった。

またけりが来た。ずきずきしてきた。

「ジョンさん、ふだんは何してるんですか？」

おとなの人にこんなふうに話すのは、きっとぶしつけなことだと思ったけど。でも、むこうずねが痛《いた》かったんだ。

ジョンは身をそらせてビールをがぶ飲みした。「自動車工場で働いてる。何年も前からだ。あと、はんぱ仕事もしてる。現場作業《げんばさぎょう》とかいろいろだ。だいたいわかるだろ」

よくわからなかったけど、ぼくはうなずいた。「子どもは？」

「いねえよ。ガキはきらいなんだ。気を悪くするなよ」

「何も気にしません」

「ところでご両親は何をされてるの？」お母さんがこの話を終わりにしようとしていった。

「父はエンジニアで、母はボランティアとかやってます」

「すてきだわ」

またけりが来た。ぼくがサラをにらむと、サラはぼくをにらみかえした。

「ところで」と、ぼくはジョンにいった。「狩《か》りとかするんですか？　家にピックアップトラックがあるのを見ました」

ジョンはうなずいた。「ああ、やるぜ。狩《か》りに、釣《つ》り」

「すごい。何使うんですか？　ライフル銃《じゅう》、それとも弓とか……」

「ライフルだ。照準器《しょうじゅんき》もついてる。フル装備《そうび》だ。最高だぜ。おまえもやるのか？」

「いいえ。ぼく、ずっと疑問《ぎもん》に思ってることがあって……拳銃《けんじゅう》でも狩《か》りはできるのか、やっぱりライフルじゃないとだめなのかなって」

ジョンは肩《かた》をすくめた。「そりゃ、できるだろうが、なんでわざわざ拳銃《けんじゅう》なんだ。やっぱライフルだろ」

「そっか。じゃ、拳銃《けんじゅう》は持ってない、ってことですよね」

ジョンはローストビーフを口に入れ、眉《まゆ》を片方《かたほう》つり上げた。「ああ、ライフルだけだ」

もうけりは来なかった。それはよかったんだけど、でも、いま、ジョンが拳銃《けんじゅう》についてウソをついた。ジョンの拳銃《けんじゅう》を見つけてたから、いやな予感がする。

そのあとの食事は、ふつうに進み、お母さんはぼくにあれこれ質問《しつもん》し、ジョンはシカを殺した話をし、サラは、皿を見つめつづけたまま、だまって座《すわ》ってた。人生でいちばん長い1時間だった。コーヒーケーキを食べ終わると、サラはぼくの腕《うで》をつかんでキッチンから連れだし、地下室まで行って、大きなテレビの前にふたりして座《すわ》った。

「上出来だよ」サラがにっこりした。

「ありがと。でも空振《からぶ》りだったみたいだ」ぼくは力なくいった。

サラは首を横にふった。「ううん、いろいろわかった。あいつは拳銃《けんじゅう》のことでウソをついた。現金収入《げんきんしゅうにゅう》のために、はんぱ仕事も請《う》け負《お》ってる。ママと知り合ったのはあたしが思ってたよりずっと前だった。あいつがパパを殺した。もうまちがいない」

「考えちがいであってほしいっていってなかった？」

サラがぼくの目をのぞきこむ。「もちろん、そうあってほしい。でも、パパはあたしを置いていったりしないよ、ダン。ぜったいしない。もし出ていくなら、あたしもいっしょに連れていく。ほんとに仲よしだったんだよ。パパがいなくなった理由はひとつしかない」

「これからどうする？」

サラはテレビのほうを見て、ため息をついた。「なんにも思いつかない」

# 16

気がついたら水曜日だった。アメフトの練習は毎日になり、「待ち遠しい火曜日」はなくなってしまった。サラのことは、考えまいとしても浮《う》かんできて、ずっと考えてはいるんだけど、日曜日以来会ってはいなかった。

すごくゆううつだった。今週の土曜日にまた試合がある。ケビンはまだよくならなくて、またぼくが試合に出なくちゃいけないみたいなんだ。クールランクの男子たちがぼくに話しかけてくれるのはうれしいけど、話すのは試合のことだから、けっきょく、吐《は》いちゃいそうになる。

こういうのを神経質《しんけいしつ》っていうのかな。「儀式《ぎしき》」はしなくてよくなるどころか、前より長くかかるようになってきて、きのうの夜なんか、5時すぎまでずっと声を殺して泣きつづけ、泣くのを止めたくて、考えもなく顔を引っかいた。ぼくはいつも疲《つか》れてた。

その日の練習のあと、サラがまたぼくを待ってた。ぼくは着替《きか》えもそこそこにかけつけた。汗《あせ》くさいって、サラも気づいた。

「ちょっとにおう」サラはそういったけど、笑顔だった。

「ごめん」ぼくはつぶやいて、後ろにさがった。

サラはあやまらなくていいと手をふった。「かまわない。汗《あせ》かいてるときってキュートだよ」

「うーん……とりあえず、ありがと」

「どういたしまして。あたし、ひらめいたんだ」

サラはポケットから携帯《けいたい》をとりだして、目をきらきらさせた。

「だれかに電話するとか……」

サラが笑った。「ちょっとちがう。録音する。もっと早く思いつけたはずなのに」

「あのさ、それ、裁判《さいばん》では証拠《しょうこ》にならないよ。知ってるよね？ ぼくも『ロー&《アンド》オーダー』で見たよ」

サラはうなずいた。「たまたま録音された場合は別。ちゃんと調べた。あたしたちは、これから、ジョンのソファーの下に、たまたま携帯《けいたい》を落としてしまう。録音していてもバッテリーは2日もつから、2日後に戻《もど》って回収《かいしゅう》する」

「なんにもしゃべらないかもしれないよ。ジョンはひとり暮《ぐ》らしなんだ」

サラはぼくの腕《うで》を軽くたたいた。「あれ？　あたしが頭脳明晰《ずのうめいせき》だって、知ってるよね」

「いまから行くの？」

「いましかないでしょ」

サラはぼくの腕《うで》をつかんで引っぱった。もう、笑うしかなかった。ぼくはいつものように歩道の割《わ》れ目《め》を避《さ》けて歩いた。またまた殺人容疑者《さつじんようぎしゃ》の家に向かってるときに、しきたりを破《やぶ》るのは無謀《むぼう》すぎるから。数回、割《わ》れ目《め》を踏《ふ》みそうになり、立ち止まったり大股《おおまた》になったりした。

「どうしたの？　ダン」

「えっ？」ぼくはびっくりしてサラを見た。気づいたのかな。

サラはぼくの目を見つめて、答えを待った。

ぼくはためらいながらいった。「よくわからない。ときどき……悪いことが起きるかもしれないって思うと、こういうことをするんだ」

サラは、注意深くぼくを見つめた。「効果《こうか》はある？」

「あると思う」ぼくは口ごもった。

「だれかに話した？」

「だれにも。話したら、頭がおかしいって思われちゃうよ」

「そんなふうには思わなかったよ」サラはかすかにほほえんだ。

ジョンの家に着くと、ピックアップトラックがあった。

「家にいる。出直さなきゃだめだね」

サラが鼻を鳴らした。「侵入《しんにゅう》したら、たまたま落としたことにならない。裁判官《さいばんかん》は偶然《ぐうぜん》だとみとめない。でしょ？　あいつは家にいていいの。予定はチェックずみ。会いに来たんだから」

「会ってどうするの？」

サラは肩《かた》をすくめた。「あたしがいままで冷たくふるまったことをあやまってる。あたしはママに幸せになってほしいと思ってる。ジョンとも仲よくしたいって、ダニエルが伝える」

「ジョンがお父さんを殺したんじゃないかって、調べてるんだよ」

「そのとおりだよ」

ぼくは大きなため息をついた。「からかわれてる気分だ」

◇◇◇

ジョンはドアを開けたとたんに、視線《しせん》をサラに向けた。せまい額《ひたい》に深いしわが寄《よ》った。

毛むくじゃらの、野球のミットみたいな手のなかにビールのびんが見える。またお酒を飲んでる。

「どうかしたのか？」ぶっきらぼうにきいた。

ちょっとためらった。「サラが、その……これまで距離《きょり》を置いてしまったことをあやまりたいそうです。お父さんのことで気が動転してたんです。それから、お母さんには幸せになってほしいし、あなたのことをもっと知りたいそうです」

ジョンは、しばらくつっ立ったままだった。ランニングシャツだったから、右の二《に》の腕《うで》のところに女の人のタトゥーが見えた。ジョンがビールを口に持っていくと、その女の人はからだを曲げた。それからジョンは肩《かた》をすくめた。

「寄《よ》っていくか？」

サラがうなずいた。

「入れよ。散らかってるぜ」ジョンはいったけど、どう見ても歓迎《かんげい》はしてない。

リビングルームに案内された。やっぱり、食べかけの皿やらビールのあきびんやらが散らかってる。ジョンは古びたモスグリーン色のソファーに座《すわ》るようにうながし、自分はリクライニング・チェアに身を投げた。

「おもてなしはなしだ」

サラとぼくは、いつもよりもくっついて座《すわ》り、ぼくは愛想笑《あいそわら》いを浮《う》かべた。

「おかまいなく。あの……知ってると思いますが、サラはしゃべるのが好きじゃなくて」

「んな生やさしいもんじゃねえ」ジョンはサラにちらっと目をやった。サラは床《ゆか》を見てる。

「でも、ぼくにいったんです。あなたを遠ざけてたって。いやな顔とかしちゃったって」

ジョンが鼻で笑った。「まあな。気にすんな。家に知らねえ野郎《やろう》が現《あらわ》れたら、おだやかじゃいられねえよな。わかるぜ」

サラがジョンを見上げたから、一瞬《いっしゅん》、しゃべりだすんじゃないかって思った。でもちがった。一方の手はポケットをまさぐってたけど、もう一方の手は胸《むね》に当てられてる。まずいぞ。どうかここでサラが「崩壊《ほうかい》」しませんように。

「サラはただお父さんに会いたくて……わかりますよね。なぜいなくなったのかとか、いろいろ考えてしまって」

ジョンは残ってたビールを無理に飲みほし、空になったびんをテーブルに置いた。

「父親ってのは、いなくなることもあるもんだぜ。おれの親父《おやじ》もそうだった。だが、ママから置き手紙を見せてもらった。親父《おやじ》さんがおまえのことを大事に思ってるってことはまちがいねえ。おまえのせいじゃねえよ、サラ」

サラはジョンを見なかった。手がまた震《ふる》えだしてる。もう帰らなくちゃ。

「パパはどこ？」サラが静かにいった。ジョンがびっくりしてサラを見た。それから、ぼくを見て、椅子《いす》から身を乗りだした。

「しゃべるのか、ほんとに？」ジョンがいった。

「どこ？」サラがくりかえした。

ジョンは椅子《いす》の背《せ》にもたれて、首を横にふった。「知らねえ。出ていったってことしかな」

部屋は沈黙《ちんもく》につつまれ、ジョンが立ち上がった。「ビールが切れちまった」

ジョンは重い足音をさせ、首を横にふりながら部屋を出ていった。サラを見た。顔がこわばってる。でも、ゆっくりとだけど携帯《けいたい》をとりだしてソファーの下にすべりこませ、こっちを見てうなずいた。ぼくらは立ち上がった。

ジョンが戻《もど》ってきて、ぼくらを見た。「帰るのか？」

「ええ。ありがとうございました。帰ります。ぼくたち……いろんなことを……いっておきたくて。ありがとうございました」

玄関《げんかん》へ急いだ。ジョンがだらだらついてくる。疑《うたぐ》るような、もう二度と家には入れないからなっていってるような、冷たくて、いやな表情《ひょうじょう》だ。

だけど、ジョンはぼくをびっくりさせた。サラを見て、「親父《おやじ》さんのことだが、気の毒なことをした」っていったんだ。

サラは、しばらくジョンの目を見てたけど、夕暮《ゆうぐ》れのなかにいきなりかけだした。ぼくもあわててかけだした。通りをだいぶ行ったところで、ようやくサラに追いついた。サラは、早足で歩いていく。不気味な嵐《あらし》のようだ。

「だいじょうぶ？」

「あいつ、なんで……あんなことできるの？」サラが顔も上げずにつぶやく。「まっすぐあたしを見て、パパを殺したことをあやまった」

「ちがうよ、ジョンは殺したとはいってない――」

「そこまでいわなくてもじゅうぶん。わかってるから」ぼくのほうを向いた。顔がつらそうにゆがんでた。「このままにはしない」

「どうするの？」

サラは正面をにらみ、ずんずん歩いていく。ぼくはほとんどかけ足だった。

「自白させる」

◇◇◇

サラは何も連絡《れんらく》してこなかった。どうしてるんだろう？　ほんとに知りたいのかどうかもわからない。携帯《けいたい》を盗聴器《とうちょうき》みたいにしかけて、自白を得ようとするなんて、テレビドラマで見るのはいいけど、現実《げんじつ》にはかんべんしてほしい。でも、ぼくは金曜日にいっしょに携帯《けいたい》の回収《かいしゅう》に行くって約束してる。考えなきゃいけないことがほかにも山積みなのに。

木曜日の午後のことだ。休み時間、ぼくはバスケをながめてた。胃が痛《いた》くてプレーするどころじゃなかったんだ。こいつは失敗するに決まってるって思われてるほうがましだったな。みんなが、ぼくに何かを期待しはじめてた。

「楽しんでる？」ライヤがとなりに来た。

「このとおり、いちばん好きなことをしてるところ。プレーしないことなんだけど」

ライヤが笑った。「今度は少しくらいの幸運じゃ勝てない相手らしいけど」

ぼくはため息をついた。「今度こそ目立っちゃうだろうな」

このときはじめて、ライヤが手をもじもじさせてるのに気がついた。

「……明日の晩《ばん》なんだけど、家に何人か呼《よ》ぶことになってるの。両親からもゆるしをもらったところ。大げさなものじゃなくて、地下室に集まっておしゃべりするだけ。よかったら、どう？」

「もちろん」ぼくは即答《そくとう》した。

ライヤがにっこりした。「よかった。マックスにも伝えてくれる？　じゃあ、……いい意味で目立ってね」

「がんばるよ」

ライヤが行ってしまうと、バスケに目を戻《もど》した。いくらがまんしても、にやけてしまった。

◇◇◇

その夜、ぼくはエマと並《なら》んで、カーペットにあお向けになり、天井《てんじょう》をながめた。胸《むね》の上には読んでた本を開いたままのせてる。ぼくは『二都物語』。エマは『永遠《えいえん》の王』。ふたりとも、いつものように、しっくいの模様《もよう》に目を凝《こ》らしてた。すでに、失われた王国についての複雑《ふくざつ》な物語を作り上げたあとだった。

「男子に、ブスっていわれた」エマがいった。

エマに目をやった。「えっ？」

「その子、ものを投げてきて、ブスっていった。それからガリ勉って」

エマは世間話でもするようにいった。明日の天気とかを話してるみたいだった。

「ちゃんと先生にいった？」

エマは肩《かた》をすくめた。「投げられたのは丸めた紙だったし、騒《さわ》ぐほどじゃないから」

「何かいいかえしてやった？」ぼくはまた天井《てんじょう》を見た。

「何も」といって、エマはちょっとだまった。「泣いちゃった。あとでトイレで」

ちょっと怒《いか》りがこみ上げてきた。「そいつ、だれだ。名前は？」

エマが笑った。「ダン兄ちゃんがぶったりしなくていいんだよ。こんな目にあうのがはじめてだったってだけ」

「同じようなこと、よくいわれるよ」ぼくはつぶやいた。

エマがこっちを向いた。「わたしって、ブスだと思う？」

「ぜんぜん。ブスじゃない。ガリ勉っぽいところはちょっぴりあるかも」

エマは笑った。「そうだね。ところで、ライヤとはどうなの？」

「明日の夜、家に招待《しょうたい》された。パーティーかなんかだって」

「楽しそうだね」

「たぶん」

エマはしばらく、何もしゃべらなかった。「あの子は？　サラ？」

「サラは友だち」

「ダン兄ちゃんに、おしゃべりする女の子がふたりもできるなんて、信じらんない」

ぼくはため息をついた。「ぼくもだ」

エマが自分の部屋に帰っていくと、心がざわついてきた。怖《こわ》くなってきた。ザップの前《まえ》触《ぶ》れだ。ぼくはノートパソコンを開いた。

荷物をつめたバッグを持ってダニエルが玄関《げんかん》に現《あらわ》れると、待っていたサラが、あきれたような顔をした。

「遠足にでも行くつもり？」

サラは、と見ると――バンダナで髪《かみ》を後ろにしばり、腕《うで》まくりをし、クロッケーのスティックみたいなロングハンマーを、肩《かた》からライフルのようにさげている。

「それって、武器《ぶき》？」

「そう」

家に拳銃《けんじゅう》はなかったから、ダニエルはバットのグリップを両手でにぎってうなずいた。

サラは外のようすをうかがってから、ドアを開け、まぶしい日の光のなかへ飛びだした。すべてを押《お》しつぶすような静寂《せいじゃく》のなか、風に葉がすれる音と、せっかちに歩いていくサラの足音だけが、車までひびいていった。ダニエルは、あの、背《せ》が高い黒い影《かげ》がいないかと注意をおこたらなかったが、動くものは何もなかった。ふたりは緑色のセダンに乗りこんだ。

「運転もできるの？」ダニエルがきき終わらないうちに、サラは車をバックさせ、方向《ほうこう》転換《てんかん》させた。

サラがダニエルを見た。「それがどうかした？」

サラは、けたたましい音をひびかせて車を発進させた。交差点を曲がり、ハイウェイに向かう。どの家にも人がいる気配がない。車やバイクがとまっていても人影《ひとかげ》はひとつもない。これほど気味の悪いことはなかった——この世界でひとりきり。ただ、サラだけは例外だった。

「きれいだね。そう思わない？」飛ぶようにすぎていく家並《いえな》みを見ながらサラがいった。

ダニエルはサラを見た。「ぼくは、そんなふうにいえない」

サラはダニエルのほうを向いてにっこりした。「ダニエルならわかるでしょ。だって長いことずっとひとりきりだったじゃない。ひとりきりの世界を、ようやくいま見てるんだよ」

「あの怪物《かいぶつ》はなんなの？」

サラはためらった。「よく知らない。パパはガーディアンだった。ダニエルのお父さんと同じ。観察者と呼《よ》ばれる者たちの一員だよ。かれらが何をしてたのか、たしかなことはわからない。あたしにいまいえるのは、あたしの家の地下室にはステーションがあって、空間周波数を監視《かんし》してたってことだけ。それをだれかが変えてしまい、空間に亀《き》裂《れつ》が生じた。みんなをその亀裂《きれつ》のむこうに消してしまった。思い当たることがあるんじゃない？」

ダニエルは肩《かた》を落とし額《ひたい》をぬぐった。「ニューヨークまでどのくらいで着く？」

「12時間。腰《こし》をすえていこう」

ファイルを保存《ほぞん》していて、遅《おく》ればせながら気がついた。出だしを書き終えたんだって。これから物語が動きだす。とにかく、はじまったんだ。ノートパソコンを閉《と》じようとすると、メールが来た。

「明日は7時に携帯《けいたい》の回収《かいしゅう》をして、そのあと録音をききたい。何時までいられる？」

ぼくは座《すわ》り直《なお》した。明日はパーティーがある。サラ、がっかりするだろうな。

# 17

「ハイ！　サラ。ごめん、伝えるのを忘《わす》れてた……。携帯《けいたい》の回収《かいしゅう》はいっしょに行けるけど、そのあとすぐ帰らなくちゃいけない。ライヤのパーティーに誘《さそ》われてる。でも、回収《かいしゅう》にはぜったい行くから。ごめん」

気をもみながら返事を待った。納得《なっとく》してくれるかな。数秒で返事が来た。

「そう」

女の子の気持ちなんて、からっきしなぼくでも、この返事を見れば、落胆《らくたん》させちゃったってわかった。

つぎの日、廊下《ろうか》でサラとすれちがったけど、サラはこっちを見もしなかった。追いかけようとしたんだけど、ちょうどマックスにどこ行くんだって声をかけられて、ぼくは、どこにもと答え、そのままになってしまった。サラといっしょにいる時間が多くなってることは、マックスには知られたくない。ふたりで何をしてるのかを考えたら、なおさらだ。

休み時間は、ずっとエマを見守った。エマは、たいてい校庭のすみっこで本を読んでる。校庭にはさえぎるものがなかったから、バスケットコートからでもエマの姿《すがた》がはっきり見えた。男子がいじめに来やしないかって見てたけど、近づく子はだれもいなかった。よかった。近づくやつがいたら、何かしなくちゃいけないところだ。年下の子と取っ組み合うなんて、気が進まない。いや、からだのばかでかい9歳《さい》だったら、逆《ぎゃく》にこっちがのされて、兄の面目丸《めんぼく》つぶれってこともある。

◇◇◇

昼食のとき、ライヤのパーティーの話があちこちからきこえてきた。

「何時に行くんだ?」マックスがきいてきた。

「わからないよ。ふつう、何時くらいに行くもんなんだろ?」

「8時とか8時半かな。試合の前の夜だから、おれは11時までに帰る」

「わかった。母さんに頼《たの》んでいっしょに車で連れてってもらおう」

マックスがニヤッとした。「いまどれくらい緊張《きんちょう》してる? 10点満点で」

「いいたくない」

パーティーだ。どうしよう。むかし、マックスのパーティーに何度か行ったことがあるけど、ライヤは来てなかったし。みんなで映画《えいが》を見に行ったときには、ライヤも来てたけど、あのときは、9個離《こはな》れた席に座《すわ》っていて、クララたちといっしょに何か食べたりしてるのをチラチラ見てたら、気づいたライヤにほほえまれ、真っ赤になってあわてて目をそらしたんだった。だめだ。もう緊張《きんちょう》してきた。ジョンの家に行くことも頭から飛んでた。

「適当《てきとう》に座《すわ》って映画《えいが》見て、しゃべくるだけだって。特別なことなんにもないぞ。試合があるし、今回はことわるつもりだった。だけどおまえが行きたがってると知ってたからな」

あっけにとられてマックスを見た。「ことわるなんて、そんなことしないほうがいい」

マックスは笑いだして首を横にふった。「落ち着けって。ちゃんと行くから。練習終わったら、いっしょにおまえの家に行って出発しようぜ」

「いや、ちょっとその……課題をかたづけたいんだ」ぼくはあわてていって目をふせた。

「金曜の晩《ばん》だぞ」

「さっさとすませときたいんだ」

マックスが鼻を鳴らした。「ほんと、ガリ勉だよ。わかった。8時半に拾いに来てくれ」

「そうするよ」

◇◇◇

その日の練習は最低だった。15ヤードからのキックも外した。クレマンズコーチが逆上《ぎゃくじょう》し、クリップボードがついに割《わ》れた。みんな、すごくがっかりしてた。とくにマックスは。明日の対戦相手は、〝ビーバビル・バッジャーズ〟。バッジャーズというのは、アナグマっていう意味だ。大型選手ばっかりなのに、スピードがある。すきがない。マックスでさえ、運が味方してくれないと勝てないっていった。タージがぼくのひざをくだいてやりたくなるって、話すのがきこえてきた。そうすればケビンといっしょにベンチだ。賞賛《しょうさん》の声なんて、すぐ消えちゃうんだ。笑っちゃう。

◇◇◇

ジョンの家の通りにある一時停止の標識《ひょうしき》のそばで、サラは腕組《うでぐ》みをして待ってた。

「遅刻《ちこく》だよ」

「家帰ってシャワーを浴びなくちゃいけなかったんだ」

「とにかく、行こう。パーティーあるんでしょ。さっさと携帯《けいたい》を回収《かいしゅう》しよう」

「ごめん、パーティーの――」

「それはもういいよ。こうして力を貸《か》してくれてるんだから。感謝《かんしゃ》してる。さ、行こう」

ついていきながら、物語の世界のサラを思いだしてた。バンダナを巻《ま》いて、ロングハンマーを持ってる姿《すがた》が浮《う》かんできた。この世界のサラは、白いスニーカーでつま先立ちして、身をかがめ、軽《かろ》やかに玄関《げんかん》ポーチにしのびこんでる——窃盗《せっとう》のプロフェッショナルみたいだ。サラはベルを鳴らして、ジョンがいないことをたしかめると、かぎを差しこんでドアを開け、ぼくを先に入れた。なかは暗かった。

サラが後ろ手にドアをしめ、うなずいてリビングルームに行くように示《しめ》す。廊下《ろうか》のつき当たりにあるキッチンを見つめたまま、廊下《ろうか》を進む。この家にも慣《な》れてきちゃってる。リビングルームは、あいかわらず汚《よご》れた食器とビールびんが散らかってた。サラはソファーの下から携帯《けいたい》を引っぱりだした。

「まだバッテリーが残ってる」サラが驚《おどろ》いて画面を見せた。「録音は止まってるけど。メモリーがいっぱいになったんだ。1日分くらいは録《と》れてるといいんだけど。どっちにしても、すごい。わっ！」サラがだまった。

「何？」

「ママからメールが来てた。ジョンが7時半に家に来る。夕食に間に合うかって」

「10時すぎまでは仕事に行ってると思ってた」

サラが肩《かた》をすくめた。「早めに切り上げて、着替《きか》えるんだとしたら、ここに戻《もど》って――」

「急ごう」

サラがうなずき、部屋を出た。ぼくも出ようとしたときだった。ものすごくまずいことが起きた。ラグマットから踏《ふ》みだしたとたん、ザップにつかまったんだ。パニックになりながら、いまやり直さなければ、この家にはもう入れないことに気づいた。修正《しゅうせい》できなくなる。ぼくはあわててラグマットに戻《もど》った。サラが気づく前に修正《しゅうせい》したかった。もう一度ラグマットから踏《ふ》みだした。だめだ、やり直しだ。パニックでからだじゅうの皮膚《ひふ》がチクチクする。早くしないとジョンが帰ってきてしまうっていうのに。でもこのままにして行ったら二度と修正《しゅうせい》ができなくなる。ピンチだった。後戻《あともど》りしてもう一度踏《ふ》みだす。だめだ。4回目じゃ、もちろん直らない。5回目。失敗。6も直せない。7回目。また失敗だ。

サラが顔を出した。「何してるの?」声をひそめていう。「早く行かなくちゃ!」

「すぐ行く!」中断《ちゅうだん》してサラのほうに行きながらはりつめた声でいう。でも、サラの姿《すがた》が消えると、ぼくはラグマットに戻《もど》った。

もうろうとしてきた。「虚《うつ》ろの次元」に入ってしまいそうだ。一刻《いっこく》の猶予《ゆうよ》もない。早く10回やり直さなければ。だけど、9回目が終わったところで、サラが戻《もど》ってきた。

「ダン!」

「先に行って！　追いかけるから」

サラは顔をしかめた。「ばか。かぎをかけるのはあたしだよ。どうしたの？」

サラに気づかれないよう足の位置を変えたけど、サラは見のがさなかった。

「時間がないの」サラが静かにいった。

「でもこれをしないと――」

「あたしたち、人殺しの家にいるんだよ。ここから出なきゃ。ダンがしてることは重要じゃない」

目の前がいきなりぼやけた。希望が消え、正気を失い、どこにいるのかもわからない。

「重要なことなんだ」ぼくは答えた。

サラがぼくの目を見つめた。ぼくのなかのぼくを見つめた。サラに連れだしてほしかった。じっと目を見つめたまま、そばに来て、ぼくの手をとった。

「ダンは、恐怖《きょうふ》に負けない」ささやいて指をにぎりしめた。「だいじょうぶ。できる」

涙《なみだ》がこぼれた。ぼくはうなずいた。「わかった」

ぼくはサラについていった。そのときだった。廊下《ろうか》にヘッドライトの光が射《さ》しこんできた。ジョンが帰ってきたんだ。

# 18

窓《まど》の外を見る。「ぼくら死ぬんだ」

「裏口《うらぐち》がある！　行って。かぎをかけてくる」サラがパニックになりながらいった。

リビングルームを飛びだしたぼくらは左右にわかれ、サラは玄関《げんかん》に突進《とっしん》し、ぼくはキッチンに飛びこんで、裏庭《うらにわ》に出るガラスの引き戸へと走った。引き戸のかぎを探《さが》す。あった。でも、指が震《ふる》えて小さなつまみがなかなかつかめない。開いた。サラが廊下《ろうか》から走ってきた。目を見開いてる。「行って！」と手をふる。転がるように庭へ出た。背後《はいご》でガチャリと玄関《げんかん》のかぎが開く音がした。

サラが真横を走りぬけて庭に出ると、ぼくは引き戸をしめた。かぎはかけられなかった。裏庭《うらにわ》は塀《へい》にかこまれていて、奥《おく》の角に背《せ》の高い茂《しげ》みがあった。そこに、サラが頭から飛びこんだ。とり残されたぼくも頭からつっこみ、枝《えだ》に引っかかれながら、サラの横にドスンと転がった。廊下《ろうか》の明かりがついた。

身を寄《よ》せてかがみこみ、なかのようすをうかがう。引き戸に映《うつ》った影《かげ》が歩きまわる。茂《しげ》みではコオロギが鳴いてた。ほかの家の窓《まど》が開けっぱなしになってるのか、話し声やテレビの音がきこえてくる。でもぼくには、内容《ないよう》がききとれなかった。「虚《うつ》ろの次元」にはまりこんでたんだ。ラグマットを踏《ふ》み直《なお》したのは9回。9じゃだめなんだ。もう二度と安心することができない。怖《こわ》かった。

明かりが消え、ピックアップトラックが出ていくまで、ぼくらは動かなかった。サラがこっちを見た。暗くて表情《ひょうじょう》がほとんど見えない。

「だいじょうぶ？」

「だいじょうぶ」そういったけど、ぼくの声じゃなかった。だいじょうぶじゃない。ぼくはおかしいんだ。ぼくとサラは同じだ。

「スター・チャイルドは特別」サラがささやいた。「その分、代償《だいしょう》が必要なの」サラは立ち上がって門のほうへ歩きだした。「行こう。パーティーに行くんでしょ」

◇◇◇

パーティーに一歩一歩近づきながら、ぼくはただふつうに戻《もど》ろうとしてた。帰り道は奇《き》妙《みょう》な感じだった。サラは録音をきいては興奮《こうふん》してしゃべってたけど、思考の停止したぼくは、「そう」とか「うん」とかつぶやくだけだった。サラが、いっしょにきいてほしいから日曜日の午後に時間をとれないかってきいた。「もちろん」って答えた。

「虚《うつ》ろの次元」にはまりこんでるときに、予定を立てるのはかんたん。「虚《うつ》ろの次元」には、過去《かこ》も未来も存在《そんざい》しない。いま起きてることは夢《ゆめ》じゃない現実《げんじつ》だって理解《りかい》するだけで精一杯《せいいっぱい》だから、なんでもオーケーなんだ。

別れぎわに、サラがふりむいた。「ネットで記事とか読んだりする？」

「たまに」ぼくはつぶやいた。

「どんなものを？」

「映画《えいが》。歴史。作家についてもよく読むよ。あと、世界のニュース。それから」ぼくはもぞもぞからだを動かした。「ファッションとか」

「そういうものじゃなくて……障害《しょうがい》については？」

ぼくは顔をしかめて、サラを見た。「見ない。どうして？」

「ちょっと気になっただけ。パーティー、楽しんでね。家に帰ったら顔を洗《あら》うんだよ」サラはぼくの肩《かた》をたたいた。「ダニエルはちゃんとここにいる。何もかも消えて元通りになるから」

サラは街灯のなかに消えていき、ぼくはふらふら家に向かった。

1時間後、ぼくは騒《さわ》がしい笑い声のなかにいた。ライヤの家の地下の娯楽室《ごらくしつ》には、全部で15人くらい集まってた。ライヤの家は、大通りのいちばん奥《おく》にあり、大きなモダンなつくりの建物だった。お母さんがぼくらの応対《おうたい》をしてくれ、お父さんはほかの部屋でテレビを見てた。細い指でほおをトントンたたいてる。たぶん自分の家でのパーティーを快《こころよ》く思ってないんだ。

いつか夢《ゆめ》がかなうことがあって、ライヤとつき合いはじめたときのために、ぼくはご両親への魅力的《みりょくてき》な自己紹介《じこしょうかい》をばっちり考えてあった。だけど、まだ気分が悪くて、おどおどした笑顔を作っただけで、マックスにつづいて階段《かいだん》をおりていった。

ライヤがクララとソファーに座《すわ》ってた。マックスの姿《すがた》を見つけたクララは、電光石火でハグをした。それからぼくにまで軽くハグをした。どうなってるんだ？　きっと、パーティーだからだ。

ローラっていう女の子とトム・ダントの間に席を見つけた。少なくとも5つの会話と1本の映画《えいが》が同時に流れてた。どうしたらいいのかよくわからない。テーブルに、チップスのボウルとソーダが並《なら》べてある。ぼくはチップスに手をのばした。しばらくこうしてよう。

ライヤがぼくのところに来た。

「よく来てくれたね」ライヤがいって手を広げた。ハグってこと？

ぼくは火山の噴火《ふんか》のように飛び上がって、ぎこちなくハグをした。ライヤの髪《かみ》からココナッツ・シャンプーの香《かお》りがしてきた。からだを離《はな》しても、ライヤは後ろにさがらなかった。鼻がくっつきそうだ。唇《くちびる》にリップグロスをぬってる。笑うと、えくぼが大きくなった。

何をいえばいいんだっけ？

「呼《よ》んでくれてありがとう。すてきな家だね」ふだんどおりにしようって思うのにうまくいかない。

ライヤがニコッとした。「ずーっと家族で貯金しなくちゃいけなかったの。ダン、こっちに来て。ジェイがね、史上最高の映画《えいが》は、『ターミネーター』だっていってきかないの。ちがうってわからせるの手伝って」

「じゃあ、どの映画《えいが》に賛成《さんせい》すれば？」

わかりきってるでしょって感じでライヤがいった。「『ラブ・アクチュアリー』だよ。行こう」

気がついたら、ぼくはライヤのとなりに座《すわ》ってた。すごく仲がいいみたいに。足が触《ふ》れていて、ぼくの皮膚《ひふ》はチクチクしどおしだった。ふつうの感覚がどうだったのか思いだせないくらい。映画《えいが》のほうは、ライヤもジェイもまちがっていて、必見の映画《えいが》は『シャイニング』だと、ふたりを納得《なっとく》させる結果になった。ぼくのお気に入りじゃないんだけど。ホラーは苦手なんだ、見ると夢《ゆめ》でうなされるから。みとめたくないけどね。

「ライヤ、ゲームかなんかしようぜ」タージが大声を出した。

「どんな?」

タージは肩《かた》をすくめた。「そうだな、スピン・ザ・ボトルはどうだ?」

「やろう、やろう!」クララが顔を輝《かがや》かせた。

ぼくとマックスは顔を見合わせた。マックスも乗り気じゃないみたいだ。スピン・ザ・ボトルっていうのは、みんなで輪になり、ひとりが横にしたびんを回して、止まったびんの口が向いてる人とキスをするってゲーム。だれかとキスするなんて、考えただけで胃が裏返《うらがえ》しになる。キスのしかたをまちがえたら? みんなに笑われたら? ライヤにキスすることになって、だめっていわれたら?

考えてる時間はなかった。みんな、あっという間に輪になった。クララはニコニコしっぱなしで、タージはむだに大きな声でしゃべってる。ぼくはライヤの真向かいに座《すわ》ってた。マックスはぼくのとなり。ぼくと同じように何もしゃべらなかった。

「おれからだ!」タージはいって、前かがみになり、ソーダのびんを回した。びんはマックスをさして止まった。「こんなことだと思ったんだよ」タージはばか笑いをして、マックスにウインクした。「覚悟《かくご》はいいか?」

「もう一度回せよ」マックスが笑いながらいった。

タージがびんを回し、今度はアシュリーをさした。ふたりは形式的な短いキスをした。タージはもうちょっとキスしてたかったみたいだけど、アシュリーはさっさと座《すわ》って、首を横にふったので、みんなまた大爆笑《だいばくしょう》した。ぼくも笑おうとしたけど、気持ちが悪くなってた。緊張《きんちょう》が限界《げんかい》を超《こ》えてる。

トム・ダント、アシュリーとつづき、クララの番になった。クララはびんを回し、びんはぼくをさした。ええーっ。ぼくの顔、どれくらい赤くなってるんだろ。マックスはぼくを見てふきだし、みんなは歓声《かんせい》やら冷やかしの声をあげ、クララは、人生で最悪のことが起こったみたいに、渋《しぶ》い顔をした。クララが前に身を乗りだすと同時に、マックスがぼくを前に押《お》しだした。だめだ。吐《は》きそう。でも、吐《は》くのはかっこ悪すぎる。ぼくは輪のまんなかまで進み、歓声《かんせい》が大きくなるなか、クララと形式的なキスをした。クララの唇《くちびる》はやわらかくてストロベリーみたいなにおいがしたように思ったけど、ぼくは頭がくらくらしていて、よくわからなかった。クララは、ぼくが襲《おそ》いかかるか何かしたみたいに一瞬《いっしゅん》で引っこみ、ぼくもすごすごと席に戻《もど》った。まだ、恥《は》ずかしさでからだが燃《も》えてる。マックスが背中《せなか》をたたいた。

「よくやった」

「ありがと」

そのあとは下を向いてだれとも目を合わせないようにした。ライヤの番が来た。そして、びんが、ぼくをさしたんだ。

えっ、何が起きたんだ？　タージが「びんに何かしかけたな！」と叫《さけ》ぶのがきこえた。ぼくはびんと、そのむこうのライヤを見上げた。こっちを見て恥《は》ずかしそうに笑ってる。もう、ライヤしか目に入らなかった。何もきこえなくなった。

ライヤがびんのほうに進んでくる。今度はマックスに押《お》されるまでもなかった。ぼくはライヤのほうに進んでいった。ここがどこで、ぼくは何をしようとしてるのかも忘《わす》れてしまいそうだ。ぼくはただライヤの目とほほえみだけを見つめてた。

びんの上まできたぼくとライヤは、ちょっとためらった。そして、キスをした。

ほんの一瞬《いっしゅん》だったけどライヤが動きを止めた。ぼくは先に離《はな》れるほうになるつもりはなかった。唇《くちびる》がちゃんと重なって、クララのように触《ふ》れたか触《ふ》れないかわからないって感じじゃなかった。

「ライヤ・セーニャ・シン！」太く低いどなり声がした。階段《かいだん》のところに、お父さんの姿《すがた》があった。「こっちへ来なさい。いますぐ」

# 19

お父さんのところから戻《もど》ってきたライヤは、みんなもう帰らなくちゃいけないっていい、パーティーはお開きになった。恥《は》じ入《い》っていて、沈《しず》んでいて、怒《おこ》ってるみたいだった。

「パパなんか大きらい」ライヤはいった。「ごめんなさい。今度はクララの家だね」

ぼくはマックスの後ろに隠《かく》れてた。ライヤがお父さんに呼《よ》ばれて階段《かいだん》をかけ上がっていったとき、お父さんはぼくを見てた。あんなにおっかない目を見たのは生まれてはじめてだ。しばらくはこの家に入れてもらえることはなさそうだ。

ぼくらは階段《かいだん》に向かった。ぼくは姿《すがた》を消したいくらいだったから、マックスとタージの後ろから離《はな》れないようにしてた。いちばん後ろから、ライヤがみんなにおやすみをいった。

「ごめんなさい」ぼくが横を通ったとき、ライヤがいった。「気分悪いでしょ」

ぼくは笑顔を作って冗談《じょうだん》をいった。「最高のファーストキスなのに？」

ライヤが笑った。「夢見《ゆめみ》てたとおりだった」

ぼくはライヤを残して階段《かいだん》を上がっていった。お父さんはリビングルームにいた。ぼくは小走りに玄関《げんかん》まで行って、靴《くつ》をはいた。お父さんがこっちを見た。眼鏡《めがね》のむこうの黒い瞳《ひとみ》がものすごく怒《おこ》ってた。

「歩こうぜ」マックスがいった。

「そうだね」

ぼくらは通りを歩いていった。夜は冷えた。ポケットに手をつっこむ。11月の風が痛《いた》い。通りには落葉が舞《ま》ってる。ぼくらはそれをけり上げながら歩いた。マックスがぼくのほうをちらっと見た。

「よかったか？」

「すっごく」

「だよな。0人から一気に2人とキスだもんな。そりゃ悪くない」

「なんていえばいいんだよ。おれは遊び人なんだぜ、とでも？」

「似合《にあ》わないぞ」

「ほんと」ぼくは笑った。

町の反対側へと、ぼくらは、公園を横切って歩いた。

「マックスは何回くらいキスした？」

「数えきれないな」

ぼくはマックスを見つめた。マックスはため息をついていった。

「ない」

ぼくは首を横にふった。頭の上には星のカーテンがかかってる。

「女の子はみんな、マックスのことを好きなのに、そんなはずない」

マックスは肩《かた》をすくめた。「そこまでいかないってこと。おれにもわからない。高校に入ったら、ちがうかもな」

星空の下の公園を歩きながら、ぼくは不意に笑いだした。

「なんだ？」

「ぼくは、マックスより先にキスしたのか」

マックスは顔をしかめた。「運だろ」

「運も実力のうちだ」

「明日は試合だぞ。気合入れ直しとけよ。タフな試合になるぞ」

ため息をついてるうちに、通りに出た。街灯のオレンジ色の光が、星を消した。ぼくらは道が別々になる交差点まで来た。

「なんで、ぼくの夜を壊《こわ》すんだよ」

マックスが笑って、肩《かた》をたたいた。「おまえは活躍《かつやく》するさ」

「しなかったら?」

「試合のあとでおれがケツをけっ飛ばす」

ぼくはほほえんだ。「わかった」

家は静かだった。エマはもう寝《ね》ちゃってたし、兄さんはまだ帰ってなかった。きっとどこかのパーティーに行ってるんだ。兄さんはいつだってパーティーをしてる。ぼくは音を立てないように2階へ行った。つま先立ちしてるのに、足音がやけにひびく。母さんが目を覚まさなきゃいいんだけど。父さんは一度寝《ね》たら丸太になってしまって起きないんだけど、母さんは注意をおこたるってことがなくて、寝《ね》ていても兄さんやぼくを気にしてる。ぐっすり休むってことがない。その感覚はわかる。ぼくもよく眠《ねむ》れないから。考えごと、ザップ、どうしようもない恐怖《きょうふ》が、いつもぼくを待ってるから。

だけどその夜は、ライヤとのキスのぬくもりが残ってた。ライヤがそこにいるみたいだった。「儀式《ぎしき》」は少しだけ短い時間ですみ、1時間42分後にはベッドに入ってた。ベッドまで8歩で行っちゃってザップに襲《おそ》われ、やり直すのに30分かかったけど、ザップもその1回だけだった。

ベッドに横になってからも、キスのことを考えてると、恐怖《きょうふ》を忘《わす》れられた。

すーっと眠《ねむ》りにつけた。朝、嵐《あらし》が来て試合がなくなってないかな。
ひとりが持ってる幸運って、かぎりがあるんだろうな。

◇◇◇

雨が降《ふ》ってた。寒いけど、雷《かみなり》はなかった。エリーヒルズでは、雷《かみなり》がひどいと試合が中止になることがたまにあるんだ。寒さだけなら中止になることはない。だから、ぼくらは雨のなかをフィールドにかけだしていった。霧《きり》のような雨がからだにまとわりついてきて、ユニフォームの下にもぐりこみ、肌《はだ》までしみてくる。キックオフのラインができたときには、ぼくはガチガチ震《ふる》えてた。

バッジャーズはほんとに巨体《きょたい》ぞろいだった。筋肉《きんにく》をぷるぷるさせながら、敵陣《てきじん》からこっちを見てる。どの瞳《ひとみ》も黒くて、ほんとにアナグマみたいだ。ぼくは、エレファントじゃなくてウサギのように映《うつ》ってるにちがいない。天気が悪いのに、スタンドはまたも満員だった。いや、前の試合よりさらに人が増《ふ》えてたし、バッジャーズのほうも応援団《おうえんだん》が乗りこんできてた。

ライヤもいた。ライヤとクララはレインコートを着て帽子《ぼうし》をかぶり、２列目の席で見ていた。目が合った。ライヤはほほえんで、手をふってくれた。

胃がまたひとりで勝手にくねりはじめた。きのうの夜のことは、はるか遠くへ消えてしまってた。

ホイッスルが鳴った。ぼくは、キックに向けて足を引いた。軸足《じくあし》をいつもよりしっかり固定しなくちゃいけなかったのに、雨のなかでのプレーには慣《な》れてなかったから、ボールをけろうとした瞬間《しゅんかん》、軸《じく》になる左足が前方にずるりとすべった。

バナナの皮を踏《ふ》んでしまったみたいに、ぼくは後ろに倒《たお》れ、かろうじてけり足が当たったボールは、フィールドをぼてぼてと転がった。ぼくはぬかるみにしぶきを上げて倒《たお》れ、ぶざまにもおぼれまいとするように手をばたつかせた。沈《しず》んだのは数センチだってのに。スタンドから笑い声がきこえてきた。

上出来のスタートだ。

その後もいいことはなかった。バッジャーズは強かった。おまけに、大学ですぐにプレーできそうなくらい、ずばぬけた選手がいた。すごくでかくて筋骨隆々《きんこつりゅうりゅう》。ちぢれた赤い髪《かみ》をヘルメットからはみださせ、足はピストンがついてるのかっていうくらい速い。カート・ストートンっていう選手だ。ぼくらの仲間をひとり、もうひとりとふっ飛ばしていくのを見れば、早くもスカウトマンが見に来るって話もうなずける。

でも、ぼくらにはマックスがいた。マックスもこの試合に人生をかけてる。ハーフタイムまでに3つのタッチダウンを決め、そのなかには、エンドゾーンでのスーパーダイビングキャッチもあって、スタンドを狂喜乱舞《きょうきらんぶ》させた。マックスが笑顔でサイドラインを戻《もど》ってくるとき、お母さんがスタンドで絶叫《ぜっきょう》してるのがきこえてきた。

ぼくはといえば、3本中1本しか決められず、クレマンズコーチは、キックで得点できる距離《きょり》まで攻《せ》めこんでも、ぼくをフィールドに送りだそうとしなかった。30ヤードならねらえるのに。ぼくはまったく気にならない。こっちからお願いしたいくらいだった。

第3クォーターも残り1分。ぼくの運がつきるときがきた。

ぼくらは21ヤード付近まで攻《せ》めこんでたけど、つぎの攻撃《こうげき》は、カートに粉砕《ふんさい》されてしまった。カートはまったく容赦《ようしゃ》のないやつだった。みんながぼくを見た。

ため息をつきながら、ぼくはフィールドに向かおうとして、コーチに腕《うで》をつかまれた。

「リー、おまえはやれる」コーチの指がひじに食いこんだ。「このときのために練習したんだ。30対27だ。正念場だぞ。つきはなせ。わかったか?」

「だいたい」

「よし、行け」

フィールドにいる仲間に加わると、マックスはぼくを見てうなずき、位置に着いた。残りの距離《きょり》はたいしたことない。しっかり、ただまっすぐにけるんだ。わかってる。風で流されないように、しっかり、まっすぐだ。

「ハット！」

ボールが出た。高い。しかも、いつもより長い。マックスがどうにかキャッチして地面に固定してる間に、カートがせまってきた。まるでブルドーザーだ。残された時間は1秒、長くても2秒。ぼくはいつもよりすばやく足をふり上げ、カートはキックをブロックしようと、巨体《きょたい》をダイビングさせてた。

カートに気づいたマックスは、間一髪《かんいっぱつ》のところで、ボールをかかえこんだ。ボールがあるはずの場所で、ぼくの足は空を切り、カートのミットのような手と思いきり激突《げきとつ》した。一瞬《いっしゅん》のことだった。ぼくはカートともつれ合って地面に倒《たお》れた。カートの悲鳴がひびいた。目をやると、カートが手をかかえてた。指がヘンな方向に曲がってる。

「うわっ」ぼくは声をもらした。

カートはフィールドの外に出され、すぐに病院に運ばれた。指を2本骨折《こっせつ》してるっていってるのがきこえてきた。大黒柱を失ったバッジャーズは、総《そう》くずれになってしまった。時間がたつほどぼくらが優勢《ゆうせい》になり、終わってみたら、50対38。快勝《かいしょう》だった。時計が止まったとたん、クレマンズコーチが飛んできて、愉快《ゆかい》そうにぼくの腕《うで》をゆすった。

「やったな、ダニー。おまえは幸運のお守りだ。来週の決勝戦もまたおまえで行くぞ」

そういうと、コーチは祝いの輪に加わり、ぼくはベンチに座《すわ》りこんだ。
またって、コーチは、「三度目の正直」ってことわざ知らないのかな。

◇◇◇

車が1台もいないハイウェイは、進んでる気がしなかった。田園風景がつづく——丘《おか》と原野に、小さな町がキノコのかさのように寄《よ》せ集《あつ》まっている。地上にはダニエルとサラのほかに、いのちあるものの姿《すがた》はなかった。ただ、空を飛べる鳥たちは、地上に起きたことなど気にするようすもなく、頭上を羽ばたいていた。

サラは前方をにらみつけるように運転をつづけていた。目にはしっかりと光をたたえている。こんなサラは見たことがなかった。ダニエルの知っている学校でのサラは、内気で、近寄《ちかよ》りがたく、変わり者で、いつもひとりきり。たいていは校庭のすみで本を読んでいた。だが、いまダニエルの横にいるサラは、戦士だった。生き残った人間だった。

「ステーションって何？　知ってることあったら教えてよ」ダニエルはきいた。

サラは肩《かた》をすくめた。「あたしも、パパが話してるのを耳にしたくらい。パパは何も教えてくれなかった。パパたちが観察者って呼《よ》ばれてたこと以外に、それぞれのステーションはなんらかのやり方でリンクされてるってことは知ってる。『空間』は、ふつう、あたしたちの外側に広がってるって考えるけど、あたしたちの内側にもあるって、パパはいってた。たぶん、異次元《いじげん》のことだと思う。現実世界《げんじつせかい》と同時に存在《そんざい》してる別の世界」

「つまり、ぼくは内側にある別の世界の扉《とびら》を開けてしまったってこと？」

「そのとおり。あたしたち以外の全人類が別世界に吸《す》いこまれ、かわりに別の存在《そんざい》がこの世界に出現《しゅつげん》した」

「だけど、どうしてぼくらだけ？」

「わかりきってるじゃない。あたしたちは特別だから。ふつうの人たちとはちがう。で、あたしたちの任務《にんむ》は世界を元に戻《もど》すこと」

サラはいいよどんだ。

「それから、あたしね、パパをさがしたいんだ」

ふたりともしばらく無言のままでいた。「ぼくらふたりでみんなを救えると思う？」

「そうできればって思ってる。ニューヨークに着いたら――きゃっ！」

大木が投げこまれ、ダニエルたちは行く手をふさがれた。サラがブレーキペダルの上で足をつっぱった。ハイウェイを疾走《しっそう》していた車は、大木に向かって横すべりしていく。ふたりの悲鳴がひびくなか、車はわずか数センチのところでかろうじて止まった。ふたりは、目を見合わせた。

「何が起こっ——サラ!」

サラのむこうにやつがいた。闇夜《やみよ》のような黒い衛士《えじ》が。


指をキーボードの上で跳《は》ねさせてると、携帯《けいたい》が鳴りだし、ぼくはびっくりして椅子《いす》から転げ落ちそうになった。もう真夜中だった。ぼくは携帯《けいたい》を見て、顔をしかめた。サラからだ。

「もしもし」ぼくは、はっきりしない声を出した。

「寝《ね》てた?」

「いや」

「よかった。いま外にいるんだけど」

「えっ? どこ?」あわてて窓《まど》のほうを見た。

「ディズニーランド」サラが皮肉をいう。「なんてね。どこだと思う? ダニエルの家の前。明日まで待ってられなくて。あれ、きいたんだ。ダニエルにもきいてほしいんだけど、入っていい?」

ぼくはためらった。母さんが出たら、ややこしいことになる。

「いま行くから待って」

玄関《げんかん》のドアをそうっと開けて、サラを入れると、こっそり地下室に入った。サラはソファーにストンと座《すわ》り、携帯《けいたい》を置くと、ぼくにも座《すわ》るようにってうなずいてみせた。携帯《けいたい》の横に座《すわ》って、おそるおそる目をやった。

「これ？」

「きいて」

サラが再生《さいせい》をはじめ、ぼくらはだまって待った。足をするような音や動き回る音がする。テレビもついてる。アメフトの試合をしてるみたいだ。電話が鳴った。うなるような声がしたあと、重い足音がきこえた。

「もしもし」ぶっきらぼうなだみ声。ジョンだ。「元気だぜ。どうした？」

こんなふうにプライバシーを侵《おか》すことにはやっぱり抵抗《ていこう》を感じる。ぼくはサラを見た。サラは携帯《けいたい》をじっと見つめたままだ。

「それならいい。土曜は一日じゅうここにいるぜ。晩飯《ばんめし》を食いに出かけるけどな。ミッシェルのところだ……そうだ、まだこれからだ……わかってる。いろいろ事情《じじょう》があるんだよ。あいかわらずおかしな娘《むすめ》だ」

サラをちらっと見たけど、サラはぴくりとも動かなかった。

「知らねえよ。ミッシェルがいったんだ……病名が10もついてるんだと。まったくしゃべらねえんだ。あれじゃ幽霊《ゆうれい》と変わらねえ……ああ、そうだ。親父《おやじ》ゆずりなんだろう……知ってる。1年近くになるな」

サラはききもらすまいと身を前にかがめ、ぼくにもまねしろと身ぶりで示《しめ》した。ジョンの声がさらに低くなった。

「ああ。面倒《めんどう》だぜ、まったく。巻《ま》きこまれたくなかったんだが、ミッシェルにどうしてもっていわれちまってよ。そう、ミッシェルが頼《たの》んできたんだ。おれはほっとけっていったんだぜ。でも、ミッシェルにはわかってたんだな。娘《むすめ》が疑《うたが》いを持つって。親父《おやじ》にべったりだったんだろ。それで、おれがやった。うまくいったと思ったんだが、あやしくなってきやがった。ここんところ、娘《むすめ》の行動がどうもおかしくてな」

サラの手がまた震《ふる》えだし、ぼくは肝《きも》をつぶした。ジョン自身がいってるんだから、すべて事実だ。ジョンがサラのお父さんを殺した。しかもなんとも思ってない。草か何かを刈《か》りとったみたいに話してる。

「ミッシェルにはそれだけ価値《かち》があるってことだ。できたやつなんだ。ひでえことになっちまったぜ。だが、そうだな。土曜日にまた話すとしようぜ。ふたりで？……そいつはいいな。じゃあな」

電話は切れた。サラは再生《さいせい》を止めた。

「これで全部」サラが静かにいった。「これさえあれば」

「証拠《しょうこ》にはならないよ」ぼくはつぶやいた。「でも、サラのいってることを信じる。これからどうする？」

サラがぼくの目を見た。「ジョンをつかまえる。方法を考えよう」サラは立ち上がると階段《かいだん》へ向かった。「もう帰んなきゃ」

あれ？　サラはバックパックを背負《せお》ってたんだ。いま気がついた。サラにつづいて階段《かいだん》を上がり、玄関《げんかん》ポーチに出た。刺《さ》すように寒かった。セーターと寝間着《ねまき》ズボンだと震《ふる》えが止まらない。サラがふりむいた。

「2日前も夜遅《よるおそ》くにここに来たんだ。話をしたくて」

ぼくは顔をしかめた。「そうだったの？」

サラがうなずいた。「眠《ねむ》れなくて。ふたりで何か手がかりをつかめたらと思ったんだ」

「どうして電話してくれなかったの？」

サラはちょっとためらって、ぼくの部屋を見上げた。「寝《ね》るまでにどのくらい時間がかかる？」

とたんに、背筋《せすじ》にちがう寒気《さむけ》が走った。「なんでそんなこと？」

「ごめんなさい。すぐに帰るべきだった。カーテンが引かれてたし。ずっといたってわけじゃないんだよ。1時間くらい。ここから見てた」

言葉が出てこなかった。恥《は》ずかしくて、みじめで、怒《いか》りさえ感じてた。サラが手をのばして、ぼくの手をにぎろうとしたけど、ぼくは手を引っこめた。サラがつづけた。

「電灯がついたり消えたりしてた。ひっきりなしのときもあったし、しばらくそのままで、また点滅《てんめつ》がはじまるときもあった。あたしが帰るまでずっとつづいた。ベッドに入るまでにどれくらいかかってるの？」

不意に涙《なみだ》があふれてきて、ぼくは顔をそらした。「ちょっとだよ」

「つらい？」サラがそっときく。

すぐには答えられなかった。「毎晩《まいばん》死にそうになるんだ。気がヘンになりそうだ」

「なぜそうなるのか、知ってる？」

ぼくは首を横にふった。涙《なみだ》がこぼれた。恥《は》ずかしくて、顔から火が出てるみたいだった。急にひざに力が入らなくなった。このまま倒《たお》れてしまいたかった。ずっと隠《かく》してたのに、見られてしまった。

「なんのせいなのか、わからない」声がうわずった。「いい子でいなかったとかそんなことの罰《ばつ》かもしれない。善人《ぜんにん》じゃないからかもしれない。もしかしたら――」

サラが手をにぎった。ぼくは今度は引っこめなかった。「前にもいったけど、それはダニエルが非凡《ひぼん》だから。みんなとちがうって、楽なことじゃない」

顔がしわくちゃになるのがわかった。涙《なみだ》があとからあとから流れでてきた。

「ネットで調べたことはなかったんだよね？」

「調べるって何を？」

「だれかに打ち明けたりした？」

ぼくはまた首を横にふった。「みんなには知られたくない」

「そうだよね」サラはぼくの手を放すと、バックパックをおろした。ぼくが見つめる前で、サラは本を引っぱりだした。ちょっと考えてたみたいだったけど、それをぼくに渡《わた》した。

「これ読んでみて。あたしの医者の部屋から持ってきたんだ。よかったらだけど……明日電話してね」

サラはかけていった。ぼくは本に目をうつした。タイトルが涙《なみだ》でかすむ。

『OCD《オーシーディー》――強迫行為《きょうはくこうい》はどのように生活を支配《しはい》してしまうのか』

# 20

夜が明けるまで、ほとんどサラから渡《わた》された本を読んでた。明日が日曜日なのはありがたかった。寝《ね》たのは日がのぼってからだったから。一度読んで、また読み直し、「儀式《ぎしき》」をして数を数え、声を立てずに泣いた。とまどい、安堵《あんど》、疑《うたが》い……。感情《かんじょう》が一度にあふれてきて、目が涸《か》れ井戸《いど》みたいになってから、ようやくうとうとした。

本には、すべて書かれてた。最初のところから身に覚えがあった。

OCD《オーシーディー》（Obsessive-Compulsive《オブセッシブコンパルシブ》 Disorder《ディスオーダー》 強迫性障害《きょうはくせいしょうがい》）は、不安障害《ふあんしょうがい》のひとつです。原因《げんいん》は正確《せいかく》にはわかっていませんが、脳《のう》の扁桃体《へんとうたい》と呼《よ》ばれる部位の機能不全《きのうふぜん》によって引き起こされるとも考えられています。

強迫性障害《きょうはくせいしょうがい》の症状《しょうじょう》には大きくわけて2つの特徴《とくちょう》があります。「強迫観念《きょうはくかんねん》」と「強迫行為《きょうはくこうい》」です。これら強迫観念《きょうはくかんねん》と強迫行為《きょうはくこうい》にとらわれると、時間をうばわれたり、はなはだしい苦痛《くつう》にさいなまれたり、日常生活《にちじょうせいかつ》にさまざまな影響《えいきょう》が出たりします。また、患者《かんじゃ》さんは、強迫観念《きょうはくかんねん》・強迫行為《きょうはくこうい》が幸せでいられるか不幸になるかのかぎをにぎっているという思いにつきまとわれ、それが不合理な考えだとわかっていても、不可解《ふかかい》な解釈《かいしゃく》を生みだして自分を納得《なっとく》させようとします。

強迫観念《きょうはくかんねん》には、おもにつぎのようなものがあります。

・汚染《おせん》／洗浄《せんじょう》（細菌《さいきん》や病気への恐怖《きょうふ》）
・罪《つみ》（より大きな権力《けんりょく》を怒《おこ》らせることや、モラルに反した行為《こうい》への恐怖《きょうふ》）
・身体（死、窒息《ちっそく》、精神異常《せいしんいじょう》への恐怖《きょうふ》）
・責任《せきにん》（他の人に悪いことが起こる恐怖《きょうふ》）

こうした強迫観念《きょうはくかんねん》に襲《おそ》われた患者《かんじゃ》さんのほとんどは、不快《ふかい》で非常《ひじょう》につらい不安をやわらげるため、強迫行為《きょうはくこうい》をしようとします。儀式《ぎしき》と呼《よ》ぶこともあります。儀式《ぎしき》をすると、不安が一時的にうすらぎますが、すぐにまた不安になり、やめたいと思っても儀式《ぎしき》をくりかえすようになります。こうした悪循環《あくじゅんかん》がつづけばつづくほど、さらにひどい苦痛《くつう》にさいなまれるのです。

読み終えると寝転《ねころ》がって、書いてあったことについて考えた。ぼくはOCD《オーシーディー》をかかえてたんだ。納得《なっとく》がいった。おかしな行動をしてしまうのは、OCD《オーシーディー》が原因《げんいん》だったんだ。ザップが襲《おそ》ってくるのは、漠然《ばくぜん》と不安になったときだ。ぼくがしてしまうこと――数を数えたり「儀式《ぎしき》」をしたり――は、その不安を消そうとして、やってしまうんだ。ザップって勝手に呼《よ》んでたけど、強迫観念《きょうはくかんねん》って名前があったんだ。強迫観念《きょうはくかんねん》がぼくを何かせずにはいられない衝動《しょうどう》にかりたてる。実際《じっさい》にぼくがしてしまう行為《こうい》は、強迫行為《きょうはくこうい》っていうらしい。

人としゃべったり、アメフトをしてる最中にあまり襲《おそ》われないのは、漠然《ばくぜん》と不安になってるひまがないからかな。なるのは夜。それも消耗《しょうもう》してるときだ。「寝《ね》る前の儀式《ぎしき》」は強《きょう》迫行為《はくこうい》のひとつだ。ぼくが勝手に呼《よ》んでたほかのものにも名前があった。「崩壊《ほうかい》」は「パニック発作《ほっさ》」。「虚《うつ》ろの次元」は「現実感喪失《げんじつかんそうしつ》」っていうらしい。みんな書いてあった。

ぼくだけじゃなかった。OCD《オーシーディー》をかかえてるのは、ぼくだけじゃない。衝撃《しょうげき》だった。

身を起こして、「儀式《ぎしき》」をはじめた。3時間かかった。

目が覚めると、枕元《まくらもと》にある本が目に入った。ぼくはだれかに見られる前にベッドの下にすべりこませた。どう考えたらいいんだろう。ぼくだけじゃないと知って、どこかほっとしたけど、同時に、みんなとちがうって公式にいいわたされた気がした。サラと同じだ。

ぼくらはふつうじゃない。

ふつうの人から見れば、ぼくらはヘンなんだ。

ずっとみんなと同じようになることばかり考えてきた。夢見《ゆめみ》てきた。みんなと同じに見えるようにふるまい、ザップに襲《おそ》われてもとりつくろってきた。だけどいま、わかってしまった。ぼくはみんなと同じじゃなかったんだ。同じだったことがなかったんだ。

ベッドのはしっこに座《すわ》って両腕《りょううで》でひざをかかえながら、サラに電話した。サラは、すぐに出てくれた。待ってたみたいだ。

「いつから知ってたの？」ぼくはきいた。

「そうじゃないかなって思ったのは、２年前。ダンが、教室で教科書のページをめくってはまた戻《もど》って読むのをくりかえしてたとき。調べてみたのは、その夜」

ぼくは気づかずに爪《つめ》をほおにめりこませてた。「なぜいってくれなかったの？」

「いまみたいに話をしなかったし、ダンは本をたくさん読むから……てっきり知ってると思ってた」

「考えてもみなかった……ＯＣＤ《オーシーディー》だなんて。ぼくだけ特別なんだと思ってたし」

「あたしたちはいつだって特別ってことなんだよ。うれしくない？」

「うれしい？　特別なんだって思ってたけど、おかしいだけだったんだ」

サラが真剣《しんけん》な声になった。「ダンはたしかにOCD《オーシーディー》をかかえてる。だからって、ダンのすばらしさは変わらない。この世界にひとりだけの、特別な存在《そんざい》だよ」

沈黙《ちんもく》が流れた。

「このあと、散歩に行かない？」サラがきいた。

「いいよ」

「1時にダンの家の前の通りの角でね。じゃあ、あとで」

サラは電話を切ったけど、ぼくはしばらくそのまま座《すわ》ってた。サラのいってることは正しいのかな。

◇◇◇

出かける前に物語を少し書いた。ぼくがしてることで、ちゃんと意味をなしてるのはこれだけだ。物語のなかだったら、すべてをコントロールできる。ぼくの世界でぼくが作る物語だ。もし気に入らないことがあれば文章を削除《さくじょ》すれば、消えてなくなる。ふくらませることもできる。物語の世界のダニエルはふつうで、世界を救う。ぼくがなりたいダニエルだ。

一瞬《いっしゅん》早く、サラが反射的《はんしゃてき》にアクセルペダルをけりこみ、衛士《えじ》がのばした手はむなしく空をつかんだ。サラは急ハンドルを切って大木をまわりこみ、猛《もう》スピードで車を走らせた。ダニエルが後ろをふりかえると、衛士《えじ》が大木を跳《と》び越《こ》え、追いかけてきた。

今度は姿《すがた》がはっきり見えた。背《せ》は2メートルをはるかに超《こ》えている。ダニエルと同じくらい細い。ひざまである長い腕《うで》の先に、30センチはありそうなひょろ長い指。同様に長く細い顔に、切りこみを入れたような鼻孔《びこう》と口。巨大《きょだい》な目。すべてが闇《やみ》のように黒い。光を飲みほしながら歩きまわる原油のようだ。

そして、恐《おそ》ろしく俊敏《しゅんびん》だった。スピードを限界《げんかい》まで出している車を強烈《きょうれつ》な衝撃《しょうげき》が襲《おそ》った。衛士《えじ》が、タックルするようにからだをぶつけたのだ。後部バンパーがふっ飛んだ。

ダニエルは目を見開いて、サラを見た。「追いつかれた」

サラがうなずく。「あたしたちを狩《か》るつもりだよ」

「まだ着かないの？」

サラは時計を見て、それからダニエルを横目で見た。「あと7時間。ガソリンもたりない」

書いてたら、1時になった。イカレたダニエルになる時間だ。

◇◇◇

ぼくらは、町の北のやたらと広い原っぱへ行った。その先は真っ平らな小麦畑がどこまでも広がっていて、はるかかなたで空と溶《と》け合《あ》い、どっちがどっちだか見分けられなくなって、世界が消える。「消失点」っていったっけ——。

美術《びじゅつ》でよく使われる言葉だ。すべては消失点でひとつになる。その先は描《か》く必要がもうない。サラとぼくは消失点に向かって歩いた。もちろん、消失点には決してたどり着かない。ほかの人はみんな消えることができるのに、自分たちだけできないんだ。

あまり話もせず、ただ、歩いた。高い空の下にいると、ちっぽけだなって感じた。そのちっぽけさが、ふしぎに心地《ここち》いい。最後にこの原っぱに来たときの記憶《きおく》がよみがえってくる。

去年のことだ。担任《たんにん》はソーンダース先生。キーツ先生とは正反対で、新聞より生徒のほうが好きだった。

ぼくは気に入られてたと思う。ダニエルは半分秀才《しゅうさい》、半分変人ねと、ソーンダース先生はいってた。変人なんてひどいって思うかもしれないけど、先生はいい意味で使ってるってわかってたし、いってる意味は理解《りかい》できた。よく、週末のことを作文にする宿題が出て、ぼくは一度、中東地域《ちゅうとうちいき》の政情《せいじょう》と、現代政治《げんだいせいじ》における植民地主義《しょくみんちしゅぎ》が、いかにまだ関連してるかを書いた。

ときどき好奇心《こうきしん》をおさえられなくなるようですね。けれどこの作文はすばらしい。ヨーロッパの植民地主義者《しょくみんちしゅぎしゃ》たちが、土着の文化・風習の微妙《びみょう》なちがいを尊重《そんちょう》する必要を否定《ひてい》したことが、宗教《しゅうきょう》への配慮《はいりょ》を欠いた境界《きょうかい》を生みだしたことさえ、先生は知りませんでした。あなたが書いたものはいつも、緻密《ちみつ》で読み手を夢中《むちゅう》にさせます。

追伸《ついしん》　週末に、このことについて何か本を読んだということですか？　週末との関係がよくわかりません。でもすばらしいわ。

だれにもいわなかったけど、すごくうれしかった。作文を返してもらうとき、先生はにっこりして、「よく書けてるわ」と大きな声でいってくれて、顔が熱くなった。

授業《じゅぎょう》が終わって、廊下《ろうか》で教科書をしまおうとしてると、ブライアンがやってきた。アメフトチームのひとりだったけど、マックスとは仲がよくなかった。どっちかっていうと意地悪だった。ブライアンは、ぼくが手に持ってた教科書をはたき落とし、干《ほ》しブドウくらいの大きさしかない目で、にらみつけてきた。

「よお、教師《きょうし》のペット」ブライアンはせせら笑った。

ぼくは散らばった教科書を拾いはじめた。「いってる意味がわかんないんだけど」ぼくはぶつぶついった。「もし先生に気に入られてるっていいたいんなら、ぼくもそう願うよ」

ブライアンが教科書を廊下《ろうか》のむこうへけり飛ばした。

「おまえ、自分は頭が相当いいと思ってんだろ。ちがうかよ？」

みんなの目が集まってた。ライヤもいた。そのころからもうひかれてたから、姿《すがた》を見たときには顔から火が出そうになった。おもしろがって笑ってるやつもいた。

タージも笑ってた。廊下《ろうか》の先から見てたんだ。

「そんなこと思ってない」ぼくはいいながら、教科書をとろうとしゃがみこんだ。

ブライアンは、右足の靴《くつ》をぼくの肩《かた》にのせると、床《ゆか》にけり倒《たお》し、ぼくを見おろした。ぶちのめされると思った。「ふんっ、腰《こし》ぬけが」ブライアンがつばを吐《は》いた。「ゴマする以外なんにもできないくせに。せいぜい、表現《ひょうげん》に凝《こ》って、評価《ひょうか》Aに酔《よ》ってろ。それ以外、おまえにはなんにもないもんな」

また笑い声が起こった。べつに気分を害することじゃなかった。表現《ひょうげん》に凝《こ》ることも評価《ひょうか》Aも世界で最悪のものじゃないから。でも、ぼくは、それ以外のものを望んでた。ザップと「虚《うつ》ろの次元」に直面しない日はなく、夜は「儀式《ぎしき》」に何時間も費やし、ひとりぼっちで、涙《なみだ》を止めるすべもないぼくにとって、ブライアンの言葉はグサリと胸《むね》に刺《さ》さった。ブライアンの目には、いいようのない憎悪《ぞうお》がたぎってた。どうしてなのか、そのときは理解《りかい》できなかった。ブライアンのお母さんは家を出ていき、お父さんは酒びたりで、お兄さんは服役中《ふくえきちゅう》だとわかったのは、あとになってからだ。家がそんなふうだったら、ブライアンの目が憎悪《ぞうお》に満ちても、だれにも責《せ》められない。けれどその日は、その憎悪《ぞうお》がぼくに向けられ、涙《なみだ》がこみ上げてきた。幸い、マックスがかけつけて、ブライアンをつき飛ばし、相手になるぞっておどしたので、騒《さわ》ぎは幕引《まくひ》きになった。

ぼくはあわてて教科書を集めると、マックスにお礼をいって、その場からかけだした。笑い声がしつこく追いかけてきた。走って走って、ぼくはこの原っぱに来た。ひとりになりたかったから。日が沈《しず》み、暗闇《くらやみ》がぼくをおびえさせるまで、ここに座《すわ》ってた。

◇◇◇

「何を考えてるの？」サラがきいた。

「何も」

「ここ、あたしのお気に入りの場所なの」サラはほほえんで、原っぱを見わたした。

「ひとりになれるから？」

「完全にひとりだって想像《そうぞう》することができるから」サラが訂正《ていせい》した。

ぼくはサラに目をやった。「ひとりになれたら、何する？」

サラは肩《かた》をすくめる。「そうだなあ、タイムズスクエアに出かけて、ストリートダンスをする。それか、エンパイアステートビルのてっぺんにのぼって、寝転《ねころ》がって星をながめる。ロンドンとデリーとリオを見てまわる。富豪《ふごう》の邸宅街《ていたくがい》をぶらぶらして、お金持ち気分を味わうのもいいかも」

「何それ、ヘンだよ」

「いいと思わない？」サラは夢《ゆめ》を見るようにいう。「自由を想像《そうぞう》してるんだよ」

サラの声にちょっとどぎまぎした。サラはほんとに幸せそうだった。

「ジョンと録音のこと、お母さんに話した？」ぼくは慎重《しんちょう》にたずねた。

「もちろん、話さない。前はしゃべりたくなかっただけだけど、いまは大っきらい。あいつをつかまえたら、ママだって無事じゃすまなくなる。あたしと暮《く》らせなくなってもなんとも思わないだろうけど。むしろ、早くそうなりたいって思ってるよ。きっと」

「そんなことないと思う」

サラは肩《かた》をすくめた。「前にもいったけど、おかしな子どもを持つって、楽なことじゃないんだよ。補助教員《ほじょきょういん》の費用もかかるし、パパとママ、あたしのことでよくけんかしてた。あたしが食卓《しょくたく》に着いて何も話さないでいると、パパとママ、気まずくなっていくの。ときどきだけど、この子がいなければってママが思ってるのが、顔を見ただけでわかったし。あたしに死んでほしいとか、あたしを殺したいとかそういうんじゃなくて、ただ、いなければいいのにって思ってる。パパはちがった」

「なんていうか、その……どういえばいいのかわからない」

「気をつかわなくていいよ。人って、いちばん楽なことを望んじゃうの。だから、ダンは100回もくりかえし何かに触《さわ》ってしまう。意味がないってわかっていても」サラは言葉を切った。「あたしも、あの本読んだんだ」

ぼくらは歩きつづけた。きょうのサラはベースボールキャップをかぶり、ポニーテールにした髪《かみ》を帽子《ぼうし》の後ろから出して、重そうなコートであごまですっぽり身をつつんでた。ぼくももう少しあたたかい服にすればよかった——寒くて耳が痛《いた》かった。

「いまのあたしって、いつも以上にイカレてるかな？」サラがちらっとぼくを見た。

「いいや。いつもと同じくらいだ」

サラが声を立てて笑った。「いうことなしだね。ところで、OCD《オーシーディー》だけど、これからどうしようと思ってる？」

「わからない。治療《ちりょう》できるし、いろいろ方法があるって書いてあったけど、だれにも知られたくないんだ」

「どうして?」

「まわりの目とか態度《たいど》が変わっちゃうから。経験《けいけん》あるよね」

サラはため息をついて、空と大地がひとつになってるかなたに目をやった。それから、「そうだね」といってぼくをちらっと見た。「あたしは変わらないよ。あたし、水曜日に治《ち》療《りょう》を受けてるの。グループセラピー。だれでも参加できる。不安障害《ふあんしょうがい》をかかえる人のために開かれてるんだ」

ぼくは首を横にふった。「まだ心の準備《じゅんび》ができてない」

「いい人たちばかりだよ。あたしたちと同じで、ちょっとおかしなところがあるだけ」

「おかしいって思われたくないよ」ぼくはむっつりといった。

サラは肩《かた》をすくめた。「無理にはすすめないけど。もし気持ちが変わったら、毎週水曜日だから」

そのあと、しばらくだまったまま、ぼくらは歩いた。

「ジョンのことだけど、どうする?」ぼくは話題を変えたくてきいた。

サラは考えながらいった。「いろいろわかったけど、まだじゅうぶんじゃない。武器《ぶき》があったほうがいいかもしれない。ほかには、そうね……」サラは思案した。「パパを見つけてあげないと」

寒気《さむけ》が走った。「それって――」

「パパを見つけなくちゃいけない」サラは淡々《たんたん》といった。「いま訴《うった》えても、殺人があったって証明《しょうめい》できない」

「っていっても、どうやってつきとめるの？」

「わからない。でもしなくちゃいけない」サラがふりむいた。「これまで以上に危険《きけん》になる。もしぬけたいなら、かまわないよ。すごく力になってくれたもの。ほんとに感謝《かんしゃ》してる。じゅうぶんだよ」

ごめん、ぬける、っていいたい。でも、ぼくにはできない。わかってる。

「とりあえず、計画を練ろうか」

サラは笑顔になった。「ありがとう。あたしが何してるかなって気になったりする？」

「もちろん、するけど」

とつぜん、サラがかけだした。ぼくはその場につっ立ったまま、あっけにとられてた。

腰《こし》のあたりまである草のなかを、サラは全速力でかけていく。緑の海を泳いでるみたいだ。

ポニーテールが跳《は》ねまわる。

「サラ！」

ぼくは叫《さけ》んでかけだした。サラのあとを追いかける。サラはすごく速い。

原っぱのどまんなかで、サラはやっと走るのをやめ、笑い声をあげながら、ひざに手を着いた。

「どうしたのさ？」ぼくは、やっと追いついて、からだを折り曲げた。足がつりかけてる。

サラが笑っていった。「ほら、ほんとは、こんなに自由なんだよ」

ぼくはあきれて首を横にふったけど、ふたりとも声をあげて笑いながら、空をあおいだ。

「あのね……あたし、ダニエルのこと、好きだったんだ」

「ほんとに？」

「うん。2、3年前にね、ダニエルって変わっていて、でもそこが最高にいい感じって」

からだがザワッとした。「なんでそんなこと、いまいうの？」

サラは肩《かた》をすくめた。「そうしたくなったの。だれにもいってない。知ってるよね、あたし、だれともしゃべらないから」

「そうだね」

「気にしないで。ライヤを好きなのは知ってるから。あたしも好きな人いるし」

「だれ？」

サラが顔をしかめた。「ダニエルは知らなくていいの。さ、帰ろう。もう、おかしなことをしないようにやってみる」

「うん、いいね」

サラはぼくの手をとって、引っぱった。

「行こう。殺人事件《さつじんじけん》が待ってる。集中力だよ、ダン」

ぼくらは道路まで戻《もど》っていった。サラ・モルヴァンって、やっぱりよくわからない。

# 21

OCD《オーシーディー》をかかえてるってことがわかったんだから、漠然《ばくぜん》と不安になることも減《へ》るんじゃないかってちょっと思った。ぼくはいま歯をみがきながら鏡の前に立ってた。「儀式《ぎしき》」をやめることだってできるはずだ。何回だろうと気にせずに歯をみがき、歯ブラシを置けばいい。

鏡に映《うつ》ったぼくをじっと見る。自分の目を見つめる。瞳《ひとみ》をのぞくと魂《たましい》が見えるそうだ。瞳《ひとみ》の奥《おく》にぼくの魂《たましい》がちゃんとあって、ぼくの心をつかさどってることをたしかめたかった。魂《たましい》が存在《そんざい》するって確信《かくしん》してるわけじゃないけど、存在《そんざい》してほしい。そうでないなら、脳《のう》のなかの機能不全《きのうふぜん》を起こしてるって部位がばかなことをするのを終わりにしてほしい。

歯ブラシを置いたときだった。ザップが襲《おそ》ってきた。からだの内側が硬直《こうちょく》していき、首《くび》筋《すじ》がチクチクしはじめた。頭のなかで声がした。**「歯みがきはそれでいいのか。息が苦しい。このまま眠《ねむ》ったら死んでしまうかもしれない」**と。硬直《こうちょく》がさらに強まり、ぼくは「寝《ね》る前の儀式《ぎしき》」のとおりに歯をみがいた。

自分が自分の囚人《しゅうじん》になるって、笑っちゃうよね。自分で自分をいじめる。怖《こわ》がらせてるのも自分で、怖《こわ》がってるのも自分。とまどってるのも自分なら、とまどわせてるのも自分だなんて。けっきょく、ぼくはさらに20分歯をみがき、終えたときには歯ぐきがまた血だらけになってた。

トイレに30分。電灯を消すまでに1時間。それからようやくベッドに入って、天井《てんじょう》を見つめた。精神的障害《せいしんてきしょうがい》ってなんなのだろう。何かが壊《こわ》れたのかな。障害《しょうがい》をかかえるのは理由がある？　ぼくはスター・チャイルドなのかも。特別なのかもしれない。

でも、眠《ねむ》るときには、ぼくはまた泣いてた。特別だとはちっとも感じられなかった。

◇◇◇

月曜日の学校ではふしぎなことがつづいた。ダージは、「神様・ダン」と呼《よ》び、チームメイトたちはぼくの肩《かた》をゆすり、「決勝にも勝ってチャンピオンになるぞ！」と、一日じゅう叫《さけ》んでた。うれしかったけど、ちょっとうっとうしかった。何もかも先週までとちがう気がした。

休み時間にトイレに行ったとき、ばったりサラと会った。補助教員《ほじょきょういん》のレッキーさんも、ぼくらが話をするってもう知ってるから、ぼくにほほえむと、携帯《けいたい》をとりだした。サラがそばで立ち止まった。

「あたしがしゃべるなんて、すごく特別な人なんだねっていってるよ」サラがいった。

「うわっ。それでなんて答えた？」ぼくは顔が赤くなった。

「うなずいたよ。きのうの散歩、楽しかった」

「ぼくもだ」

サラが少し身を寄《よ》せていった。「計画を思いついたよ」

びっくりしてサラを見た。「もう？」

「時間ならいっぱいあるから。今度の日曜ってつごうつく？」

「たぶん」

サラはニコッとした。「よかった。数学も楽しんでね」

「ありがと」ぼくはつぶやいた。

サラは、立ち止まってなどいなかったかのように歩いていき、レッキーさんがあわてて追いかけていった。

ライヤも妙《みょう》だった。授業《じゅぎょう》が全部終わり、ぼくは、アメフトのロッカールームに向かった。ぼくらは毎日練習してるんだ。チャンピオン戦は土曜日。エリーヒルズ・エレファンツは、州チャンピオンになったことがなかったから、決勝戦はだれにとっても一大事みたいだ。ぼく以外は。きょうは21回背中《せなか》をたたかれ、チームのみんなとは、2年間で話したことを全部合わせたよりもたくさん言葉をかわした。

「ハーイ！」後ろからききなれた声がして、ぼくはふりかえった。

ライヤがかけよってきた。笑顔がどこかぎこちない。白いブラウスに、首に巻《ま》いた虹色《にじいろ》のショールを幅《はば》の広い革《かわ》のベルトまでたらしてた。なぜなんだろう、ライヤを見ると、すぐに服に目が行ってしまう。服から、ライヤの気分や考えてることを探《さぐ》ろうとしてるのかもしれない。きょうのライヤは、理由はわからないけど外見にとても気をつかってる気がする。とびきりおしゃれで、髪《かみ》も決まってた。

「ハイ！」ぼくは答えた。胃がいつもどおりにくねりはじめた。

ライヤは立ち止まると、手をポケットに入れた。「きょうはあまり話をしなかったね」

これって質問《しつもん》なのかな？「そうだね。チームのみんなが集まってたから」

ライヤはほほえんだ。「すっかりチームの一員だね」

「決勝でキックをミスって、試合をぶち壊《こわ》しちゃうまではね」

「そんなことにはならないよ」

会話がとぎれた。何かいわなくちゃいけないのか？　考えろ、ダニエル！

ライヤが先に口を開いた。「ところで、パパね、わたしたちがキスしてるの見ちゃって、あまりおもしろくなかったんだ」

「うわあ」ほおが赤くなるのがわかる。

「ダニエルをなぐるとかそういうつもりはなくて、どんな人なのか知りたいみたい」

「ぼくの住所を教えたの？」

ライヤが笑った。「殺し屋じゃないんだから。あれはゲームだっていったし、ダニエルって名前とかもちゃんと話した。くだらない人じゃないし、ほんとにとまどってたって」

「全部そのとおりだよ」

「とにかく、パパは、家に来ることや、話したり、いっしょに出かけたりするのを禁《きん》じたりはしないっていってくれたの」

それってどういうことだ？　話をつなぎ合わせろ。整理しろ。頭をフル回転させたけど、だめだ、処理《しょり》が追いつかない。

「それなら、ライヤはぼくが不良になってお父さんと反目してる夢《ゆめ》を見なくてすむね。よかった」

何いってんだ、ぼくは。ライヤがふきだし、手をのばして、ぼくの腕《うで》に触《ふ》れた。

「うん。ダニエルは、ずっとまじめな人でいなくちゃいけないけど。でも、もう、わたしといっしょにいることをゆるしてもらったし。よかった」ライヤがあわてて手をポケットに戻《もど》した。マックスがこっちを見て、にやにやしてた。

「うん」ぼくはよくわからないままいった。

「じゃあ、また明日、ダン」ライヤを見送りながら、ぼくはものすごく困惑《こんわく》してた。

マックスがそばに来て、いつもの訳知《わけし》り顔《がお》をにやつかせた。「消火栓《しょうかせん》みたいに赤いぞ」

「女の子って、ぼくにはわからない」

マックスは声をあげて笑い、ロッカールームのほうへぼくを押《お》した。「練習行こうぜ」

◇◇◇

「どうした？」クレマンズコーチがきいた。「15ヤードだぞ、ダン。たったの15ヤードなんだぞ！」

ぼくは肩《かた》をすくめた。「ぼくはいいキッカーじゃありません、コーチ」

「おれがやります」ケビンが志願《しがん》した。ケビンが復帰《ふっき》したのに、いまは交代でキックしてる。ケビンはケガが完治してなくても、ぼくより多く決めた。ケビンが出たほうがいいと、ケビンとぼくがいくらいっても、コーチは、いまやぼくが幸運のお守りだと信じこんでいて、決勝もぼくを試合に出すつもりだった。

「集中できてないだけだ。集中しろ」クレマンズコーチがいった。

チャンピオン戦がはじまってから、コーチは5歳《さい》くらい年をとったみたいだった。ごわごわの口ひげにまじる白髪《しらが》が2倍になってる。コーチってそういうものかもしれないけど、きっとずっとストレスを感じてるんだ。こめかみの血管が、いまにも破裂《はれつ》しそうで心配だった。

「ランニングだ！　グラウンド5周。まだまだ練習するぞ」

ブーイングが起き、ぼくは意気消沈《いきしょうちん》したままトラックを走った。ケビンがとなりに来て、ぼくをにらんだ。ものすごく不機嫌《ふきげん》だ。

「おれがけるべきだ」

「そう思うよ」

「おまえは、おれのポジションを盗《と》った」

ケビンに顔を向けた。「返すよ」

「からかうな」

「まじめだよ。ぼくは試合に出たくないんだ。給水係に戻《もど》れたほうが幸せだよ」

ケビンはうなり声をあげ、先に走っていった。ぼくは追いかけなかった。ほんとに試合に出たくないのに、いくらいっても、ここにいるみんなはだれも信じようとしない。ケビンは、どんなことをしても、ぼくを追いだそうとするだろうな。ケビンには近づかないようにしよう。試合に出るのもいやだけど、ぼこぼこにされるのもいやだ。

ぼくらがランニングしてる間、コーチはアシスタントコーチと作戦を見直してた。顔を真っ赤にし、つばを飛ばしてどなってる。頭のなかがアメフトのことだけって、どうなんだろう。練習が終わったあとのことは、どうでもいいのかな。

「地獄《じごく》の練習だな」マックスが横に来ていった。

「ほんとに」

「おまえはうまくやれる。前の2試合ともやれたんだ。あと1試合だ」

ぼくは顔をしかめた。「そうだね。お父さんは――」

「ああ、来るぜ。きのうの夜電話した。決勝を見のがすつもりはないっていってた」マックスはこぶしをにぎりしめた。今週もずっと、アメフトにとりつかれたままなんだろうな。

「ぼくらが勝つよ」ぼくはいった。

マックスがにこりとした。「それでこそだ。ところで、さっそくファンができたのかよ」

マックスの視線《しせん》を追うとサラがいた。学校側からぼくらを見てた。

「女の子のファンが早くも2人って、ほんとにダニエルか？　どうなってんだ、ダン？」

ぼくはあきらめ顔で首を横にふった。「ぼくにもわからない」

# 22

練習のあと、サラに会った。サラのお母さんが迎《むか》えに来るのが遅《おく》れたので、練習を見てたと、サラはいった。ぼくらは正面玄関《しょうめんげんかん》まで戻《もど》って、お母さんの車を待った。チームメイトたちに、にやにやされたり、妙《みょう》な顔を向けられたりしたけど、ずっとサラといっしょにいた。練習で疲《つか》れきってたから、クールかどうかなんて、どうでもよかった。

ふたりで縁石《えんせき》に腰《こし》をおろし、夕日が沈《しず》んでいくのを見つめた。

「ほんとは、ママの車に乗るのもいや。理由は知ってると思うけど」サラがいった。「でも歩いて帰れる距離《きょり》じゃないし。あいつの罪《つみ》を暴《あば》いたら、ママもただじゃすまないから、学校のこととか、いろいろ考えなきゃいけなくなると思う」

ぼくはためらった。「どうなるの?」

「よくわからない。あたし、まだ13歳《さい》だから、おじいちゃんとおばあちゃんが監護者《かんごしゃ》として引きとることになる。おじいちゃんとおばあちゃんが望んでるかどうかわからない。やさしいけど、あたしといっしょにいたいかどうかは、また別の話だから。里子《さとご》とかそういうことになるかもしれない」

トム・ダントが車で帰っていく。眉《まゆ》を上げてこっちを見てる。

「きっと、お母さんは関係ないよ」

「そうであってほしい。でもそうは思えない。ママはパパとよくけんかしてたし」

サラにちらっと目をやった。「サラのことでだよね？」

「それもあるけど、ほかにもいろいろ。ママがいくらかせいでるとか、家をあけすぎるとか、ときどきはパパのお酒のことでも。パパはお酒に頼《たよ》っちゃうときがあったんだ。でもね、最高のパパだった。ほんとだよ」

「お父さんがお酒を飲むって、はじめてきいた」

サラは肩《かた》をすくめた。「手がつけられなくなるとか、そういうんじゃなかったから」

「お父さんがだまって家を出ていったりしないってのは、サラが信じてることだよね？」

あまりいいたくなかったけど、いわなきゃいけないと思った。

サラがぼくを見た。緑の瞳《ひとみ》がするどく光った。「そう」冷ややかにいう。「集めた証拠《しょうこ》を見たって、パパはそんなことしてないってわかる。パパはあたしを愛してたんだよ、ダン。毎晩《まいばん》部屋に来て本を読んでくれた。寝《ね》かしつけてくれた。愛してるよっていってくれた。

パパはあたしを置いていったりしない。ぜったいしない。いまさらそんなことを考えてるのなら、どうして、あたしに力を貸《か》したの？」

悲痛《ひつう》な声。こんな声を出させてしまうつもりはなかった。「ごめん」ぼくはいった。

サラは首を横にふっただけで、何もいわなかった。ぼくらは無言のまま座《すわ》ってた。生徒はみんな帰り、最後にクレマンズコーチが通りかかった。顔に、こいつは、何してるんだ？　早く帰ってフォーメーションでも勉強しろ、って書いてあった。

「パパに会いたい」

「わかるよ」

「あたしを置いて出ていったんじゃないよ、ダン。パパは知ってたんだよ……あたしの状《じょう》態《たい》を。パニック発作《ほっさ》のことも、うつ病のことも。パパはあたしを見捨《みす》てたりはしない」

「サラを信じる」サラのひざに手を置くと、サラの足がピクッとし、ぼくは手を引っこめた。

「ごめん」サラがつぶやいた。「触《ふ》れられるのに慣《な》れてなくて。そうだ、これ見て」サラは携帯《けいたい》をとりだし、フォトギャラリーを開いた。サラとお父さんの写真だった。スクロールがいつまでもつづく。ビーチで、ハイキングで。夕食のパーティーで。ソファーにいっしょに座《すわ》って。そして、ハグしてるサラとお父さん――サラはお父《とう》さん似《に》だ。緑色の瞳《ひとみ》も、黒い髪《かみ》も。お父さんはどの写真も笑顔だった。楽しそうにサラの肩《かた》に腕《うで》を回してた。

「お父さんとはよく話をした？」ぼくは静かにきいた。

「ダンとしゃべるようになるまで、あたしが話すのは世界でパパひとりだった」サラが小さな声でいった。

ぼくはうなずいた。「お父さん、幸せそうだ」

サラが悲しそうにほほえんだ。「パパは幸せだった。ひとりで出ていったりしない」

ぼくはうなずいた。「そうだね。でも、殺されたって証拠《しょうこ》がない。お父さんを探《さが》さなくちゃいけないっていったよね」

「うん……考えがあるの」

「こういうのって、危険《きけん》なことになるのがふつうなんだけど」

「これからすることも、たぶん例外じゃない」サラがいった。

ぼくはため息をついた。「だと思った」

不意に青い車が駐車場《ちゅうしゃじょう》に入ってきた。サラのお母さんだ。お母さんはぼくに手をふり、サラは露骨《ろこつ》にいやな顔をした。

「乗っていく？」

ぼくは首を横にふった。「歩くよ。風に当たりたいし」

正直いうと、お母さんといっしょに乗りたくなかったんだ。ぼくらはお母さんとボーイフレンドを殺人の罪《つみ》でつかまえようとしてるんだから。

「わかった」サラはいった。「また明日」

「バイバイ」

サラたちの車は見えなくなり、ぼくはひとり歩いて家に帰った。

◇◇◇

父さんが仕事から早く帰れたので、家族全員での夕食になった。兄さんはもちろんそんなことしたくなかったんだろうけど、父さんがいたら、どっちにしろテーブルに着かなきゃいけなかった。ふだん、土曜の夜にしか出てこないピザまであった。月曜日としては異例《いれい》だ。

母さんがエマにきいた。「きょうはどうだった？」

エマは肩《かた》をすくめた。「まあまあ。テストがあった」

「どうせAだろ？」兄さんがそっけなくきく。

「たぶん」エマがいう。

「スティーブ、おまえはどうなんだ？」父さんがきいた。

「いい日だった」

「父さんがきいたのは、成績《せいせき》のことよ」と、母さん。

「テストはなかった。赤点もとってない」

「努力してるみたいないい方だな」父さんが冷ややかにいった。

「ダンは？」母さんがきいてきた。

「よかったよ」

「練習はどうだ？」父さんがきく。

「いつもどおり。ミスの山を築《きず》いて、コーチにどなられた」

兄さんがカカカッと笑った。

「大事な試合だぞ」父さんがいう。「おまえに必要なのは――」

「集中力」父さんより先にいった。「わかってる」

父さんがうなずいて、ピザをつまんだ。エマはぼくのとなりでチーズをネズミのようにかじってる。兄さんは向かい側でピザの残りをオオカミのようにがつがつ食べてる。母さんがこっちを見た。ぼくは、テーブルの上で牛乳《ぎゅうにゅう》のコップを前に出したり引っこめたりしてた手を止めた。8回くりかえしてた。あと2回しなきゃいけなかったけど、母さんの目がほかに向くまで待った。母さんがよそを見るとすぐ、ぼくはコップを2回動かし、どうにか不安を消した。その間、皿にとったピザは手つかずだった。ザップが来て最初になくなるのは食欲《しょくよく》なんだ。

「からだの調子はどう？　どこか悪いところはない？」母さんにきかれた。声の調子が少しちがってる。牛乳《ぎゅうにゅう》のコップを動かしてるのを見られたのかな？　母さんにはほんとに些《さ》細《さい》なことまで気づかれてると思うことがある。確信《かくしん》はないけど。

「どこも悪くないよ」

母さんはうなずいた。「よく眠《ねむ》れてるの？　昨夜はずっと起きてたようだけど」

顔が熱くなっていく。食事どころじゃなくなった。「ちょっと落ち着かなかっただけ」

母さんはしばらくぼくを見つめた。どうして、みんなのいる前できくんだろ？

「ところで、サラは？」

母さんをちらっと見て目をそらした。「元気だけど……」

「最近家に来ないわね。まだ会ったりしてるの？」

エマの顔にも、知りたいって書いてある。父さんも興《きょう》味《み》津《しん》々《しん》みたいだ。

「うん。ときどき」ぼくはいった。

「会って何してんだ？」兄さんが口いっぱいにピザをほおばりながらきいた。

「スティーブ！　食べるか話すかどっちかにしなさい」母さんがいった。「だけど、ほんとに何してるの？　あの子……話をするの？」

ため息が出た。「何かきいたの？」

母さんはとぼけた。「ちょっと知り合いからね。あの子は、その……無口だって」

「頭がおかしいってきいてるぜ」兄さんがいった。

ふだんは、口答えしたりはしないってことに決めてる。兄さんにはとくに。ぼくより大きいし、年上だし、おっかないし。だけど、いまは頭に来た。がまんできなかった。

「おかしくなんかない！」ぼくは声を荒《あら》げた。

兄さんはもちろんひるんだりしなかった。「サイコ・サラって呼《よ》ばれてんだろ」

「そんなふうにいうの、よくないよ」エマが小声でいった。

兄さんをしからないといけないけど、ぼくにほんとかどうかききたくて、母さんはこまってるみたいだったから、ぼくは疑問《ぎもん》に答えることに決めた。

「サラは口を開きたがらないから、そう呼《よ》ぶやつもいる。それがなんでサラのせいなんだよ。そんな名前をつけられるほうが悪いっていう？　笑われるようなことをしてるのは、人をばかにするあだ名を勝手につけて、ひまをつぶしてるやつらのほうだ。知らないだろうけど、実際《じっさい》サラは天才だから」

父さんと母さんは驚《おどろ》いて顔を見合わせた。ぼくだってびっくりしてた。

「ごちそうさま。もう行っていい？」

母さんはうなずいた。「もちろんよ。スティーブ、いうことがあるでしょ」

「悪かった」兄さんは素直《すなお》にいった。

ぼくはピザを皿にそのまんま残して、部屋にかけ上がると、ドアをしめ、ベッドに身を投げだした。顔や首の後ろがまだかっかしてた。あんな言葉、どこから出てきたんだろう？　サイコ・サラって呼《よ》ばれてることくらい知ってる。ぼくとサラが最近よくいっしょにいることだって、たぶんいろいろいわれてるはずだ。でも、べつにかまわない。どうしてだかわからないけど、ぼくはサラを守らなきゃって思った。サラが、ありのままのサラをぼくに見せてくれたように、今度はぼくがサラを守るんだ。頼《たの》まれてするんじゃない。

とつぜん、別の思いが浮《う》かんだ。ぼくはサラ・モルヴァンのことが好きなんだろうか？ばかばかしい。好きなのはライヤだ。クールで、まともで、人気があるライヤ・シンのはずだ。何を望んでるのかをいつも思いださせてくれるんだ――ふつうになりたいってことを。サラは、ぼくがのがれたい世界じゃないのか。サラは、心がいうことをきかなくなるイカレた世界を知っていて、ふたりで殺人の調査《ちょうさ》をしていて、物語ではダニエルのパートナーだ。

ライヤを好きでいたかった。あの世界はうんざりだった。天井《てんじょう》のしっくい模様《もよう》を見つめる。だけど、そこに見えたのは、ライヤの顔じゃなかった。

寝《ね》る前にもう何章か、物語のつづきを書いた。やっと調子がつかめてきた。回想シーンやキャラクターをふくらませるためのシーン、たとえば、ダニエルがお母さんと口論《こうろん》になった日のこととか、おじいちゃんが死んだ日のこととかを書いてから、ガソリンスタンドのシーンを書いた。

◇◇◇

ふたりはハイウェイぞいにぽつんと立つガソリンスタンドに入った。真昼なのにうす暗く、店のネオンサインはくっきり見えた。サラは、スタンドの正面に車を着けた。

「あたしが給油する。ダニエルは、まわりを見てきて」

「別行動?」ダニエルはか細い声を出した。

「怖《こわ》い?」

「だいじょうぶ」ダニエルはため息をついた。

ダニエルはバットをにぎりしめ、建物に近づいた。窓《まど》からなかをのぞく。人の気配はない。足音を立てないように気をつけ、車のほうをチラチラふりかえりながら、建物のまわりを調べる。

「サラ、まだ終わらない？」ダニエルは、たまらなくなって叫《さけ》んだ。

「はじめてもいないよ」

「そう」

トイレが目に入ると、ダニエルは不意に用をたしたくなった。サラのようすを横目で見る。給油を終えるまでに、トイレに行くくらいの時間はありそうだ。ドアは開きっぱなしだった。何もいないことをたしかめると、ダニエルはトイレに入りドアをしめた。

用をたし、手を洗《あら》い、一方の手にバットをだらりと持ち、もう一方の手でドアを開けた。とつぜん、目の前が暗くなった。衛士《えじ》がおおいかぶさるように立ってた。まがまがしい虚《うつ》ろで巨大《きょだい》な黒い目がダニエルをとらえると、衛士《えじ》は腕《うで》をふり上げた。

かぎ爪《づめ》をそのままダニエルの頭にふりおろすつもりだ。

恐怖《きょうふ》で、ダニエルの手からバットが落ちた。動けない。

そのときだった。ロングハンマーがダニエルをかすめ、衛士《えじ》の頭を直撃《ちょくげき》した。ブオオーン。ごう音とともに青い電光が飛び散り、衛士《えじ》は駐車場《ちゅうしゃじょう》の奥《おく》の林へにげていった。

「早く」サラがダニエルを急がせる。

ダニエルたちが車にかけこみ、エンジンをかけたとたん、衛士《えじ》が２人、エンジン音に引きよせられるようにせまってきた。サラがアクセルを床《ゆか》まで踏《ふ》み、車は道路へ飛びだした。

ダニエルは、目を丸くしてサラを見た。

「クロッケーのスティックじゃないっていったでしょ。あと、トイレはできるだけがまんして。目的地に着きもしないうちに、トイレで殺されたんじゃ、世界は救えない」サラはほほえんだ。

◇◇◇

決勝戦の日は、晴れすぎてまぶしいくらいだった。キックにはうってつけだ。ミスしても天気のせいにはできない。母さんが部屋に来てカーテンを勢《いきお》いよく開け、ぼくはからだを起こした。

「いよいよね」

そういい残して母さんは出ていった。ベッドから出たくない。もっともらしい欠場理由ってないかな。インフルエンザは？　きっとだれも信じない。わざとケガをするのは？　玄関《げんかん》ポーチで転ぶとか。

朝食は、シリアル3口で終わった。3口目のシリアルはおかゆみたいにどろんとしてた。

洗面所《せんめんじょ》に行き、吐《は》くんじゃないかって、便器を見てた。吐《は》くことはなかったけど、鏡に映《うつ》った顔は、いつにもまして青白い。インフルエンザっていっても、信じてもらえそうだ。寝《ね》ぐせで跳《は》ねてる髪《かみ》をベースボールキャップで押《お》さえつけた。父さんがとっくに用意をすませて待ってた。

「準備《じゅんび》できたか？」父さんは、めずらしくぼくの背中《せなか》をたたいた。

「うん」ぼくはぼそっといった。

「緊張《きんちょう》してるくらいが、ちょうどいいんだ」父さんはニカッと笑ってみせた。

ぼくは弱々しい笑顔を作って、父さんの車に乗った。あれ？　玄関《げんかん》ポーチをすぎちゃってる。転ぶ予定だったのに。またプレーしなくちゃいけない。しかも決勝戦。ねじれた胃がもう1回転ねじれた。父さんは、プレーがどうの、風がどうの、日射《ひざ》しがどうのとか話してた。でも、なんだか、ドラマか何かの演技《えんぎ》のようだ。父さん、ぼくは、きょうこそ試合をぶち壊《こわ》してしまうよ。まちがいない。時間の問題だ。

対戦相手は、〝ロカンビル・レイブンズ〟。選手たちはもう、フィールドに出てウォーミングアップをしてる。レイブンズは、カラスって意味だけど、その名のとおり、全身黒ずくめ。背筋《せすじ》が寒くなった。亡霊《ぼうれい》か何かのチームと戦うみたい。不吉《ふきつ》だ。

気がついたら、キックオフのホイッスルが鳴っていて、ぼくは、待ちかまえるレイブンズに向かって、思いっきりボールをけってた。うまくいった。ベンチに戻《もど》ると、コーチに背中《せなか》をたたかれたくらいだ。

「いまのキックを忘《わす》れるな、リー」コーチがストレスを吐《は》きだすようにどなった。

第1クォーターの終わりに、出番が来た。ライヤも父さんも、大勢《おおぜい》の人がぼくを見てる。気にしないように自分にいいきかせる。

「ハット！」マックスがボールを受けて、かんぺきに固定した。ぼくはけった。

ボールはゴールめざして飛んでいったけど、左に5ヤードほどそれてしまった。失敗。

マックスは唇《くちびる》をかみ、立ち上がると、「つぎだ、ベイビー」と、ぼくの手をにぎった。

コーチは、どなりもしなかった。ぼくはベンチにがっくり座《すわ》りこんだ。

試合は接戦《せっせん》になった。クォーターバックのトムが絶妙《ぜつみょう》のパスを投げ、マックスがパスルートを見つけて、2度のタッチダウンを決めたけど、ハーフタイムまでに7点差がついて負けてた。

ハーフタイムのクレマンズコーチは、口からつばを飛び散らせて、ずっとどなってた。

「正念場だぞ！」コーチが悲鳴にも似《に》た声で叫《さけ》ぶ。「リー、集中しろ。おまえはやれるんだ、ダン！」

ここまでのぼくは、4回けって成功させたのは1回だけ。チームのみんなは、もうぼくを見ようともせず、ぼくはスタンドを見るのも怖《こわ》かった。父さんたちはきっとみんな、うつむいてるだろうな。恐《おそ》れてたとおりだ。ぼくが試合をぶち壊《こわ》してる。

第3クォーターで、ぼくはもう1回フィールドゴールを失敗した。交代させるべきだって、サイドラインのむこうではケビンがわめき散らしてたけど、クレマンズコーチは耳を貸《か》さなかった。負けてたけど、まだタッチダウンひとつの差だから、ぼくの幸運でなんとかなるって考えてるんだ。けったボールがそれていくのを見てると、コーチの作戦が当たるとは思えなかった。ベンチに引き上げながら、スタンドに一瞬《いっしゅん》だけ目を向けた。父さんは、これまででいちばん見え見えの笑顔をぼくに向け、拍手《はくしゅ》した。父さんは役者には向かないかも。エマでさえ、居心地《いごこち》が悪そうだった。

第4クォーターに入っても、試合が僅差《きんさ》のまま進んでいくようすを、ぼくはびくびくしながら見守った。残り時間10分のときに、マックスが試合を同点に戻《もど》した。ベンチは熱狂《ねっきょう》し、ぼくの胃はもんどり打ちはじめた。勝敗のかぎがぼくのところに回ってきそうだ。こうなるってわかってたんだ。そしてぼくは失敗するんだ。

緊張《きんちょう》で、試合がスローモーションで流れてるみたいに見えはじめた。数分後、タージが相手のランニングバックを撃破《げきは》した。カイルが、相手のクォーターバックがパスを出す前に倒《たお》し、ぼくらの攻撃《こうげき》になった。

残り時間5分。同点。

座《すわ》ってなどいられない。攻撃《こうげき》のたびに手もひざも震《ふる》える。マックスがタッチダウンで得点してくれるしかない。そうすれば、勝ちが決まる。そのあとのキックは、重要じゃなくなる。そして一瞬《いっしゅん》、ぼくの願いがかなったように見えた。マックスがロングパスをキャッチした。倒《たお》されて、タッチダウンはできなかったけど。残り1分。チャンスはじゅうぶんにある。

最初の攻撃《こうげき》で2ヤード後退《こうたい》させられ、そのあと5ヤード前進した。そしてつぎの攻撃《こうげき》。いつの間にか、爪《つめ》をかんでた。トムがボールを受け、後退《こうたい》しながら、フィールドに目を走らせる。マックスはふたりがかりでマークされてたけど、ステップを踏《ふ》んでディフェンスを外すと、すかさずトムがパスを投げた。ボールにはきれいなスピンがかかってる。決まったと思った瞬間《しゅんかん》、マックスがファンブルした。マックスがボールを落とすなんて、はじめて見た。胸《むね》でしっかりと受けたボールが、指に触《ふ》れることなく外へと跳《は》ねたんだ。ベンチが沈黙《ちんもく》し、スタンドも声を失った。マックスがボールと指を見つめてた。ぼくもまだ信じられなかったけど、マックス自身も信じられないみたいだった。

クレマンズコーチがぼくのほうを向いた。顔面蒼白《がんめんそうはく》だった。「準備《じゅんび》しろ、リー」

ぼくは、葬式《そうしき》の列みたいに、みんながうつむいてるなかを走っていった。距離《きょり》は31ヤード。ねらえる。よっぽどうまくけることができたらって条件《じょうけん》がつくけど。こんな緊張《きんちょう》は生まれてはじめてだ。右足がぴくぴくするのをなんとか止めなきゃ。円陣《えんじん》を組んだ。マックスはまだぼうぜんとして口もきけない。ぼくはマックスのヘルメットを軽くたたいた。

「だいじょうぶだ」ぼくはいった。

マックスはぼくを見てうなずいた。考えてることが伝わってきた。「ダニエルは失敗する。おれたちは負ける」って。

スタンドでは、父さんと母さんは手をにぎり合ってる。兄さんとエマがもどかしそうに見てる。ライヤがクララと肩《かた》を抱《だ》き合《あ》ってる。みんな、ぼくを見てた。スタンドなんて見なきゃよかった。気絶《きぜつ》しちゃいそうだった。

マックスが位置に着き、ぼくは助走の体勢《たいせい》に入って、逆流《ぎゃくりゅう》してきた胃酸《いさん》を飲みこんだ。静かだった。だれもが息を押《お》し殺《ころ》してた。そのときだった。

ぼくはサラを見た。

サラはゴールポストの奥《おく》にいた。一方の足だけに体重をかけて、木にもたれてた。瀕死《ひんし》の胃が最後にもんどり打った。サラまで見てる。ぼくの知ってるすべての人が見てる。と、サラが何かをかかえた。ボードだ。サラは、こっちを向いてにっこりほほえむと、ボードを胸《むね》の前にかかげた。

## アメフトなんか、くそくらえ

静まりかえったフィールドで、ぼくは思わずふきだし、一度笑いだすと、なかなか止まらなかった。緊張《きんちょう》もうっぷんもみんな笑い声になっていく。サラはそこに立ってた。ボードをかかげて木にもたれながら。そうするのが、しごくふつうなことのように。ぼくはサラをじっと見つめたままだった。

「ハット！」かけ声で飛んできたボールを、マックスが固定した。けり方も、距離《きょり》も、何も考えなかった。ただの試合だ。

ぼくは足をふりぬいた。こんなにきれいにけれたことはない。けった瞬間《しゅんかん》、入るってわかった。ボールはゴールポストをとらえ、大歓声《だいかんせい》が起こった。みんな、身を踊《おど》らせ、笑い声がこだました。ぼくはみんなに持ち上げられて、サイドラインまで連れていかれた。マックスが抱《だ》きついてきた。ほとんど泣いてた。大喜びだった。あとは、何がなんだかよくわからなかった。記憶《きおく》にあるのは、表彰式《ひょうしょうしき》でのメダルとトロフィー。父さんが誇《ほこ》りに思うっていったこと。でも、もっとも鮮明《せんめい》なのはサラだった。木にもたれてボードをかかげ、ほほえみながら見てくれてた、サラの姿《すがた》だった。

# 23

州のチャンピオンになるって、すごいことだったんだ。ぼくらは家族みんなでランチに出かけ、アイスクリームを食べた。父さんはビールまで飲んだ。はじめてのことだ。そのあとコーチの家に集まって、夜10時までバーベキューでお祝いをした。突風《とっぷう》のような一日だった。

　家に帰ったときは、くたくただった。でも、きょう一日、なんとかザップ――本では強《きょう》迫観念《はくかんねん》って呼《よ》んでたっけ――に襲《おそ》われないですんだのはよかった。日中の明るい気分のまま、ぼくは部屋に行き、ノートパソコンを開いた。「儀式《ぎしき》」さえ飛ばせそうだ。でも、そう思った瞬間《しゅんかん》に無理だってわかった。とたんに、ぼくは気分が落ちこんできた。

　でも、まあいい。少しだけあとにしよう。フェイスブックを開いて、試合の写真をしばらくながめた。チームの仲間が写真を投稿《とうこう》してたんだ。ぼくのタグがついてるものまであった。こんなことをしてもらったのも、はじめてだった。

ぼくは、携帯《けいたい》をチェックすることも忘《わす》れてた。寝《ね》る準備《じゅんび》をはじめたときに、やっと携帯《けいたい》をチェックした。5件《けん》も不在着信《ふざいちゃくしん》が来てた。ぼくは凍《こお》りついた。どれもサラの携帯《けいたい》からで、時刻《じこく》は1、2時間前。どうしたんだろ？

電話をかけると、すぐつながった。でも、サラじゃなくて、サラのお母さんが出た。声のようすがおかしい。

「ダニエル？」

「そうです」

「サラはいっしょ？」

「いいえ。どうしたんですか？」

電話のむこうでお母さんが声をつまらせた。「サラがいなくなったの。まだ帰ってこなくて。あの子、携帯《けいたい》を家に置いたまま、いなくなってしまったの」

頭がしびれ、言葉がなかなか出てこない。「最後にサラを見たのは、いつですか？」

「あなたの試合から帰ってきたときよ。わたしたち、その……ちょっといい合いになって。わたしにはほとんど口をきかないんだけど、話すといい合いになってしまって。サラが家にいたくないといいだして、図書館に行くっていうから、車で送るっていったんだけど、それもいやだって。でも、歩いていくには遠いから、ジョンに送ってもらったのよ。ジョンは図書館でサラをおろしたっていうんだけど、図書館に問い合わせたら、きょうは見てないそうなの。図書館の人たちはサラのことを知ってるの。あの子、図書館には行っていないわ」

からだの内側が冷たくなっていくのがわかった。「ジョンさんの車で行ったんですか?」

「そうよ。ジョンはあたりをさがしてくれてるわ。警察《けいさつ》にも電話したんだけど」

ぼくは窓《まど》に目をやった。「ぼくもさがしてみます」

ぼくはお母さんの返事も待たずに、携帯《けいたい》をポケットにつっこむと、階段《かいだん》をかけおりた。

◇◇◇

夜中までさがしまわった。母さんが車を出していっしょにさがしてくれたけど、サラの姿《すがた》はどこにもなかった。暗くて何も見つからなかった。ぼくと母さんは話しもせずに車を走らせた。

母さんと家に戻《もど》ったときには、2時近かった。

「残念だけど、ダン」母さんがいった。「わたしたちにできることは今夜はもうないわ。警察《けいさつ》がさがしてくれてるから」

「サラのお母さんのボーイフレンドだと思う」ぼくはいった。

母さんがこっちを見た。「えっ？」

「ぼくとサラは、そのボーイフレンドを調べてたんだ。サラのお父さんは、そいつに殺されたって、サラは考えてる。サラは、きっとそいつを問いただしたんだ。もしそうだったら、サラは無事じゃないかもしれない」一度しゃべりだしたら、もう止まらなかった。

母さんは顔をしかめた。「なぜ、そこまでいえるの？　証拠《しょうこ》はある？」

「ぼくらなりに証拠《しょうこ》を集めたんだ」

母さんがこっちを見た。「警察《けいさつ》に連絡《れんらく》するわ。事情《じじょう》をきかれることになるけど、いい？」

ぼくはうなずいた。「連絡《れんらく》して」

10分後には警察《けいさつ》の人が来た——ヤギひげを生やした太い腕《うで》の若《わか》い警官《けいかん》と、腹《はら》のでっぷりした目つきのするどい白髪《しらが》の巡査部長《じゅんさぶちょう》。ぼくはキッチンのテーブルでふたりの向かいに座《すわ》った。

ぼくは、詳細《しょうさい》の一部分——家宅侵入《かたくしんにゅう》したことはふせながら、録音の内容《ないよう》やジョンがサラにあやまったこと、お父さんになりすまして、置き手紙を書いたことなど、全部話した。話をききながら、警官《けいかん》たちは何度となく顔を見合わせた。父さんと母さんはキッチンの奥《おく》からなりゆきを見守ってた。

「ジョンに話をきいたほうがいいな」巡査部長《じゅんさぶちょう》がしわがれ声でいった。「置き手紙をかわりに書いて、あやまったというだけでは、だれも逮捕《たいほ》できない。わたしはジョンを知っているが、悪い男じゃない。ともかく、話をきいてみないとな」

「サラのお母さんがいってたんだが、サラって子は、きみ以外のだれとも口をきかないそうだね？　どうしてなんだい？」ヤギひげの若《わか》い警官《けいかん》がきいた。

ぼくはためらいながらいった。「さあ。ぼくは話をきくって知ってるんだと思います」

警官《けいかん》たちはまた顔を見合わせ、席を立つと、キッチンを出てぼくの両親と小声で話をした。あの人たちはぼくのいうことを信じてない。まちがいない。でもいまはそんなこと、どうでもいい。サラが心配だ。

「いま、だれがサラをさがしてるんですか？」ぼくは大声をあげた。

巡査部長《じゅんさぶちょう》がふりかえった。「3人の警官《けいかん》を出してる。きっと見つけるさ、ぼうず。サラはだいじょうぶだ」

警官《けいかん》たちは帰っていった。父さんと母さんが戻《もど》ってきて、ぼくを2階に連れていき、もう寝《ね》るようにいった。父さんと母さんも、ぼくのいうことを信じてない。

母さんはぼくの額《ひたい》にキスをしてささやいた。「サラはだいじょうぶよ。朝には会えるわ」

父さんと母さんが部屋を出ていくと、ぼくはひとり、部屋のなかを歩きまわった。「儀《ぎ》式《しき》」をして、気持ちを落ち着かせたかった。頭のなかがサラのことでいっぱいなんだ。サラの身に何かあったら？　座《すわ》ってもいられない。立ってもいられない。どうすればいいんだ。

寝《ね》る気になんてなれるわけがない。サラの行方《ゆくえ》がわからないんだぞ。どうやったら、眠《ねむ》れるっていうんだ？

ここ何週間かのことを頭に浮《う》かべてみる。廊下《ろうか》で声をかけられた日の驚《おどろ》き。ぼくの顔に触《ふ》れたサラの指。決勝戦のボード。ジョンの家までの道。茂《しげ》みに隠《かく》れた晩《ばん》。ふたりで散歩した原っぱ。……あたしのお気に入りの場所なの……完全にひとりだって想像《そうぞう》することができるから、っていってた。サラはいま――。

ぼくは、家を飛びだした。父さんと母さんが寝《ね》るまで待ってなんていられない。

◇◇◇

「サラ？」

ぼくは、真っ黒い世界を歩いてた。腰《こし》まで草におおわれ、夜の海を水につかりながら歩いてるみたいだ。光を放ってるのは、背後《はいご》の街灯と頭の上の星だけだった。寒さが、セーターとジーンズに苦もなく入りこんできて、ぬれタオルのように肌《はだ》にまとわりつく。震《ふる》えてしまう。

「サラ！」

「ここ」消え入りそうな声がした。世界が寝静《ねしず》まってもきさのがしてしまいそうな声だった。

サラは、あお向けになって、草のなかに沈《しず》んでた。ただ空を見つめてた。ぼくがそばに行っても身じろぎひとつしなかった。

「やあ」ぼくはいった。

「ハーイ」

ぼくは顔をしかめて、となりにしゃがみこんだ。「みんなさがしてるよ」

サラは星を見つづけた。「そうだよね」

「いつからここにいるの？」

サラはすぐには答えなかった。「よくわかんない。携帯《けいたい》を持ってこなかったから。昼くらいからかな」

しばらくサラを見つめてたけど、あお向けに寝転《ねころ》がった。寒い。ぬれてる。いっしょになって草むらに身を沈《しず》めて、ぼくは何をやってるんだって思ったけど、だれかのために、ふつうならするはずのないことまでした経験《けいけん》って、だれにでもあるんじゃないかな。

友だちってそういうものだと思うんだ。

「夜中に原っぱのまんなかに寝転《ねころ》ぶのはどんな感じ？」サラがきいた。

「世界がちがって見える」

星がきれいだ。漆黒《しっこく》のなかで星だけが光ってる。ブラックホールのはしっこにいるみたいだ。

サラが笑い声を立てた。「ほんとだね。ダンもさがしてくれたんだね。ごめんなさい。家に帰るべきだった」

「なぜ帰らないの？　何があった？」

「ママとけんかした。あたしを育ててきたのはママひとりだっていったから。ママは精一杯《せいいっぱい》やってるつもりだっていうから。それで、あたしもいいかえしちゃった。ママがそんなだから、ひとりになったんだって。パパに会いたいって。パパといっしょに行きたかった。家になんか残りたくなかったって」

「ほんとにそんなこといったの？」

「うん。ママは泣きだした。あたしはなんにもわかってないっていった。ジョンが割《わ》って入ってきて、図書館まで連れてってやるっていったから、そうすることにした。どっちにしても、あいつと話すつもりだった。想像《そうぞう》してただろうけど、あたし、問いただしたんだ」

ちらっとサラを見た。なだらかな顔の輪郭《りんかく》しかわからなかったけど、瞳《ひとみ》には星の光が映《うつ》ってた。「それで？」

「あいつにきいた。パパのこと知ってるかって。知らないっていった。パパがどこにいるのか知ってるかってきいた。知らないっていった。それから、こういうことになって後悔《こうかい》してないのかってきいた」

サラはだまってしまった。

「そしたら？」ぼくはきいた。

「あたしの目を見たまま、後悔《こうかい》してるっていった。すまないと思ってるっていった。でも、あとは何もいわなかった」

しばらくの間、ぼくらはコオロギの声をきいてた。

「ジョンがサラに危害《きがい》を加えるかもしれないって、警察《けいさつ》に話したんだ」

「えっ？」サラがぼくを見た。

「警官《けいかん》が家まで来たから、全部話した。ジョンの家に侵入《しんにゅう》したことはいわなかったけど、あとは全部」

「警察《けいさつ》は信じてくれなかった。でしょ？」

「どうしてわかるの？」

「警察《けいさつ》に手紙を書いたから。証拠《しょうこ》がなければ何もできないっていわれた」

ぼくはため息をついた。「まだたりないんだ」

「そう、たりない。でも、きょう、ほぼみとめた。だから、ここに来たんだ。ジョンやママを見るのはもうたえられない」

手をのばして、サラの手をにぎった。冷えきり、草露《くさつゆ》にぬれてた。肩《かた》をしっかりくっつける。からだの熱が伝わってくる。震《ふる》えが止まった。ずっとここにいたサラは、すごく寒かったにちがいない。

「帰ろう」ぼくは静かにいった。

「あと5分だけ、こうしていていい？」

ぼくはほほえんだ。「もちろん」

しばらくの間、ぼくらはだまって寝転《ねころ》んでた。それから、サラの家に向かって歩きだした。

# 24

お母さんが泣《な》き叫《さけ》びながら飛びだしてきた。サラをいつまでも抱《だ》きしめて放さなかった。サラは、お母さんをふりほどき、ジョンと居合《いあ》わせた警官《けいかん》にもうなずくと、そのまま2階に上がってしまった。それで、質問《しつもん》はみんな、ぼくに向けられた。ぼくは、サラはひとりになりたかっただけで、サラがよく隠《かく》れる場所を思いだして行ってみたら、見つかったとだけ答えた。

ほかにもいろいろきかれたけど、疲《つか》れてるからというと、解放《かいほう》してくれた。ジョンが家まで送ろうっていったけど、ぼくはことわって歩いて帰った。父さんと母さんは、ぼくが出かけてたことにも気づいてなかった。ぼくはそうっと家に入った。そうして、朝の4時に「儀式《ぎしき》」をはじめた。ベッドに入ったのは5時。あっという間に眠《ねむ》りに落ちた。

翌朝《よくあさ》、サラのメールで目が覚めた。

きょう決行。午後2時にジョン・フラナティの家の通りの角で

ぼくは寝返《ねがえ》りを打って、また眠《ねむ》ろうとしたけど、目がさえてしまってた。窓《まど》はもう明るかったし、午後には殺人犯《さつじんはん》をつかまえようとしてるんだ。ぼくはベッドをおりた。

朝食はエマとふたりで食べた。父さんも母さんも、前の晩寝《ばんね》るのが遅《おそ》くなったからまだ寝《ね》てた。助かった。ふたりと話をしたくなかったんだ。ジョンにぬれ衣《ぎぬ》を着せてるとか、サラはイカレてるとか思われてるし、このあとしようとしてることを考えたら、なおさらだ。

「きのうの夜のことだけど、きこえちゃった」エマがいった。

ため息が出た。「どれくらい？」

「全部」

ぼくはイラッとしてエマをにらんだ。「あんな時間まで起きてたのか？」

「本読んでた」エマは無邪気《むじゃき》にいう。「そしたらきこえてきちゃった」

「わかったよ」

エマはスプーンを置き、意味ありげにぼくを見た。「殺人事件《さつじんじけん》を追っかけてるんだね」

「そんなところ」

エマはうなずいた。まるで、よくあることでニュースにもならないって感じだ。エマが指でテーブルをコツコツたたく。

「凶器《きょうき》は見つけたの？」

ぼくは顔をしかめた。「かもね」

「動機もわかった？」

「たぶん」

エマはうなずいた。「でも、肝心《かんじん》な遺体《いたい》がないんだよね」

「こんな質問《しつもん》、いったい、どこで覚えたんだ？」ぼくはしかめっ面《つら》できいた。

「『CSI《シーエスアイ》：科学捜査班《かがくそうさはん》』だよ」

「あの番組は見ちゃだめだって、母さんにいわれただろ」

エマは肩《かた》をすくめた。「いいの。でね、もし遺体《いたい》が見つからなかったら、自供《じきょう》が必要になるよ。それか容疑者《ようぎしゃ》に遺体《いたい》がある場所まで案内させないといけない。状況証拠《じょうきょうしょうこ》はあっても、それだけじゃだめなの」

ぼくは頭に来て、エマをにらみ、額《ひたい》の汗《あせ》をぬぐった。「テレビの見すぎだぞ」

「最初からわたしに相談すればよかったのに」エマはむっつりといった。「それで、きょうは何するの？」

ぼくはシリアルのボウルを押《お》しやって、椅子《いす》にもたれた。「たぶん、自供《じきょう》させる」

◇◇◇

サラに会いに行く前に、少し物語を書いておくことにした。またジョンの家に行くって考えただけで、ひどく動揺《どうよう》してるんだ。書いて落ち着きたかった。それに、作家というものは、どんなに書く気がしないときでも、たとえ殺人事件《さつじんじけん》を解決《かいけつ》しに行かなければならない日でも、書くものだ。そう思うんだ。作家の知り合いなんか実際《じっさい》はひとりもいないけど。ぼくは、いま、パニック発作《ほっさ》を起こす寸前《すんぜん》なんだってわかった。本で読んだから。きちんと事実を知ったんだから、気持ちが楽になってもいいのに、そうはならない。でも、書けば落ち着く。物語の世界のダニエルは、まともだから。

ガソリンスタンドのシーンから何章かはすでに書いた。どれも短いものになった。この物語は短編《たんぺん》で終《お》わりそうだ。よくて中編《ちゅうへん》かな。まあいいや。あとから書きたせるんだから。

物語は、ふたりがニューヨークに到着《とうちゃく》したところまで進んでた。クライマックスも近い。スイッチは目の前だ。

サラとダニエルは、20階建てビルのコンクリート製《せい》の階段《かいだん》を足音をしのばせ上がっていった。静寂《せいじゃく》で息がつまりそうだ。事前に電話をかけてみると、今度はつながった。留《る》守電《すでん》だったが、「はい、チャールズ・オリバーです。緊急《きんきゅう》の場合はダイレクト通話を。できないときは、これからいう住所まで来て修正《しゅうせい》してください」というのをきいたのだ。ビルにはエレベーターもついていたが、扉《とびら》が開いたとき目の前に衛士《えじ》がいたら、にげ場がないので階段《かいだん》を使おうと、サラがいった。

それでいま、一歩ずつ階段《かいだん》を上がっているのだった。ダニエルは震《ふる》える手でバットをにぎっていた。怖《こわ》くてしかたない。だが、なんとしてもたどり着きたかった。もうすぐ、ミスを修正《しゅうせい》できる。

9階まで来ると、ドアを開け、廊下《ろうか》をのぞいた。気味の悪い静寂《せいじゃく》だ。左右に目をやる。何もいない。サラはダニエルにうなずくと、先に出て、エサを探《さが》すネコのように進んでいき、ダニエルはあとにつづいた。静寂《せいじゃく》に皮膚《ひふ》がチクチクした。チャールズ・オリバーのドアはもうすぐだ。と、ダニエルは、背後《はいご》に気配を感じてふりかえった。

このビルにいるのは、ふたりだけではなかった。衛士《えじ》だ。廊下《ろうか》のはしからこちらをねらっていた。ふたりをつかまえて食うつもりだろうか。長い指を広げている。ダニエルはサラに向かって叫《さけ》んだ。

「走れ！」

ふたりは廊下《ろうか》をかけだし、912号室のドアの前で横すべりして止まった。サラがドアをたたく。

「みんな消えちゃってるんだよ。忘《わす》れたの？」ダニエルが叫《さけ》んだ。

衛士《えじ》が近づいてくる。かぎ爪《づめ》を広げている。

「そうだった。どうしよう？」サラがいった。

ダニエルはサラを見た。「何か考えがあるんじゃないの？」

「ない」

衛士《えじ》がせまってきた。かぎ爪《づめ》がぎらぎら光っているのまで見える。サラがドアノブに向き直った。

衛士《えじ》にねらいをさだめられ、ダニエルは目を見開いた。「早く！」

サラがロングハンマーをふりおろした。青い電光が散り、ドアノブが床《ゆか》に転がる。ドアをけり開《あ》け、ふたりはなかに転がりこんでドアをしめた。ドンッ、ドンッ。衛士《えじ》が押《お》し開けようとするドアを、ふたりは背中《せなか》で押《お》さえながら、ドアをロックした。

椅子《いす》の背《せ》にもたれて時計を見た。行かなきゃ。サラが待ってる。殺人事件《さつじんじけん》を調べるのもこれが最後だ。

よく晴れた日だった。空気が冷たい。鼻の頭や指にかみつき、つま先まで凍《い》てつかせる。

サラは、ジョンの車が通っても見つからないように、角にある家の生《い》け垣《がき》に身を隠《かく》しながら、じっと待ってた。

ぼくはジョンの家をのぞき見た。黒いピックアップトラックがとまってる。

「わかってる。遅刻《ちこく》だ」ぼくはいった。

サラは肩《かた》をすくめた。「数分だよ。たいしたことじゃない」

あやしい。何かある。サラを見る。「何してたの？」

サラがニヤッとする。「これを持ってきた」ポケットから携帯《けいたい》をつまみだす。黒い携帯《けいたい》だった。もちろんサラのじゃない。ロックを解除《かいじょ》すると、サラのお母さんが画面上でニコニコ笑ってた。

「お母さんはどこ？」

「おばあちゃんといっしょ。センター街まで買い物に出かけてる。夜まで帰ってこない。おばあちゃんの電話から、携帯《けいたい》を忘《わす》れてないかって電話してきたから、忘《わす》れてないっていった。忘《わす》れたんじゃなくて、その前にあたしが持ってきちゃったんだから」

ぼくは顔をしかめた。「じゃあ、計画っていうのは……」

「ママになりすます。あたしの携帯《けいたい》はジョンのトラックの後部座席《こうぶざせき》に置いた。盗難防止《とうなんぼうし》アプリをオンにしてある」

「GPS追跡《ジーピーエスついせき》するのか」

「そう。さあ、いまはここがオフィス。入って」

ぼくはため息をつきながら、サラをまねて生《い》け垣《がき》のなかに入り、土の上に座《すわ》りこんだ。これで道路からは見えないけど、この家の人に見つかりませんように。見つかったら、何をしてたのか、説明もできない。

サラがメールの画面を開く。「手早くかたづけなきゃいけないんだけど、準備《じゅんび》はいい？」

「たぶん」

サラはうなずくと、メールを打ちはじめた。

「サラがあのことをきいてきた。あの子は知ってるわ」

息をのんで待ってると、返信が来た。

「どうやって知ったんだ？　何きかれた？」

ぼくらは目を見合わせた。サラがまたメールを打った。

「どうしてあんなことをしたのか、きかれたわ。あなたについても。あなたの家を調べたがってる。あの人がほんとはどうなったのかって疑《うたが》ってるんだわ」

「どうする?」

サラがにんまりした。

「部屋をかたづけて。あの子に見せなくちゃいけないかもしれないから。見られてこまるものはない?」

しばらくして、返信が来た。

「おまえがよこした手紙くらいだ。処分《しょぶん》する。拳銃《けんじゅう》を見られたら、まずいな……隠《かく》しとこう」

「よかった。戻《もど》ったら、あとでサラを連れていくわ」

返信が来た。

「わかった」

ぼくの心臓《しんぞう》はバクバクと大きな音を胸《むね》じゅうにひびかせてた。これは現実《げんじつ》だ。すべて現《げん》実《じつ》。サラを見た。一心不乱《いっしんふらん》に容疑者《ようぎしゃ》を追いつめようとしてた。

「もしあの子が何か見つけたら……。あの場所はだいじょうぶかたしかめてきて。あの子なら見つけだしてしまうわ。頭がよすぎるのよ」

「それ、つけ加えなきゃいけないの?」そっけなくいうと、サラは肩《かた》をすくめた。

返信が来た。

「わかった。すぐに行ってくる」

サラとぼくは顔を見合わせた。

「うわっ」ぼくは声をもらした。

「やっぱり」サラは静かにいった。

サラの手が震《ふる》えだした。理由はきかなくてもわかってる。お父さんがほんとに殺されてた。お母さんが殺人を手伝ってた。自分の思いちがいであってほしいって、サラはずっと願ってたのに。お父さんを亡《な》くしただけじゃなく、たったひとり残った家族まで、これから打ちくだこうとしてるんだ。

「だいじょうぶ？」

サラはうなずいた。「時間がない。隠《かく》れて」

すぐに黒いピックアップトラックが通りに出て、角を曲がっていった。ぼくらは身を低くして、トラックの音が遠くへ消えていくのをきいてた。

「追跡《ついせき》できそう？」

サラはアプリを起動した。画面に地図が表示《ひょうじ》され、青い点が離《はな》れていった。「あっ、そうだ」サラがぼくを見た。「ママからの手紙があるっていってた。手に入れなくちゃ。証《しょう》拠《こ》はすべて入手しないと」

ぼくはため息をつきながらいった。「ぼくがとってくる。サラはGPS《ジーピーエス》を見ていて」

サラは、かぎをぼくに渡《わた》し、手をぎゅっとにぎった。「ありがとう。手早くね」

生《い》け垣《がき》から出てジョンの家へ急いだ。小走りで玄関《げんかん》ポーチまで行き、まわりを見回しながらドアを開ける。覚えのある汗《あせ》とビールのにおいがただよってくる。カーテン越《ご》しにほこりっぽい光が射《さ》してる。手紙を探《さが》さないと――急げ。

捨《す》てたかもしれないと思って、最初にキッチンのゴミ箱を調べた。腐《くさ》った食べ物とつつみのほかは何もなかった。燃《も》やしたりする時間があったとは思えない。洗面所《せんめんじょ》を調べる。見つからない。

どこかにかならずあるはずなんだ。寝室《しんしつ》に行きかけて、玄関《げんかん》の古びたサイドテーブルに拳銃《けんじゅう》が置いてあるのに気づいた。ドレッサーの引きだしにあったやつだ。隠《かく》そうと思ってとりだしたけど、先に遺体《いたい》をちゃんと隠《かく》したかたしかめに行ったんだ。胃がくねりはじめた。お父さんをどこかの森に埋《う》めたんだろうか？　いまごろ木の枝《えだ》やなんかで隠《かく》そうとしてるんだろうか？　もし見つかったら、サラやぼくも同じ目にあわせるつもりだろうか？

ジョンならまちがいなくそうする。急がないと。

寝室《しんしつ》に行った。散らかってるから、見落としがないように気をつけないと。

でも探《さが》しまわる必要はなかった。きっと、手紙を隠《かく》そうとしてたところに、遺体《いたい》のことでメールがあったんだ。手紙はベッドの上に置いてあった。しわくちゃになり、字は乱《みだ》れてた。からだじゅうの皮膚《ひふ》がチクチクしてる。ゆっくりと部屋を横切り、ぼくは手紙を手にとった。涙《なみだ》のしみだろうか、インクがにじんでた。

ジョンへ

あなたには頼《たの》めないってわかってる。つき合ってまだ1年もたたないけど、満ちたりてた。あなたはわたしに何ひとつ借りはない。だけど、わたしはあなたに頼《たの》みたいの。状態《じょうたい》が悪化してるの。深刻《しんこく》なのよ。わたしはよい妻《つま》でもいい人でもない。自業自得《じごうじとく》ね。でも、あの人はいつも怒《おこ》ってる。サラがいないと、どなってばかり。服薬してるのに、お酒をやめない。何か起こりそうで怖《こわ》い。もういっしょにはいられない。サラは気づきはじめてる。あの子のからだによくないわ。あの子は知ってはいけないのよ。

助けてほしいの。あの人から自由になりたい。この状況《じょうきょう》を終わらせて、あなたとやり直したい。ひとりじゃできない。わたしはそんなに強くない。あなたにはわたしを助ける義理《ぎり》なんてない。でももしそうしてくれるなら、いっしょに人生をやり直せるわ。お願いよ、力を貸《か》して。手紙を書いてほしい……置き手紙……家から出ていくって、あの人が書いたようにして、サラに見せたいのよ。サラはあの人を愛してる。あの人がどうなってしまってるのか、あの子はわかってないの。

泣かずにこんなことを話すのは、いまのわたしには無理だから、手紙にしたの。母親としても妻《つま》としてもほかのすべてについても失格《しっかく》ね。巻《ま》きこんでしまってごめんなさい。もし力を貸《か》してくれるなら、電話して。

愛してる
ミッシェルより

ぼくはゆっくりと手紙を読んだ。殺人だ。明白だ。やっと証拠《しょうこ》をつかんだ。急いでここを出ないと。

ドアのほうに向き直った。手が震《ふる》え、手紙がカサカサと音を立ててた。床《ゆか》に何か影《かげ》が見えた気がした。つぎの瞬間《しゅんかん》、入り口にジョンが現《あらわ》れた。ドアの枠《わく》は、頭と広い肩《かた》でふさがれ、肖像画《しょうぞうが》みたいだった。右手には拳銃《けんじゅう》がにぎられてた。拳銃《けんじゅう》が。

ぼくを見た。見たくなかったものを見るように。目は部屋よりも暗かった。

「なんとも残念だ」ジョンは静かにいった。

# 25

ぼくは完全に凍《こお》りついた。おかしな話だけど、ザップが来たときみたいだった。心臓《しんぞう》がはげしく打ち、息がうまくできず、腕《うで》がチクチクした。死んでしまうと思ったところまで同じだった。ひとつちがうのは、修正《しゅうせい》のしようがないってこと。できるのは、ぼくを殺そうとしてる男を見つめることだけ。これまでだと思った。

ジョンはぼくから目を離《はな》さずに腕《うで》を動かして、拳銃《けんじゅう》をドレッサーの上に置いた。

えっ、ぼくを撃《う》つんじゃないの？　わけがわからない。ジョンは、消耗《しょうもう》しきってるみたいだった。ベッドに腰《こし》をおろし、両手で顔をおおった。

「かかわりたくはなかったんだ」ジョンはいった。

ぼくがなぜ家にいるのかさえきかない。もう知ってるんだ。

「ミッシェルに頼《たの》まれた。あいつを愛してる。だが、おれはサラのこともずっと大切に思ってた。あの子がしゃべらないことも、その……問題をかかえてることも知ってる。でも、おれは気にしちゃいなかった。サラはいい子だ。ミッシェルに成績《せいせき》も教えてもらった。オールAだ。頭のいい子だ。真実を受けとめられると思ったんだ。だが、おれはあの子のママを信じてしまった」

足音がして、入り口にサラが現《あらわ》れ、ぼくを見た。やっぱりわけがわからないみたいだ。

「警告《けいこく》しようとしたのに、ダンの携帯《けいたい》、オフになっていて」サラがいった。

ぼくは携帯《けいたい》を確認《かくにん》した。「ほんとだ」

ジョンがサラを見つめた。驚《おどろ》いたことに、その目には涙《なみだ》がたまってた。

「やっぱりおまえだったたか。だと思ったぜ。ママはきょう出かけてるからな。ママはあんなにだらだら打たなきゃいけねえことは、電話してくるぜ。そんなこんなに、とちゅうで気がついた」

「どうしてあんなことしたの？」サラがきいた。サラの目にも涙《なみだ》が光ってた。携帯《けいたい》を手にし、911（アメリカの110番）が入力してあって、発信ボタンの上に指をかまえてる。警察《けいさつ》に通報《つうほう》する準備《じゅんび》はできてた。

ジョンは首を横にふった。「ママに頼《たの》まれた。いい気分はしなかったさ。でも、パパの状態《じょうたい》を考えると、ああするのがいちばんいいって、ママはいった。ホテルであんなことになってしまって、ほんとのことを話したら、おまえがどうにかなっちまうって、ママにはわかった。ママは警察《けいさつ》に行って、公表しないでくれと頼《たの》みこんだ。何も起こらなかったことにしよう。おれたちはそう決めたんだ」

サラと顔を見合わせた。どういうこと？

「ママが警察《けいさつ》に行った？」

ジョンの顔がゆがんだ。「ああ。新聞とかにのっちまうのを避《さ》けたかったんだ。おまえが警察《けいさつ》に相談するってことも、ママにはわかってた。だからおまえには何もいわないでくれって頼《たの》んだ」

サラは入り口にもたれた。だらりとたれた手から携帯《けいたい》が落ちそうになってた。サラにはつらすぎたんだ。がたがたと震《ふる》え、目の焦点《しょうてん》が合わなくなってる。「虚《うつ》ろの次元」に入りかけてる。ぼくが「虚《うつ》ろの次元」に入りこんでしまうときと同じだ。でもサラには答えが必要だった。

「どうして、警察《けいさつ》はもみ消したの？」サラはささやくようにいった。まるでずっと遠くから話してるみたいだった。

「警察《けいさつ》もそれがいちばんいいって思ったんだよ。ママが決めたんだ、サラ。ママにはその権利《けんり》がある。だが、おれには……。おれは、むかし、問題を起こしちまった。いろいろとな。おまえには、ほんとのことを知る権利《けんり》がある。おまえには、パパの死を悼《いた》む権利《けんり》があると思ったんだが」

「死を悼《いた》む？」サラはきいた。怒《いか》りで目が燃《も》えてた。「パパを殺しといて、あたしに死を悼《いた》めっていうの？」

ジョンがサラを見た。ジョンまで、わけがわからないという顔になった。ぼくは拳銃《けんじゅう》から目を離《はな》さなかった。雲行きがあやしくなったら、ジョンより速く拳銃《けんじゅう》をとらなくちゃいけない。そのあとのことはわからなかったけど、とにかく、最初のアクションはそれなんだ。

「パパを殺した？」ジョンがきいた。面くらってた。「おれはだれも殺しちゃいねえ」

ぼくもだまってちゃだめだ。手紙をかかげた。

「じゃあ、これは？」

「ママがおれに書いた手紙だろうが」ジョンはいった。まだ面くらってる。「パパを家からホテルに連れていくのを手伝ってくれと、ママは頼《たの》んできた。それから、パパは家を出ていくって置き手紙を書いてくれとな。パパは手紙を書けるような状態《じょうたい》じゃなかった」

ずるずるとサラが床《ゆか》にくずれていく。ぼくは、かけよりそうになるのをこらえた。拳銃《けんじゅう》が先だ。

「でも、拳銃《けんじゅう》が……」

ジョンがぼくのほうを向いた。「拳銃《けんじゅう》くらいみんな持ってるだろ。サラに見つけられて、犯罪者《はんざいしゃ》みたいに思われるのがいやだった。それだけだ。おれは前科持ちなんだ。それはほんとのことだ。だがな、おれは変わったんだ。ママに好きになってほしくてな」ジョンはサラに向き直っていった。「いつか、おれのことをパパのように思ってくれたらと願ってる」

サラが泣きだした。「パパ?」やっとのことでいう。「よくもそんなことを考え——」

ジョンは深く傷《きず》ついたみたいだった。「サラ、おれは殺しちゃいねえぞ。パパは病気だった。深刻《しんこく》なことになってたんだ。ママとおれのことを知って、パパはもうたえられなくなったんだ。処方《しょほう》された薬といっしょに酒を飲んでた。泥沼《どろぬま》にはまっちまった。おれたちは少しの間家を離《はな》れてほしいと頼《たの》んだ。ホテルに泊《と》まってくれってな。おれはかかわっちゃいけないと思った。だが、ひとりじゃできないとママはいった。ママはパパのことをずっと愛してきた。すれちがいがつづいちまっただけなんだ。おれがいい訳《わけ》することじゃねえってのはわかってる。だが、パパはホテルに行き、そして、2日後、遺体《いたい》で見つかった。薬を大量に飲んじまったそうだ」

サラが泣きじゃくりはじめた。今度はサラにかけよって、肩《かた》にそっと手を回した。サラはからだじゅうを震《ふる》わせてた。

「それじゃ、さっきはどこに行くつもりだったの？」ぼくはきいた。

ジョンは乱暴《らんぼう》に涙《なみだ》をふいた。「墓地《ぼち》だ。ミッシェルから話をきいたら、サラは墓地《ぼち》に行くだろ。きれいに見えるように新しい花を供《そな》えようと思ってよ。おれたちはパパのことを忘《わす》れちゃいねえって、サラに知ってほしかったんだ」

「腕時計《うでどけい》は？」

ジョンは弱々しく笑った。「おれが持ってきた。宝石《ほうせき》とかの加工をしてるやつが友だちにいるんだ。きれいにみがき直したら、喜んでくれると思ってよ。なんつうか、悪いことしちまったな。あやまるよ、サラ」

「暴行罪《ぼうこうざい》って？　男が5千ドルをとりに来たのは？」ぼくはきいた。

ジョンがこっちを見て、顔をしかめた。「おまえら、あんときもここにいたのか？」

「うん」ぼくは口ごもった。

「むかしのダチだ」ジョンはぶっきらぼうにいった。「ウソはもうつきたくねえ。たしかに、若《わか》いときには、道をまちがえたこともあった。悪い仲間とつるんでたけどよ、更生《こうせい》したんだ。ママにもちゃんと話したぜ」ジョンはサラを見た。「おれは変わりたかった。努力した。こんなおれでも家庭を持てるかもしれねえって考えるようになった。だから、すべて頼《たの》まれたとおりにした。そのうち、パパだと思ってくれるようになれるかもしれないって思ったよ」

とつぜん、ジョンが別人に見えてきた。ぼくの考えてたような人じゃない。タトゥーを入れていて白髪《しらが》まじりのひげ面《づら》だけど、落ちくぼんだ瞳《ひとみ》はおだやかで、ほおは涙《なみだ》でぬれてる。タコのできた大きな手をからだの前でもじもじさせてた。

ジョンのいってることはほんとうだってわかった。全部ほんとうだ。ジョンはサラを本気で守ろうとしたんだ。

サラが、涙《なみだ》にぬれた前髪《まえがみ》の間から、ジョンを見上げた。

「ママはどうして話したがらなかったの？」

ジョンはためらった。でも、ウソをつくのに疲《つか》れたんだと思う。

「パパがおまえとおんなじ問題をかかえてたからさ。うつ病だった。薬まで同じだった。知っちまったら、おまえが、自分もパパと同じ運命になるって思いこんじまうんじゃねえかと心配したんだろ。おまえは同じになりはしねえ。親子でも人生は別だ。おまえは強い。頭がいい。ママはいつか話さなければってわかっちゃいても、怖《こわ》かったんだ。おまえの調子が悪化して、回復《かいふく》しなくなったらってな」

サラのほおにまた涙《なみだ》が流れた。

ジョンは、そのまま、サラを泣きたいだけ泣かせてくれた。

◇◇◇

そのあと、ぼくらは墓地《ぼち》に連れていってもらった。サラは長いこと墓標《ぼひょう》を見つめて立ちつくしてた。少し枯《か》れかかってたけど、花が供《そな》えられてる。

「新しい花を置いときたかったんだがよ」ジョンはしんみりとそれだけいった。

いい墓地《ぼち》だと思った。おばあちゃんが亡《な》くなったときに一度墓地《ぼち》に行ったことがある。雨が降《ふ》っていて空はどんより灰色《はいいろ》で、みんな、泣いてた。きょうは晴れていて、11月なのに草がまだ青く、きれいに刈《か》られてる。お墓参《はかまい》りに来てる人たちがほかにもいて、手をにぎり合って思い出にひたってた。

サラは、どんな場所かなんてまったく気にとめてないようだった。お父さんにお別れをいえればそれでいいって思ってるんだ。サラにその機会ができてよかった。

サラの後ろに少し離《はな》れて立ってると、サラがふりむいてぼくの手をとり、ジョンを見ていった。

「お墓《はか》を作ってくれてうれしい。ここでまたパパと本が読めるね」サラは静かにいった。

ジョンはうなずいた。「墓《はか》も葬式《そうしき》もみんなママがしたんだ。葬式《そうしき》は、ママのママと、パパの両親で、したそうだ。おれは出てねえ」

「パパ、きっと感謝《かんしゃ》してる」サラは墓標《ぼひょう》を見つめた。「ごめんなさい。殺人犯《さつじんはん》あつかいして」

「何が起きたか、知らせなかったんだ。無理ねえよ」ジョンはいって、ちょっとためらった。「ママに連絡《れんらく》しとくか？」

サラはため息をついた。「うん。ダン、もう少しいっしょにいてくれる？」

「もちろん」

ジョンが電話をしに行ってる間、ぼくらはだまって待った。サラは力がぬけてしまったみたいだった。

「パパは、うつ病だってことを、あたしに隠《かく》してたんだ」サラがつぶやいた。「あたしのことがパパによくわかったのはそのせいもあったんだ。あたし、パパと同じなんだ」

ぼくはサラをちらりと見た。「同じ問題をかかえてるだけだ。何もかも同じってことじゃない」

サラはずっと墓標《ぼひょう》を見つめたままだ。「あたしはスター・チャイルドじゃない」

サラはブレスレットを外した。星の形の小さなチャームがきらきらゆれた。サラはそれを墓標《ぼひょう》の上に置いた。ぼくは何をいったらいいかわからないからだまってた。

「スター・チャイルドなんだって本気で信じてたわけじゃないけど、本で読んで気に入っちゃったんだ。特別なんだって思えるから」

「サラは特別だよ」ぼくはいった。

サラは首を横にふった。目がまたうるんでた。

「ママとジョンは、あたしには、パパのことは荷が重すぎると思った。あたしを真実から遠ざけるしかなかった。あたし、頭がいいって思ってたのに、全部まちがえてた」サラはぼくのほうを向いた。「あたしは、ひとりぼっち。ずっとそうしてきたから。ひとりのほうが安全だって思ったから、だれともしゃべらなかった。でも、あたしはただのサイコ・サラだった。あたしは特別じゃないって、だれもいえっこないよね。だってしゃべらないんだもん。でも、そうするしかなくて」涙《なみだ》がほおを伝った。

「サラはひとりぼっちだった」ぼくはいった。「けど、もうちがう。お母さんはウソついたけど、サラを守ろうとしたんだ。それからジョンも……ちゃんと考えてる人みたいだ」

サラは何もいわなかった。ぼくは手をのばしてサラの指をにぎった。

「それに、ぼくもいる。サラは変わっていて、怒《おこ》りっぽいところがあって、ちょっとイカレてるかもしれない。けど、だれかにこんなに興味《きょうみ》をひかれたのは、はじめてだ。ほんとうだよ。サラは特別。これからは、ひとりになろうって、やっきになるのはやめたほうがいいかも」

サラは笑《え》みを浮《う》かべて、手をにぎりかえした。

ぼくらはいっしょに墓地《ぼち》を出た。サラはもう泣いてなかった。

◇◇◇

お母さんとおばあさんが帰ってきてから、ぼくはサラの家を出た。お母さんたちははげしく泣きながら、サラを抱《だ》きしめた。サラは、目はまだ怒《おこ》ってたけど、いやがらなかった。ぼくはそっとぬけだした。ジョンが家まで送ってくれた。

「勝手に家に侵入《しんにゅう》して、ごめんなさい」ぼくはいった。「3回侵入《しんにゅう》しました」

ジョンは鼻で笑った。「もういいぜ。おれが拳銃《けんじゅう》にぎって入ってきたとき、本気でびびっただろ」

「うん」

ジョンは暗くなった空を見上げた。もうすぐ7時だった。「人間関係ってのは、むずかしいもんだな、おい」

「そうみたい」

「おまえがいてくれてよかった。サラにはだれかが必要だからな。よろしく頼《たの》むぜ」

ぼくはジョンをちらっと見た。「つき合ってるわけじゃないよ」

ジョンはニヤッと笑った。「ああ、最初はみんなそういうんだ」

家に着いて、ジョンが車を乗り入れると、ぼくは気が重くなってきた。母さんは窓《まど》から見てるだろうな。パニックになってるかも。一日じゅう携帯《けいたい》を切っちゃってたし。タトゥーを入れた大男が送ってきたんだ。母さんが出てくる前に家に入ったほうがいい。

「送ってくれてありがとう」

「ちょっときいていいか?」

ぼくはためらった。「もちろん」

「隠《かく》してたのは正解《せいかい》だったと思うか? ミッシェルの頼《たの》みどおりだったわけだが。おれは、正しいことをしたのか?」

ぼくは考えた。「わからないよ。何が正しいことかわかったら、だれも苦労しないんじゃないかな」

ジョンはうなずいて、家に入れってうながした。母さんがドアを開けようとしてた。

「ちげえねえ。あれでよかったってことを願うしかねえな。頼《たよ》りにされるやつになろうってがんばったつもりなんだがな。しくじってばっかりだ」

「そしたら、またやり直すだけ。遅《おそ》すぎるってことはないと思う」ぼくは肩《かた》をすくめて、トラックからすべりおりた。

車のドアをしめ、家に入ると、母さんはジョンに詮索《せんさく》するような目を向け、ぼくの後ろで玄関《げんかん》のドアをバタンとしめた。ぼくは母さんの質問《しつもん》をかわして、部屋にかけこみ、ノートパソコンを開いた。物語を書き上げるときが来た。

# 26

部屋のなかはひっそりと静まりかえっていた。カーテンはかたく閉《と》ざされており、ひどく暗い。背後《はいご》では衛士《えじ》がかぎ爪《づめ》でドアを引っかく音がしている。どうにかしてドアを開けるつもりなのだ。サラとダニエルは顔を見合わせ、ドアのかぎをたしかめた。

「衛士《えじ》が入ってくるのは時間の問題だよ。急ごう」サラがいった。

リビングルームに、人の気配はなかった。コーヒーテーブルに置かれたコップには、飲みかけの水がそのままになっていて、ほこりが浮《う》いていた。

「寝室《しんしつ》よ」サラがきっぱりといった。

サラにつづいて寝室《しんしつ》に入る。小振《こぶ》りの折《お》り畳《たた》みベッドが壁《かべ》に立てかけてあり、部屋の奥《おく》は、スクリーンモニター、センサー、サーバーなどの機器で埋《う》めつくされていた。圧巻《あっかん》だった。回線コードが壁《かべ》に蜘蛛《くも》の巣のようにはりめぐらされ、巣の中心は星形に象《かたど》られていた。これが、残りのステーションすべてとつながっている本部。そして、サラによれば、異次元《いじげん》への隠し扉《かくしとびら》だった。

ダニエルはとうとう修正《しゅうせい》することができるのだ。ダニエルはみんなを元に戻《もど》すことができる。ダニエルは世界を救うことができる。

スイッチは、コンピュータの側面についていた。すぐにわかった。サラがいったとおり、オフになっていた。

チャールズ・オリバーが消えたとき、まわりにはリセットする人がだれもおらず、いまようやく、ダニエルたちが来たのだった。

サラがダニエルにほほえんだ。「スイッチを押《お》す名誉《めいよ》はあなたにあげる、ダン」

ダニエルはうなずいて、部屋の奥《おく》へ進んだ。歩くたびに古い床板《ゆかいた》がギーギーと鳴る。スイッチに近づきながら、ここにたどり着くまでのことを思いだしていた。衛士《えじ》。無人の道路。サラといっしょにいた時間。サラに抱《いだ》いた気持ち。危険《きけん》をくぐってきた道程《どうてい》はすべて、ミスを修正《しゅうせい》するため。自身の運命を切り開くためだ。なるべき人間になるためだ。

星が大きくなっていく。星はダニエルの非凡《ひぼん》な道を示《しめ》していた。

星はいっている。ダニエルとサラは、スター・チャイルドだと。ヒーローだと。

修正《しゅうせい》するには、もう一度スイッチを押《お》せばよかった。

キーボードの上で指を休ませながら、椅子《いす》の背《せ》にもたれた。ずっと、内容《ないよう》もわからないまま書いてるような気がしてた。勝手に動く指にまかせてたんだけど、いまやっと、どんな物語なのか、見えてきた。物語の世界が目の前に広がり、ぼく自身が星とスイッチに向かって歩いてた。どんな結末を迎《むか》えるのかもわかる。


だが、ダニエルは立ち止まった。スイッチを見つめた。押《お》されるのを待っている。

「どうしたの?」サラがきいた。声が切迫《せっぱく》している。

ドアを引っかく音が増《ふ》え、大きくなっていた。衛士《えじ》たちが押《お》し入《い》ってくるまで時間がなかった。

「わからない」

サラは顔をしかめた。「早く! スイッチを押《お》せば、すべてが元通りになる。またいつもの生活に戻《もど》れるんだよ」

ダニエルは動かなかった。「だめだ」

「えっ?」サラがダニエルのとなりに飛んできた。

ダニエルは首を横にふった。「スイッチは押《お》さない。いまのこの世界がいいんだ」

サラはわけがわからないようだった。「このためにはるばる来たんだよ。外のようすを忘《わす》れたの？　人類が消えてしまった。世界にはだれもいない。衛士《えじ》たちが襲《おそ》ってくる。いまだってそうなんだよ。このままじゃ死ぬだけだよ」

ダニエルはサラにほほえんだ。「ぼくらで世界に立ちむかうんだ。ぼくらはもうひとりじゃない」

サラは顔をしかめた。「何する気？」

「なんだってできる。ほかの人は必要ない。ふたりで戦うんだ」

ダニエルはサラの手をとった。

「本気なの？　あたしたちで世界に立ちむかうなんて」

「ダン兄ちゃん？」

ふりむくと、入り口にエマがいた。

「どした？」

「いっしょに本読まない？」腕《うで》に本をかかえてる。

エマを見てるうちに、いま書いた結末じゃだめだって思えてきた。サラとふたりで、だれもいなくなった世界に立ちむかうのは、かっこいい。けど、ぼくがほんとにしたいことじゃない。ひとりぼっちはつらい。エマや父さんや母さんや、兄さんがいないとさびしい。

火曜日には、やっぱり、マックスとテレビゲームとかいろんなことをしたい。

ぼくは笑顔で答えた。「もちろん」

エマは部屋に入るとカーペットに寝転《ねころ》がった。ぼくはまたノートパソコンに向かった。


サラはダニエルの手をにぎってにっこりした。あいかわらず肩《かた》からロングハンマーをさげている。「あたしたちはいつだってふたりでいられる。いっしょに世界と向き合う。でも、その前に世界を元に戻《もど》さなくちゃ」

ダニエルはサラの言葉の意味を考えた。そして、うなずいた。「いっしょに？」

「いっしょに」

ダニエルとサラは、指を重ね、スイッチを押《お》した。たちまち、青白くてひどく痩《や》せた男が椅子《いす》に現《あらわ》れた。男はふたりを見るとうなずいた。

「どのくらい消えてた？」男は静かにきいた。

「数日」サラがいった。

「ほんの一瞬《いっしゅん》のようだったが」男がつぶやいた。「おもしろいな。お願いがあるんだが、もう二度とスイッチを触《さわ》らないでくれるか」

ダニエルは苦笑いを浮《う》かべた。「もうしない」

住人たちが、何事もなかったように出かけていくのをながめながら、ダニエルたちは、廊下《ろうか》を歩き、建物の外に出た。日射《ひざ》しがまぶしい。通りはすでに喧騒《けんそう》をとり戻《もど》していた。月は消えていた。

ダニエルは騒々《そうぞう》しい市街を見わたした。ずっと感じることのできなかった思いを――スイッチを押《お》す前からずっと感じることのなかった思いを――かみしめていた。ダニエルは、もう、ひとりぼっちじゃなかった。

これでいい。保存《ほぞん》するときに笑《え》みがこぼれた。よく書けてるとはいえないと思う。キャラクターがちゃんと成長してないし、展開《てんかい》にも工夫《くふう》がたりない。タイトルだって、自信があるわけじゃないし。でも結末は気に入った。だから、これでいい。

エマのとなりに寝転《ねころ》がる。

「妖精《ようせい》を見つけたよ」エマがいう。「エリョア。人間の王子を好きになっちゃった妖精《ようせい》の国の女の子」

ぼくはにっこりした。「王子さま見っけ。ローガン。黒い髪《かみ》で青い瞳《ひとみ》。エリョアの瞳《ひとみ》に映《うつ》った自分の姿《すがた》を見て、王子ははじめてほんとの自分を知った」

ぼくもエマも、本を開いて読んでるうちに、眠《ねむ》ってしまったらしい。目が覚めると、ベッドにいた。父さんが運んでくれたんだ。ぼくは起き上がって、「儀式《ぎしき》」をはじめた。

# 27

月曜日はヘンな感じだった。人気者の仲間入りをしたんだと思う。タージとトムがぼくに話しかけてきて、学校じゅう、優勝《ゆうしょう》メダルを見せびらかして回った。バスケにもタージたちのほうから誘《さそ》われたし、レイアップシュートを失敗しても何もいわれなかった。

マックスは、人生でいちばん幸せそうだった。決勝戦のあと、高校のコーチがやってきて、来年マックスが入ってくるのが楽しみでならないっていった。スタンドには大学のスカウトマンも来ていて、何人かはもちろん、マックスに自己紹介《じこしょうかい》をした。マックスは輝《かがや》ける未来を手に入れた。そして、お父さんが最初から最後まで試合を見てくれた。マックスには何よりも大事なことだった。ぼくにはわかる。

最初の休み時間に、ライヤがそばに来た。きょうは髪《かみ》をちょっと巻《ま》いてる。

「すてきな週末だったでしょ」ライヤはいった。

「うん」ぼくは作り笑いをした。

「ヘンじゃない？……チームのヒーローになるって」

「ぼくは1回キックを決めただけだよ。勝てたのはマックスのおかげだ」

「すばらしいキックだった」ライヤはニコッとして、ぼくに軽く触《ふ》れた。

あれ？　いまのしぐさって、古典的な愛情表現《あいじょうひょうげん》じゃ？　オンラインのファッション雑誌《ざっし》で読んだことがあるぞ。

「ありがとう。たまたまだよ」

「パパに、試合に勝ったって話したんだけど、でも、やっぱり気に入らん、だって」ライヤがほほえんだ。

ぼくは笑った。「だと思った。父親だもんね」

「そんなことといってたら、仲よくできないよ」

「だって、ぼくを脅威《きょうい》に感じない父親なんていないよ。みんなびびるんだ」

ライヤと笑ってると、サラが目に入った。校庭のすみっこにいる。レッキーさんといっしょにベンチに座《すわ》ってたけど、ようすがヘンだ。目がまた虚空《こくう》を見てる。むかしのサラだ。ひとりぼっちだ。まるっきり、ぼくがなりたくないと思ってる状態《じょうたい》じゃないか。

「ごめん、ちょっといいかな」ぼくはライヤにいった。

「もちろん」ライヤは驚《おどろ》いてぼくを見た。

校庭をひとりで横切っていった。後ろではバスケが盛《も》り上《あ》がってるみたいだ。

でもふりかえらなかった。

真正面に立つと、サラはようやくぼくに気がついて目を丸くし、口元に笑《え》みが浮《う》かんだ。

レッキーさんはぼくを見ると、携帯《けいたい》をとりだした。

「ちょっと電話をかけてくるわね」と、いそいそと遠ざかっていった。

「ハイ！」ぼくはいった。

「ハーイ」

「調子どう？」

サラは肩《かた》をすくめた。「だいじょうぶ。ママといっしょにいるのは、まだしっくりこないけど。そのうちうまくいくと思う」

「そっか」ぼくはうなずいて、となりに腰《こし》をおろした。

「友だちといっしょにいなくていいの？」

「いっしょにいるけど」

サラがククッと笑った。笑い声をきいて、13歳《さい》の女の子だって思った。サラはぼくに顔を向けた。

「きっとからかわれるよ。サイコ・サラといっしょに座《すわ》ってると」

ぼくは肩《かた》をすくめた。「べつに気にしない。ぼくもサラの仲間だから。ダニエル・イカレテル。どうこれ？」

「きらい」

ぼくは笑った。「ぼくもだ。あのさ……サラといっしょに行ってみようかなって考え直したんだ。前に話してたグループセラピー」

「ほんと？」サラが驚《おどろ》いてきいた。「でもどうして？」

「なぜって、ぼくらがいくら非凡《ひぼん》だからって、ほかの人の力を借りちゃいけないわけじゃないと思ったから」

ぼくらはだまって、低学年の生徒たちが走りまわるのをながめた。

「それって、……デート？」サラがいった。

「セラピーを見学に行くのが？」

「何するかは問題じゃない。やっぱり、それって」

ぼくは降参《こうさん》してほほえんだ。「うん、デートの誘《さそ》いだ。あっ、そうだ、忘《わす》れないうちに」

ぼくはポケットからサラのブレスレットをとりだして手わたした。帰りがけに、サラに見られないよう、墓標《ぼひょう》の上からとっておいたんだ。

サラはためらいながら受けとって、ぼくを見た。「あたしは、スター・チャイルドじゃない。いわなかった？」

ぼくはニヤッと笑って、ポケットからブレスレットをもうひとつとりだした。実際《じっさい》は、ただのひもにクリップを星形に曲げて飾《かざ》りつけたものだけど、ぼくとしては精一杯《せいいっぱい》それらしくしたつもりなんだ。スッと手首に通す。

「ぼくらはスター・チャイルドだよ。『憲章《けんしょう》』の第一項《こう》。あなたは生涯《しょうがい》を通じてスター・チャイルドです」

サラがにっこりした。目がちょっぴり涙《なみだ》で光ってる。いきなり、サラがぼくをぎゅっと抱《だ》きしめた。みんなが見てるってわかってたけど、もう気にしないんだ。

◇◇◇

2日後の夕食は、母さんとエマ、兄さんとぼくとで食べた。父さんはいつものように仕事で間に合わなかった。出かける予定のある兄さんは、スパゲッティをがつがつかきこんでた。母さんはエマと学校の課題の話をしてる。ぼくは考えごとをしてた。

ぼくはOCD《オーシーディー》をかかえてる。そのことを家族にも知られないように、すごく時間をさいてた。ふつうとちがうとか、特別だとか、イカレてるとか思ってたし、知られるのが怖《こわ》くて、だれにもほんとのことを話さなかった。サラがしゃべらなかったのと同じだ。でも、そのせいで、よけいにつらくなるんだ。

「きょうはサラと何をしたの？」母さんがきいた。

セラピーのことは母さんにまだ話してない。最初は、小さな一歩からだ。

「いっしょにいただけ」ぼくはいった。

「ダニエルにガールフレンドができたって、ほんと信じらんねえな」と、兄さん。

ぼくは顔をしかめた。「友だちだよ」

「わかってるって」兄さんがいい、エマがクスッと笑った。

「サラは……その、わたしたちとおしゃべりしてくれるようになるかしら？」母さんが言葉を選んでいった。

「うん。なるよ。そうしようとしてるところだから」ぼくはいった。

玄関《げんかん》から、父さんの足音がきこえてきた。母さんがびっくりして顔を上げた。

「お帰りなさい。早かったわね」母さんが、キッチンに入ってきた父さんにいった。

「早い電車に乗れたんでね」父さんはぼくの髪《かみ》をくしゃくしゃっとなでた。やめてほしいような、でもうれしいような気持ちだ。「どうだ、チャンピオン。チームはまだ祝杯中《しゅくはいちゅう》か？練習再開《さいかい》か？」父さんがきいた。

「祝杯中《しゅくはいちゅう》」というと、父さんはニコッとして皿をとった。父さんが気にかけてるのはアメフトじゃないって、そのときぼくはわかった。ぼくとつながるきっかけを探《さが》してたんだ。考えてみれば、父さんとぼくには共通点があまりなかった。父さんがテーブルに着くのを見ながら、書き終えた物語の結末を思いかえした。父さんはアメフトが好きなだけだって思ってた。兄さんはぼくのことがきらいで、母さんが気にかけてるのはエマだけだって。

ぼくを消そうとしてたのは、ぼくだったんだ。

笑《え》みがこぼれた。OCD《オーシーディー》について話すのは、まだ心の準備《じゅんび》ができてない——もう少し時間がほしい。ぼく自身、知ったばかりだから。でも、いつ話してもいいんだ。話してもこれまでどおり、いっしょにいられるんだ。ぼくはもうひとりになろうとしないだろう。

「ところで、何を話してたんだ？」父さんがきいた。

「ダニエルのガールフレンドのこと話してた。こりゃ、本気だな」兄さんがいった。

「そうなのか？」父さんが、ぼくのほうに身を乗りだした。

ぼくは兄さんに、降参《こうさん》って顔をしていった。「話題変えない？」

◇◇◇

寝《ね》る前に物語の推敲《すいこう》をはじめた。物語を書き上げるには、推敲《すいこう》は執筆《しっぴつ》の2倍の時間をかけるべきだって何かで読んだ。すぐにとりかかろう。直すことはいっぱいある。読み直してみても、やっぱり、イマイチ。でもべつに問題じゃない。これでいいって思えるまで、推敲《すいこう》をつづければいい。

物語のタイトルはこのままにしておこう――『人類最後の子ども』だ。なんか合ってる気がしてきた。スイッチを入れたせいで、世界にひとりだけ残される前からずっと、ダニエルは自分がひとりきりだって感じてたんだ。ダニエルのいる世界には、ほかにだれもいない。その空虚《くうきょ》な世界に、クロッケーのスティックのような武器《ぶき》を持った少女サラが現《あらわ》れる。ひとりきりじゃないとダニエルは感じるようになっていく。ぼくはこの展開《てんかい》が好きだ。

ノートパソコンを閉《と》じ、立ち上がって背伸《せの》びをした。これからすることは、わかりきってる。「儀式《ぎしき》」。いや、しなきゃいけない。やめたら、死んじゃうかもしれないから。「儀式《ぎしき》」がはじまりそうになったらメールを送るよう、きょう、グループセラピーに行ったあと、サラはぼくに約束させた。メールを送る。それだけだ。

携帯《けいたい》を手に持ったまま迷《まよ》ってたけど、ぼくはメールを打った。

「これからはじめるところ」

返事がなかなか来ない。もう寝《ね》ちゃったのかな。ぼくはため息をついて、携帯《けいたい》を置いた。寝間着《ねまき》に着替《きか》え、「儀式《ぎしき》」の準備《じゅんび》をした。目に涙《なみだ》があふれてきた。「儀式《ぎしき》」を打《う》ち破《やぶ》れるかもって思ってたんだ。

洗面所《せんめんじょ》に行こうとしたときに、携帯《けいたい》が鳴った。サラからだ。

「明かりを消して、ベッドに横になって」

ぼくは尻《しり》ごみした。

「できない」

「やるだけやってみて。『儀式《ぎしき》』はあとからできる。お願い」

気が進まなかったけど、電灯を消しベッドに寝転《ねころ》がった。皮膚《ひふ》がチクチクする。胃が痛《いた》い。少しだけがまんしよう。あとからでもできるんだ。

「ベッドに入ったよ」

「よかった。またもし起き上がっちゃったら……メール送って」

「わかった」

毛布《もうふ》を引っぱった。震《ふる》えが止まらない。

「だいじょうぶ、すべてうまくいくから」

「そう願ってる」

「おやすみ、O《オー》・C《シー》・ダニエル《Daniel》」

ふきだしちゃった。サラ、ダニエル・イカレテルにかわる、新しい名前を考えてくれたんだ。

「おやすみ、サイコ・サラ」

携帯《けいたい》を枕元《まくらもと》に置き、できるだけ長くこうしていようって決めた。チャレンジするんだ。

サラのメールを読みかえす。思わずほほえんでしまう。もうこれまでのぼくじゃない。

ぼくらがおかしくなってしまうのは、ひとりぼっちだって思ってるときだ。いまはもうひとりじゃない。ぼくにはサラがいて、サラにはぼくがいる。ぼくの瞳《ひとみ》のなかのサラは、サラの瞳《ひとみ》のなかのぼくは、かんぺきに正常《せいじょう》なんだ。暗がりのなかのぼくにとって、それがすべてだ。

# 作者あとがき

主人公ダニエルは、同じ年ごろのぼく自身の体験をほぼそのまま物語にした姿《すがた》です。ぼくも、毎晩《まいばん》ベッドに入るために、五時間近い時間をかけなければなりませんでした。ぼくも、パニック発作《ほっさ》、不安症《ふあんしょう》、離人症《りじんしょう》に苦しんできました。一日に何度も、このまま死んでしまうという思いにかられるのです。

これが不安症《ふあんしょう》やパニック発作《ほっさ》によって引き起こされる症状《しょうじょう》なのだとあとから学びましたが、当時は、恐怖《きょうふ》をなんとかするために、「儀式《ぎしき》」を作って自分に強制《きょうせい》するようになりました。十六歳《さい》になるまで、恐怖《きょうふ》にどう対処《たいしょ》すればいいのか、まったくわかりませんでした。ぼくは壊《こわ》れている。ぼくは呪《のろ》われている。そう考えていましたから、だれに対しても、秘密《ひみつ》にしていました。両親にもです。ぼくだけヘンなのだと思っていました。

今日、OCD《オーシーディー》（強迫性障害《きょうはくせいしょうがい》）は、疾患名《しっかんめい》はよく知られているのに理解《りかい》されていない精神的障害《てきしょうがい》のひとつです。英語で、"I《アイ》 am《アム》 so《ソー》 OCD《オーシーディー》"（「わたし、かなりOCD《オーシーディー》なんだ」）という表現《ひょうげん》が、かたづけ魔《ま》とか潔癖症《けっぺきしょう》とかという意味で使われているのをよく耳にします。ですが、OCD《オーシーディー》は、清潔《せいけつ》にするとか、きちんと整理するとか、そんなことではありません。自分の心と、毎日、一瞬一瞬《いっしゅんいっしゅん》、絶《た》え間《ま》のない死闘《しとう》をくりかえさなければならないのです。たとえば、ダニエルは襲《おそ》いくる恐怖《きょうふ》からのがれようともがくあまり、電灯のスイッチをいじりつづけ、数にこだわり、「くりかえし行為《こうい》」をしてしまうのです。そして、ほとんどの人――とくに若《わか》い人――は、闘《たたか》っていることを、徹底《てってい》して秘密《ひみつ》にしています。

いま述《の》べたことは、OCD《オーシーディー》に苦しんでいる人たちに共通する話です。あいつ、頭がおかしいなんて、だれもいわれたくないでしょう。だれだって、除《の》け者《もの》にされたくないでしょう。ぼくの場合、二十代後半まで秘密《ひみつ》にしていました。そうしてやっとまわりに助けを求めました。不安障害《ふあんしょうがい》やうつ病と折り合い、それを乗《の》り越《こ》えていくのは、ひとりでかかえこむことではありません。そうするべきではないのです。

この物語は、希望と受容《じゅよう》の話です。精神的障害《せいしんてきしょうがい》と向き合っている人が、本書を読み、同じ状況《じょうきょう》にあるのは自分だけじゃないことに、そして、それと同じくらい大切なことですが、力になりたい、いっしょに解決《かいけつ》したいと思っている人がかならずいるということに気づいてくれることを願ってやみません。

ぼくのOCD《オーシーディー》は、毎日起きるたびに対峙《たいじ》し対処《たいしょ》するという挑戦《ちょうせん》です。でも、きっと乗《の》り越《こ》えることができる。そう信じて、この本を書きました。もし、みなさんが精神的障害《せいしんてきしょうがい》と向き合っているなら、力を借りることを恥《は》ずかしがらないでください。あなたはひとりじゃない。そのことをどうか忘《わす》れないでください。

ききたいことがあったり、自分のため、あるいは知り合いのために支援《しえん》を必要としたりする場合は、ＯＣＤ《オーシーディー》の診療《しんりょう》資格《しかく》を持った医師《いし》に相談してみてください。国際《こくさい》ＯＣＤ《オーシーディー》財団《ざいだん》(International《インターナショナル》 OCD《オーシーディー》 Foundation《ファウンデーション》) のホームページ（英語）にも情報《じょうほう》や支援《しえん》グループが掲《けい》載《さい》されています。

# 訳者《やくしゃ》あとがき

この作品は、2017年エドガー賞児童図書部門を受賞しました。アメリカの推理作家《すいりさっか》たちの団体《だんたい》が設立《せつりつ》したミステリー専門《せんもん》の文学賞です。2016年に出版《しゅっぱん》された児童図書のなかで、ミステリー性《せい》がもっとも高く評価《ひょうか》されたということです。ミステリーというと、推理小説《すいりしょうせつ》がまず思《おも》い浮《う》かびます。この物語でも、消息を絶《た》ったサラのお父さんをめぐる事《じ》件《けん》の謎《なぞ》から目が離《はな》せませんが、明らかになっていくのが事件《じけん》の真相だけではないところが、エドガー・アラン・ポー（アメリカの偉大《いだい》な小説家で「推理小説《すいりしょうせつ》の祖《そ》」といわれる）の名前にちなんだ賞にふさわしいと思います。

ミステリーを読むおもしろさは、提示《ていじ》された謎《なぞ》を読者自身が推理《すいり》していくことでしょう。作者ウェスリー・キングが特別な思いをこめたこの作品をミステリーに仕立てたのは、ダニエルが感じている謎《なぞ》や疑問《ぎもん》に、わたしたちが目を向け、考えてほしいと願ってのことにちがいありません。

「作者あとがき」に書かれているとおり、この作品は、作者の実体験をもとにして、OC《オーシー》D《ディー》（強迫性障害《きょうはくせいしょうがい》）の現実《げんじつ》がリアルに描《えが》かれます。けれども、OCD《オーシーディー》という言葉自体は、物語を半分すぎても出てきません。自分がＯＣＤ《オーシーディー》だと、主人公のダニエルが知らないからです。毎日毎夜、なぜ、「ザップ」に襲《おそ》われるのか、ダニエルにとってはまさに謎《なぞ》。「ザップ」や「寝《ね》る前の儀式《ぎしき》」が疾患《しっかん》によるものだとは思いもしません。自覚がむずかしいというのがＯＣＤ《オーシーディー》のやっかいさのひとつなのだと気づかされます。ＯＣＤ《オーシーディー》ってなんなのだろう。障害《しょうがい》ってなんだろう。ダニエルが思いをめぐらせるこの問いは、わたしたちに向けられています。

みなさんは、秘密《ひみつ》——話したくても話せないことをかかえたことがあるでしょうか。秘《ひ》密《みつ》をかかえると、それを話せない相手との間に秘密《ひみつ》の分だけ距離《きょり》ができますが、ダニエルのように、そのことがわかっていても話せないことって、あるんです。話してもわかってもらえないと、ダニエルは感じています。それは決してダニエルが臆病《おくびょう》だからではありません。理解《りかい》してもらえないばかりか、ヘンだと決めつけられたら、どれほどつらいことでしょう。ダニエルは、ひとりでなんとかしようと痛々《いたいた》しいがんばりを見せますが、いくらがんばっても「ザップ」は消えないどころか、深刻《しんこく》になっていく。それでもだれにもいえない……ＯＣＤ《オーシーディー》のやっかいさがここにもあります。この悪循環《あくじゅんかん》からぬけだせたのは、いうまでもなく、サラの存在《そんざい》です。理解《りかい》してくれる存在《そんざい》がどれほどの力になるか。ひとりでは見つけられなかった希望が見つけられたのです。ダニエルにとってのサラ、サラにとってのダニエル。ふたりが「ベストパートナー」だと気づいていく姿《すがた》は、光が射《さ》してくるようです。サラと踏《ふ》みだした最初の一歩は、家族そして友だちに打ち明け、わかってもらい助けてもらう第二歩、第三歩へ、その先へとつづいています。
物語のなかで、秘密《ひみつ》をかかえているのは、ダニエルだけではありません。サラのママ、ミッシェルにもサラに対して秘密《ひみつ》にしていることがあり、読み進めていくと、おとなたちもまた苦しんでいたことがわかってきます。人が人と生きていくことが、ときにとてもむずかしくなることがある。でも、助けを求めていい。希望はかならず見つかるという、扉《とびら》の裏《うら》に書かれた言葉は、生きづらさを感じるすべての人へのメッセージにもなっています。

ところで、この作品の日本語版《にほんごばん》タイトルは、『ぼくはO《オー》・C《シー》・ダニエル』です。えっ？ダニエルのフルネームは、ダニエル・リーだけど、「O《オー》・C《シー》」って何？ と、首をかしげた人もいるのではないでしょうか。このタイトル、エドガー賞児童図書部門の受賞にふさわしいものをと編集部《へんしゅうぶ》で考えたもので、答えは最後の2ページでわかるようになっています。この場面で、サラは、ダニエルのことを、「OCDaniel《オーシーダニエル》」と呼《よ》びます。OCD《オーシーディー》とダニエルの頭文字《かしらもじ》「D《ディー》」とをじょうずに引っかけたこの名前を見て、ダニエルは不愉快《ふゆかい》にもならずにふきだします。そして、サラに「サイコ・サラ」と、呼《よ》びかけます。兄のスティーブが呼《よ》ぶのをきいたときにはあれほど抗議《こうぎ》したのに、なぜでしょう？　呼《よ》び方《かた》で伝わるのは、そこにこめられた思いです。では、親しみをこめれば好きに呼《よ》んでもかまわないのかというと、それはちがいます。呼《よ》ぶ側がいくら親しみをこめても、呼《よ》ばれる側が傷《きず》ついてしまうことはよくあるのです。おたがいにそう呼《よ》ぶことをみとめ合ってはじめてゆるされるのです。相性《あいしょう》や個性《こせい》を考えれば、すべての人というわけにはいかないでしょうが、ダニエルとサラのまわりに、こう呼《よ》び合《あ》える輪が少しずつ広がっていくことを願ってやみません。

最後になりましたが、作者のメッセージを共有する輪に加えてくださったうえに、訳文《やくぶん》をていねいにみがいてくださった鈴木《すずき》出版編集部《しゅっぱんへんしゅうぶ》のみなさまに、この場を借りまして心よりお礼申し上げます。

二〇一七年　シリウスの輝《かがや》くころに

大西《おおにし》　昧《まい》

**ウェスリー・キング　Wesley King**
カナダの作家。オンタリオ州オシャワ在住。主な作品に、『The Feros』、『The Incredible Space Raiders from Space!』、『A World Below』（いずれも未邦訳）などがある。本作品で、2017年エドガー賞児童図書部門受賞。

**大西 昧（おおにし まい）**
1963年、愛媛県生まれ。東京外国語大学卒業。出版社で長年児童書の編集に携わった後、翻訳家に。本作品が翻訳デビュー作となる。

編集協力　岡崎幸恵

鈴木出版の児童文学　この地球を生きる子どもたち

ぼくはO・C・ダニエル

2017年　10月27日　初版第1刷発行
2018年　3月　5日　第2刷発行

作　者／ウェスリー・キング
訳　者／大西　昧
発行者／鈴木雄善
発行所／鈴木出版株式会社
〒113-0021　東京都文京区本駒込6-4-21
電話　代表　03-3945-6611
編集部直通　03-3947-5161
ファックス　03-3945-6616
振替　00110-0-34090
ホームページ　http://www.suzuki-syuppan.co.jp/
印　刷／図書印刷株式会社

Printed in Japan　ISBN978-4-7902-3328-2 C8397

## この地球を生きる子どもたちのために

芽生えた草木が、どんな環境であれ、根を張り養分を吸収しながら生長するように、子どもたちは生きていくエネルギーに満ちています。現代の子どもたちを取り巻く環境は決して安穏たるものではありません。それでも彼らは、明日に向かって今まさにこの地球を生きていこうとしています。

そんな子どもたちに必要なのは、自分の根をしっかりと張り、自分の幹を想像力によって天高く伸ばし、命ある喜びを享受できる養分です。その養分こそ、読書です。感動し、衝撃を受け、強く心を動かされる物語の中に生き方を見いだし、生きる希望や夢を失わず、自分の足と意志で歩き始めてくれることを願って止みません。

本シリーズによって、子どもたちは人間としての愛を知り、苦しみのときも愛の力を呼び起こし、複雑きわまりない世界に果敢に立ち向かい、生きる力を育んでくれることでしょう。そのとき初めて、この地球が、互いに与えられた人生について、そして命について話し合うための共通の家（ホーム）になり、ひとつの星としての輝きを放つであろうと信じています。